KB010679

가장 나쁜 놈

가장 나쁜 놈

2016년 3월 10일 초판 2쇄 발행

지은이 이원호
펴낸이 김재광
펴낸곳 도서출판 솔과학

출판등록 1997년 2월 22일 제10-104호
주소 서울시 마포구 독막로 295번지 302호(염리동 삼부골든타워)
대표전화 714-8655
팩스 711-4656

ISBN 978-89-92988-23-0 03810

이원호 신감성소설
가장 나쁜 놈
솔과학
SOLGAWHAK

가장 나쁜 놈

차 례

저자의 말

두 여자와 두 남자가 있다.
불우한 환경의 두 남녀와 유복하게 태어난 두 남녀이다.

이것이 또 수단 방법을 가리지 않고 목표를 성취하려는 두 남녀와 상대가 판 함정과 음모, 또는 무심(無心)함을 알면서도 몸을 던지는 두 남녀로 구분이 된다.

넷 모두 열심히 산다.
추구하는 것이 각각 다르지만 자신의 입장에서는 그것이 최선일 것이다.

또한 넷 모두 사랑이란 얼마나 허무한 것인지,
포장지에 따라 내용물이 달라 보인다는 현실까지 다 겪은 처지이기도 하다.

자, 그런데 갑자기, 참으로 갑자기 넷의 가슴에서 폭죽이 터졌다.
사랑이 터졌다고 해야 될까?
맨날 터지는 폭죽이지만 그 터지는 순간에는 다 신선하고
경이롭고 아름답지 않은가?

나는 이 네 발의 폭죽 터지는 이야기를 썼다.
밤을 새워 쓰면서도 신바람이 났고 지치지가 않았다.

이 네 남녀가 바로 여러분의 모습이 될 것이다.
그러니 여러분께서 가장 나쁜 놈을 골라 보시기 바란다.

사랑은 아름답지만 현실이다.
그 현실을 아름답게 장식하는 것이 진실한 사랑일 것이다.

2009년 2월 22일

이 원 호

제 1 장

검정색 가방이 점점 다가온다. 골프 가방 바로 뒤쪽, 사내 하나가 앞에 있던 박스를 집어드는 바람에 검정색 가방은 이제 환하게 드러났다. 오후 10시 반, 칭다오 발 인천행 동방항공은 정시에 도착했다. 좌석은 꽉 찼는데 그 중 절반은 한국인 사업자들이었고 사분지 일이 중국인과 조선족, 나머지가 골프관광과 단체 여행자들이었다.

윤성재는 눈앞으로 다가온 가방을 집어들었다. 무겁다. 윤성재는 한국인 사업자로 구분된다. 실제로도 그렇고 세관 직원들에게 그렇게 보이기를 간절히 바라고 있다. 가장 피하고 싶은 것이 한국인 단체 여행자로 보이는 것이다. 아닌 게 아니라 단체 여행객 중 비행기 안에서부터 눈이 띄게 불안한 기색을 드러내는 몇 명이 있다. 이른바 짝퉁을 사가지고 가는 사람들, 밀수꾼들은 오히려 태연하다. 세관원들은 그런 밀수꾼도 족집게처럼 잡아내는 터라 운에 맡기는 수밖에 없다.

윤성재는 가방 손잡이를 빼내 쥐고는 세관 창구를 향해 다가간다. 앞으로 10여 명이 나가고 있다. 밤 시간이어서 세관 창구는 한가했지만 통로 한 곳을 터놓고 세관원 셋이 서 있다. 뒤쪽에는 검색대, 여직원 둘, 남자 세관원 둘이 지금 사내 둘의 짐을 완전히 풀어 젖히고 있다. 밀수품이 발각된 것이다.

사내 둘은 이쪽으로 얼굴을 보이며 서 있었는데 우연인지 둘 다 웃는 모습이다. 그러나 좀 더 자세히 보면 일그러진 웃음이다. 지금 눈을 뜨고 있지만 아무것도 보이지 않을 것이다. 그때 앞쪽을 걷던 사람들이 주춤거렸다.

"저쪽으로."

세관원이 사내 하나에게 옆쪽 검색대를 가리키며 말한다. 그러자 지적당한 사내가 어깨를 늘어뜨리더니 짐을 끌고 왼쪽 검색대로 향했다. 주춤거렸던 대열이 움직이기 시작했다.

"저쪽으로."

다시 다른 세관원이 중년 남자에게 왼쪽 검색대를 가리키며 말했다.

"아주머니도 저쪽으로."

옆쪽 세관원은 그 뒤를 따르던 여자를 지목했다. 둘 다 착륙했을 때부터 윤성재의 눈이 띄던 사람들이었다. 한마디로 좌불안석, 내가 밀수품을 가져왔는데 어쩌나? 하는 표정이 얼굴에 배어 있었던 것이다. 이제 세관원과 3미터쯤 앞으로 다가가 섰다.

"저쪽!"

하고 마른 체격의 사내가 윤성재 한 사람 앞쪽 사내에게 말했을 때 안경을 낀 세관원이 윤성재를 보았다. 시선이 마주친 순간 세관원이 눈을 가늘게 떴다. 그러더니 윤성재에게 말했다.

"저쪽으로."

세관원이 턱으로 왼쪽 검색대를 가리켰다. 윤성재는 어금니를 물었지만 잠자코 세관원 앞을 통과했다. 검색대는 세관원 뒤쪽으로 5미터, 거기에서 다시 5미터 왼쪽에 위치하고 있다. 윤성재는 가방을 끌고 5미터를 나아갔다.

"저쪽으로."

"저쪽으로."

뒤에서 세관원의 목소리가 들렸다. 그러나 윤성재는 왼쪽으로 꺾어지지 않고 직진했다. 자동문과는 20미터, 문 앞쪽에 세관원 둘이 서서 이쪽을 바라보고 있다. 5미터, 10미터, 자동문을 향해 다가가면서 윤성재는 심호흡을 했다. 걸리면 듣지 못했다고 할 것이다. 지목당하면 곧장 나가기로 마음을 굳힌 것은 세관원과 5미터쯤 거리로 다가갔을 때였다. 저쪽으로 가라고 해놓고서 세관원은 실제로 가는지 확인하지 않았던 것이다. 검색대 옆에서 그것을 확인해줘야 했지만 그 사람들은 바빴다. 그리고 자동문 앞에 선 세관원들은 실제로 누구한테 가라고 했는지 확인하기가 어려웠다. 지목당한 사내가 항의를 하거나 티 나는 행동을 해야 알 것이었다.

자동문 앞으로 다가간 윤성재가 세관원과 시선이 마주치자 싱긋 웃었다. 그러자 세관원이 따라 웃는다.

"수고하십시오."

"예, 안녕히 가십시오."

자동문이 열렸고 윤성재는 세관원의 인사를 받으며 밖으로 나왔다. 가방이 갑자기 묵직하게 느껴졌다. 가방 안에는 짝퉁 명품시계가 2백 개나 들어 있는 것이다.

택시가 서교호텔 앞에 멈춰 섰을 때 김길중이 가슴 주머니에서 꺼낸 봉투를 내밀며 말한다.

"그럼 다음 주 금요일에 보자."

"네, 그 전에 연락 주세요."

봉투를 받은 오혜원이 가방에 넣고는 차 문을 열었다.

"잘 가라."

차에서 내린 오혜원의 등 뒤에서 김길중의 목소리가 들리더니 택시는 어둠 속으로 사라졌다. 가방을 어깨에 멘 오혜원이 길게 숨을 뱉고 나서 휴대폰을 꺼내 쥐었다. 버튼을 누르고는 귀에 붙이자 신호음이 두 번 울리고 나서 응답 소리가 났다.

"여보세요."

"엄마?"

반갑게 묻는 오혜원의 귀에 어머니 정선주의 혀 차는 소리부터 울린다.

"너 어디냐? 도착했어?"

"응, 서교동. 윤미는?"

"지금이 몇 신데, 잔다."
그러나 서교동 홍대 앞 사거리는 혼잡하다. 밤 11시 25분, 가방을 고쳐맨 오혜원이 서둘러 발을 떼었다. 집까지는 걸어서 5분 거리인 것이다.
"엄마, 나 홍대 앞인데, 민화 만나고 들어가면 안 될까? 두 시간만."
"이 미친년."
했지만 어머니는 곧 목소리를 부드럽혔다.
"술 많이 마시지 마."
"응. 먼저 자, 엄마."
"안 자고 기다릴 줄 알잖아?"
"나 미쳐."
해놓고 통화를 끝낸 오혜원이 서둘러 단축 버튼을 눌렀다. 이번에도 신호음이 두 번 울리고 나서 연결이 된다. 이쪽도 기다리고 있었기 때문이다.
"혜원이니?"
박민화의 목소리는 언제나 맑고 밝다.
"어디야, 번호 보니까 왔네?"
"그래, 홍대 앞. 나올래?"
"응. 나 지금 일 끝내고 직원들하고 한잔 하면서 너 기다리는 중이었어."
"그럼 엘리스에서."

"알았어. 15분쯤 걸릴 거야."

그러고는 통화가 끝나자 오혜원의 분위기는 밝아졌다.

월요일 밤이다. '엘리스' 바는 걸어서 3분 거리, 지나치던 외국인 남자 하나가 윙크를 하더니 말을 하려는 듯 입을 벌렸다가 닫는다. 오혜원의 표정이 싸늘하게 굳어지는 것을 보았기 때문이다. 쓴웃음을 지은 오혜원이 문득 가방 속에 든 봉투를 떠올렸다. 지난번처럼 10만 원권 수표 20장이 들어 있을 것이었다. 이른바 동반자 비용, 토요일에 떠나 일요일에 돌아오는 2박3일 일정의 보수다. 김길중과는 이번이 세 번째, 다음 주 금요일에 또 떠나게 되면 이번 달에는 두 탕을 뛰는 셈이다. 그럼 한 달에 4박5일 뛰어서 4백만 원 벌었다.

바 안으로 박민화가 들어서자 소란스럽던 바 안이 일순 조용해진 것처럼 느껴졌다. 어두한 테이블 이쪽저쪽에서 사내들의 눈 흰자위가 번들거리는 것은 확실했다. 굶주린 하이에나들.

"아유, 야!"

하고 다가온 박민화가 하얀 이를 드러내고 웃는다. 아름답다. 앞에 앉은 박민화를 보면서 오혜원은 또다시 질투심을 느낀다. 그러나 같이 웃으며 말한다.

"오늘은 내가 살께."

"출장비 남았어?"

"응, 많이."

박민화는 오혜원이 무역회사에 다니는 줄 안다. 일본에 전자부품을 수출하는 중소기업에 오혜원은 석 달쯤 다니다가 그만둔 지 벌써 1년 가깝게 된다. 박민화의 잔에 위스키를 채운 오혜원이 화제를 바꿨다.

"오늘 같은 날 기영 씨 만나야 하는 거 아냐?"

"내일도 시간 있는걸 뭐."

한 모금 술을 삼킨 박민화가 눈을 가늘게 뜨더니 잇사이로 말한다.

"제발 나한테 기회를 줘, 매어 놓지 말란 말이야."

"미친년, 복에 겨워서."

"다른 소시지 맛도 봐야겠단 말이야."

"내가 교육을 잘못 시켰지."

"윤미는 자?"

하고 박민화가 화제를 바꿨으므로 오혜원은 한 모금 위스키를 마셨다.

"응."

"윤미 안 본 지 꽤 됐네, 작년 생일 때 봤지?"

"지금은 말 다 해. 눈치도 빠르고."

"너 닮아서 이뻐."

"당연하지."

해놓고 둘은 서로 웃지도 않고 마주 보았다. 더 이상 이야기를 진척시키기가 부담스럽기 때문이다. 더 나가면 오혜원의 전 남편 조광수 곁으로 가게 된다. 순간 동시에 술잔을 든 둘은 외면했다.

대학 신입생 때부터 단짝이었으니 스물여섯이 된 지금까지 7년을 같이 지냈지만 단 한 번도 싸우지 않았다. 그것을 둘의 성격이 다르기 때문이라고 박민화가 분석했다. 박민화는 화려하며 적극적인 성품이었고 오혜원은 은근한 데다 내성적이었기 때문이다.

"이런, 씨."

하고 박민화가 이맛살을 찌푸렸으므로 오혜원이 머리를 들었다.

"저 자식이 딴 데로 샜네."

박민화가 옆쪽 테이블을 눈으로 가리켰다. 괜찮은 사내가 다른 여자한테 간 것 같다.

"이거 다 팔면 2천 정도는 남는다."

시계를 식탁 위에 늘어놓은 윤성재가 정색하고 말한다. 밤 12시 반, 봉천동 연립주택 단지는 짙은 정적에 싸여 있다. 이쪽은 차도가 앞동까지만 나 있기 때문에 차소리도 들리지 않는다. 또한 바로 뒤쪽이 산비탈이어서 도둑도 넘어올 수가 없다. 그래서 '나드리' 연립주택을 주민들이 '나바론' 이라고 부른다. 나바론 요새.

"그럼 넌 알바 그만두고 가을 학기에 복학해."

그러고는 윤성재가 여자용 시계 하나를 집어 윤서진에게 내밀었다.

"이거 차."

"싫어."

했지만 윤서진이 시계를 받아들더니 유심히 보았다.

"이거 무슨 브랜드야?"

"피아제."
"얼마짜리?"
"한 5천만 원 가."
그랬다가 윤서진의 시선을 받은 윤성재가 정색을 했다.
"정품이라면 말이지."
"이 짝퉁은 얼만데?"
"인터넷으로 30만 원에 낙찰되었어."
"오빠는 얼마 주고 사왔어?"
"이건 일급 비밀인데."
시계를 정돈하면서 윤성재가 말을 잇는다.
"2백 위엔."
"그럼 4만 원?"
그러더니 심호흡을 했다.
"도둑놈."
"편의점 알바 그만해."
다시 윤성재가 정색하고 말했으므로 윤서진은 외면했다. 파리한 목과 화장기 없는 맑은 얼굴의 옆모습을 보던 윤성재도 외면한다. 윤서진은 스물둘, 대학 2학년을 마치고 등록금을 못 내 2년째 휴학중이지만 밝은 성격, 그래서 윤성재는 더 마음이 아프다.
"오빠, 며칠 있다 가?"
하고 윤서진이 물었으므로 윤성재가 머리를 든다.
"이번에는 닷새쯤 걸릴 것 같은데."

"저거 다 팔 때까지 있는 거야?"

"그것도 그렇고."

몸을 돌린 윤성재가 똑바로 윤서진을 보았다. 윤서진은 소파에 앉아 텔레비전을 보는 시늉을 했지만 눈동자가 고정되어 있다.

"너 안 만났지?"

불쑥 그렇게만 물었어도 윤서진은 표정이 와락 굳어졌다. 그러나 이쪽으로 얼굴을 돌린 순간에는 웃는다. 그것을 본 윤성재의 가슴이 또 미어졌다. 저 애는 얼마나 많이 참고 견디었는가?

"응, 전혀."

또박또박, 그리고 똑바로 이쪽을 보면서 윤서진이 말했을 때 윤성재가 따라 웃는다.

"장하다, 내 동생."

재혼해서 살고 있는 어머니 오미연을 말하는 것이다. 함께 살던 아버지 윤재호가 3년 전 등산하다 추락사고로 죽은 후부터 어머니는 끊임없이 접촉해 왔다. 그러나 윤성재는 물론이고 윤서진도 만나는 것을 피했다.

부모가 이혼한 것은 15년 전이다. 윤성재가 열세 살, 윤서진이 일곱 살 때였는데 이혼 사유는 아버지 윤재호의 불륜이었다. 그러나 이혼 조건으로 자식 둘은 윤재호가 맡았고 오미연은 이혼한 다음 해에 재혼해서 자식을 또 둘 낳았다. 윤재호는 재혼을 하지 않고 자식을 키웠으므로 5년쯤 전까지만 해도 둘은 바람 피워 나간 것이 어머니 쪽인 줄만 알았다.

어쨌든 둘은 어머니에 대한 정은 물론이고 미련도 없다. 아버지가 죽기 전까지 단 한 번도 연락해 온 적이 없는데다 소식을 듣지 못했기 때문에 어느덧 잊혀진 존재가 되어 있었던 것이다.

"앞으로 널 귀찮게 하지 않을 거야."

다시 몸을 돌린 윤성재가 하품을 하더니 말을 잇는다.

"내가 이번에 확실하게 정리해 놓고 갈 테니까."

오전 10시 반. 민기영이 사무실에서 휴대폰으로 걸려온 전화를 받는다. 박민화였다.

"어젯밤 혜원이하고 한잔 했어."

박민화가 사근사근한 목소리로 말을 잇는다.

"새벽 3시까지 마셨어. 홍대 앞 엘리스 알지?"

"그런데 지금 어디야?"

민기영이 묻자 박민화는 키득 웃는다.

"미용실."

"이 시간에?"

"어제 일 끝나고 모레까지 휴가야. 이따 오후에 동해안이나 갈까?"

"아니, 그게…."

"또 일이야? 또 아버님이 시킨 일 있어?"

박민화의 목소리가 높아졌으므로 민기영은 쓴웃음을 짓는다.

"내일 출근해야 돼, 회의 때문에."

"그 회사는 토요일에 쉬는 꼴을 못 봤어."

"대신 오늘밤 한잔 하자, 미도에서."

"봐서."

"내 고등학교 동창 데리고 나갈 테니까 너도 누구 하나 데려와, 같이 마시게."

"고등학교 동창? 누구? 진수 씨?"

"아니, 윤성재라고…."

"처음 듣는 이름인데."

"고등학교 때 나하고 친했던 놈이야. 전체 짱이었지."

"지금은 뭘하고? K-1에 나가?"

"중국에서 회사 다녀."

"돈 많아?"

"별로."

"혜원이한테는 돈 많은 남자가 필요해."

"혜원이 데리고 나오려고?"

"왜? 걔가 어때서?"

그러자 민기영이 정색하고 말한다.

"알았어. 어쨌든 저녁 8시 미도에서 보자. 됐지?"

통화를 끝낸 민기영이 팔목시계를 보면서 자리에서 일어선다. 테이블 끝에 '기획실장 민기영'이라는 받침이 세워져 있다. 입사 4년 만에 스물여덟의 나이로 기획실장에 올랐다면 그야말로 입지전적인 출세일 것이었다. 대원전자가 아무리 대기업 계열사라고 해도 그렇다. 그러나 민기영이 대원전자 사주 민용식의 외아들이라면 평가가 달라진다. 당연한 승진이다.

미끄럼틀에서 내려오던 윤미가 중간에서 멈췄다. 미끄럼틀이 미끄럽지가 않은 것이다. 플라스틱제다. 그렇지만 윤미는 그것도 재미있는지 깔깔 웃는다. 그때 가디건 주머니에 넣은 휴대폰이 울렸다. 발신자 번호를 본 오혜원이 눈을 치켜떴다가 곧 휴대폰을 귀에 붙였다.

"네."

"출장 잘 다녀왔어?"

느긋하면서 뒤쪽에 힘이 들어간 조광수의 목소리를 들으면서 오혜원이 윤미를 미끄럼틀에서 내려놓았다.

"말해, 왜 전화 한 거야?"

다시 미끄럼틀 계단으로 달려가는 윤미의 뒷모습을 보면서 오혜원이 차갑게 묻는다.

"나한테 무슨 볼일이 또 있다고 그래?"

"엄마는 아시냐?"

하고 조광수가 불쑥 되물었으므로 오혜원이 눈을 치켜떴다. 윤미가 다시 미끄럼틀을 내려왔는데 이번에는 끝까지 미끄러졌다. 내려온 윤미가 다시 달려간다.

"무슨 말이야?"

"네가 한영무역 1년 전에 그만두었다는 사실 말야."

"……."

"내 생각에는 모르시는 것 같던데, 네가 회사일로 중국 출장을 갔다고 하시는 걸 보면 말야."

"이 새끼야! 너 왜 이러는 거야?"

이번에는 윤미가 다시 미끄럼틀 중간에서 멈췄으므로 오혜원이 손을 뻗치며 잇 사이로 묻는다.

"엄마, 당겨!"

윤미가 소리치자 조광수가 물었다.

"윤미가 옆에 있구나, 내 딸이."

"나한테 그 이야기 하려고 찾은 거야?"

"윤미도 보고 싶어서."

"넌 개자식이야, 알아?"

잇사이로 말했을 때 윤미가 이제는 시소 쪽으로 달려갔다. 아파트 놀이터에는 마침 그들 둘뿐이다. 그때 수화구에서 조광수의 낮은 웃음소리가 울렸다.

"그래, 난 개자식이다, 사기꾼이고. 네 말대로 강간범, 강도, 철면피이기도 하지."

"전화 끊어. 또 전화하면 경찰에 신고할 거야. 이번엔 틀림없어."

시소의 윤미 반대편에 앉으면서 말했을 때 조광수가 다시 웃는다.

"네가 섹스 파트너로 2박3일 또는 3박4일 코스로 뛰고 다니는 걸 그럼 경찰에 가서 불까? 네 엄마한테 말해 줄까?"

오혜원은 이를 악물었고 조광수의 말이 이어졌다.

"아니면 아파트에 소문을 내줄까? 네가 어제 누구하고 중국 다녀왔는지도 나는 다 알고 있거든."

"……."

"하지만 빠져 나갈 방법은 있는 거야. 그러니까 절망하지 마. 내일 오후 4시까지 네가 번 돈 절반을 내 계좌로 보내. 번호 알지?"

"……."

"네가 일당으로 얼마 버는지도 다 알고 있으니까 속이지 마. 내가 얼마나 셈이 빠른지 알지?"

"엄마, 뭐해?"

시소에서 떠 있기만 하던 윤미가 소리쳤으므로 오혜원은 일어섰다. 윤미가 내려가더니 깔깔 웃는다.

"야, 너 헤비급이 되었다."

다가온 윤성재가 앞쪽 의자에 앉았을 때 민기영이 눈을 둥그렇게 떴다. 국제호텔 커피숍 안이다. 저녁 7시여서 테이블은 거의 다 찼다. 종업원에게 커피를 시킨 윤성재가 지그시 민기영을 본다.

"얀마, 난 운동 부족이야. 그래서 체중이 는 거다."

"그 키에 딱 맞구만 그래. 더 중량감 있어 보이고."

민기영이 치켜 주었지만 윤성재는 대꾸하지 않았다. 고등학교 3년을 같은 반으로 지낸 건 민기영의 부친이 손을 썼기 때문이다. 고1 때 윤성재가 민기영을 괴롭히던 애들을 묵사발로 만들어 놓은 후부터다. 그래서 민기영은 짱의 보호하에 편하게 고등학교를 마쳤고, 윤성재는 돈걱정을 안 해도 되었다. 옷에서부터 용돈, 과외

비까지 다 민기영의 집에서 대주었던 것이다. 그 비싼 개인교습도 민기영과 같이 받았다. 그러나 대학은 다른 곳으로 지원했다. 민기영의 집안에서도 더 이상 윤성재가 필요하지 않았고 윤성재 또한 벗어나고 싶었기 때문이다.

커피를 마시던 민기영이 눈을 가늘게 뜨고 윤성재를 본다.

"네 회사는 잘 돼?"

"그저 그래."

건성으로 대답한 윤성재가 의자에 등을 붙인다. 대학 때부터는 일년에 서너 번은 만났다. 오늘 만나는 것처럼 민기영이 언제나 연락을 해오는 것이다.

"너 여자 있어?"

다시 민기영이 불쑥 물었으므로 윤성재는 머리만 젓는다.

"섹스 파트너도 없어?"

"섹스야 가끔…. 하지만 일정한 상대는 없다."

그리고 윤성재는 쓴웃음을 지었다.

"넌 그 디자이너라는 애하고 지금도 만나?"

"응. 오늘 걔 나오라고 했다."

"아니, 왜?"

"너 소개시켜 줄 때도 된 것 같아서."

"나를 왜?"

"내년쯤 걔하고 결혼할 것 같아서."

"지금이 3월인데 길게도 잡았군."

"양쪽이 합의한 거지. 그동안 충분히 비교 분석, 또는 다른 상대도 만나보자는 의미로."

"지랄."

"걔 집안이 짱짱해. 어머니는 따로 몇백억대 부동산을 가졌고 아버지는 냉장창고를 세 개나 갖고 있어. 너 금강냉장이라고 들어봤어?"

"처음 듣는데?"

"그 건물하고 토지만 몇천억이야."

"넌 결혼하면 더위 걱정은 안 해도 되겠다."

"걔 친구도 같이 나올 거다."

"걔 친구네는 사우나 건물을 갖고 있데?"

"이뻐."

"네가 좋아하는 조개가?"

"걔도 무역회사 다녀. 잘해 봐."

그러고는 민기영이 정색 한다.

"괜찮은 애야. 내가 언제 허튼소리 하더냐?"

"네가 버린 애들은 내가 다 맡았지."

따라서 정색한 윤성재가 민기영을 보았다.

"내가 뒤처리 담당이었단 말야, 인마."

미도는 국제호텔 지하 나이트클럽이다. 분위기 좋고 물 좋은 곳으로 당연히 자릿값이 비싸 일반 서민은 오기 힘든 곳이었는데 민기영은 예약된 룸으로 들어갔다. 룸 안은 바깥 소음이 전혀 들리지 않아서 딴 세상 같다. 윤성재는 미도가 처음이다.

"여긴 니 애인만 데리고 온 게 아닌 것 같은데."

방안을 둘러보는 시늉을 하면서 윤성재가 말한다.

"특히 이런 방은 애인을 위한 용도가 아니다. 그렇지?"

"역시."

정색한 민기영이 머리를 끄덕였다.

"빠르군. 이 방에서 셋을 먹었다."

그때 문이 열리더니 박민화가 들어선다. 화사한 웃음, 검정 미니스커트에 흰 블라우스가 독특하게 어울렸다.

"하이!"

하면서 다가온 박민화가 자리에서 일어선 윤성재를 올려다보았다. 박민화도 170센티의 큰 키였지만 윤성재는 187이다. 둘의 시선이 마주쳤을 때 민기영이 웃음 띤 얼굴로 말한다.

"내 보디가드 윤성재, 그리고 이쪽은…."

"만나서 반갑습니다."

박민화가 손을 내밀며 말한다.

"그런데 왜 고등학교 단짝을 이제야 소개시켜 주죠?"

"결혼 때가 되면 다 그럽디다."

정색한 윤성재가 박민화의 손을 잡았다 놓고는 자리에 앉는다.

"신랑 친구가 제법 모여야 체면이 서거든요."

"그렇군요."

박민화도 정색하고 머리를 끄덕였다.

"사진 한번 박고 또 모른 척하겠군요?"

"누가 죽었을 때 다시 부를 겁니다."

"참, 그렇죠."

"야, 시끄러."

하고 민기영이 나무랐을 때 문이 열리더니 오혜원이 들어선다.

"어머, 왔니?"

박민화가 반겼고 민기영이 자리에서 일어섰다.

"야, 혜원 씨, 오랜만인데!"

웃음 띤 오혜원의 얼굴이 마악 일어서는 윤성재에게로 옮겨졌다.

"이쪽은 윤성재 씨."

윤성재의 소개를 박민화가 한다.

"그리고 얘는 내 친구 오혜원."

시선이 마주친 둘은 제각기 머리만 끄덕이고 자리에 앉는다.

"어때? 필이 오지 않았어?"

하고 박민화가 물었으므로 오혜원의 시선이 다시 윤성재에게로 옮겨졌다.

"왔어."

정색한 오혜원이 윤성재의 시선을 잠깐 잡았다가 비껴가면서 말한다.

"이야!"

민기영이 감탄했지만 건성이다. 둘의 분위기를 눈치챈 것이다.

"요즘 애들은 너무 인터넷에 빠져서."

입맛을 다신 박민화가 말했을 때 윤성재는 외면한 채 오혜원의 옆얼굴을 떠올렸다. 그러자 머릿속에 박힌 영상이 선명하게 떠올랐다. 바로 옆에 있었지만 떠올린 그림이 더 근사하다.

민기영과 박민화가 춤을 추겠다면서 밖으로 나갔으므로 룸에는 둘이 남았다. 술잔을 쥔 윤성재가 오혜원의 옆모습에 대고 묻는다. 비스듬히 앉았기 때문이다.

"난 기영이 보디가드로 관계가 지속될 수 있었지요. 혜원 씨는 어떤 관계지요?"

그러자 오혜원이 머리를 돌려 윤성재를 보았다. 정색한 표정, 불빛에 반사된 눈이 반짝였다.

"그냥, 성격이 대조적이지만 편안한 상대죠, 민화는."

그러고는 덧붙였다.

"제가 보기에는 서로 존중했지요."

"난 타산 없는 관계는 믿지 않는 사람입니다."

오혜원의 시선을 받은 윤성재가 빙긋 웃었다.

"물론 남녀 관계도 마찬가지."

"힘드시겠어요."

"전혀."

머리까지 저으며 윤성재는 술을 한 모금 삼켰다.

"오히려 더 홀가분하죠."

"난 네 살짜리 애가 있어요."

불쑥 오혜원이 말했지만 윤성재는 태연하게 머리를 끄덕이며 묻는다.

"아들? 아니면 딸?"

"딸."

"예쁘겠군요. 내년에는 유치원에 가겠네."

"그 관계라는 저울대 비중에서 내 쪽이 좀 올라간 느낌이 들죠?"

"별로."

윤성재는 천천히 머리를 저으며 술잔을 채웠다.

"난 방에 들어선 당신과 시선을 마주친 순간에 마음을 비웠거든요."

오혜원은 시선만 주었고 윤성재가 말을 잇는다.

"적의에 찬 당신의 표정을 읽고 나서 난 피곤한 게임에 개입하지 않기로 한 겁니다. 따라서 당신이 애가 셋이라는 말을 했더라도 전혀 감동받지 않았을 겁니다."

그러더니 입맛을 다시며 술잔을 든다.

"어, 말 길게 했더니 지치네."

그때 춤추러 나갔던 둘이 방으로 들어섰으므로 대화는 끝났다.

이번에는 윤성재가 박민화와 함께 플로어로 나갔다. 박민화가 춤을 추자면서 끌어내었기 때문이다. 그러자 민기영이 오혜원을 이끌고 뒤따라 나왔지만 혼잡하고 어두운 플로어의 인파에 섞여 시야에서 사라졌다. 음악은 드럼 위주의 밝고 빠른 리듬으로 단조로웠지만 춤추는 군상들의 동작은 격렬했다.

"와우!"

몸을 격렬하게 흔들던 박민화가 윤성재에게 바짝 붙어서면서 소리쳤다. 번쩍이는 조명에 반사된 두 눈이 번들거린다.

"잘 추는데."

윤성재는 박민화와 대조적으로 흐느적거리는 듯 보였지만 리듬과 잘 어울렸다. 특히 박민화의 동작과 호흡이 맞아서 거의 움직이지 않는 것 같으면서도 눈에 띄었다. 윤성재에게 몸을 부딪치면서 박민화가 소리쳤다.

"어때요, 오혜원?"

"네 살짜리 딸이 있다던데."

박민화 상반신이 닿으면서 젖가슴의 탄력이 느껴졌다. 그러자 박민화가 이를 드러내고 웃는다.

"방어막부터 친 것을 거부라고만 진단할 수는 없죠."

"우리 골치 아픈 계산 맙시다."

"그래서 놀랐어요?"

"놀란 시늉을 안 해줘서 좀 미안한데."

"마음에 들어."

다시 흰 이를 드러내고 웃으며 박민화가 두 손으로 윤성재의 허리를 당겨 안는다. 그러자 하반신이 부딪쳤다.

“기영 씨가 거기를 소개시켜 주지 않은 이유를 알 것 같아.”
박민화가 말했을 때 윤성재는 어깨를 잡아 몸을 떼었다.
“우린 서로 바빴을 뿐이야. 기영이는 또 내 기호를 안다구.”
“기호가 어떤데?”
“난 남의 일에는 끼어들지 않아.”
그러더니 윤성재가 이를 드러내고 웃는다.
“내 몸에 불이 붙기 전에는.”

오전 10시 정각이 되었을 때 커피숍 안으로 한 사내가 들어섰다. 김동철이다. 말쑥한 양복 차림의 김동철이 윤성재를 보더니 싱긋 웃는다.
“윤형은 곧 재벌 되겠어.”
다가선 김동철이 앉지도 않고 말했으므로 윤성재는 쓴웃음을 짓는다.
“짝퉁 장사로 재벌 되었다는 사람 있습니까?”
“자, 나가지. 차 안에서 장사를 하지.”
주위를 둘러본 김동철이 말하자 윤성재는 옆에 놓인 가방을 들고 자리에서 일어섰다. 김동철은 이른바 도매상으로 윤성재하고 대여섯 번 거래를 한 경험이 있다. 대개 중간 가격의 짝퉁 시계를 취급했는데 윤성재는 사 온 가격의 두 배쯤을 받고 넘겼다. 커피숍 건너편 주차장으로 앞장서 간 김동철이 승합차 안으로 들어섰으므로 윤성재는 따라 들어갔다. 안에 두 사내가 앉아 있었는데 초면이다.

"자아, 시계 좀 볼까?"

마주보고 앉았을 때 김동철이 웃음 띤 얼굴로 말했다. 윤성재는 잠자코 가방 지퍼를 열어 안에 든 내용물을 펼쳐 보인다. 시계 백 개, 평균 구입 단가가 한화로 3만 원 정도였으니 3백만 원이 원가가 될 것이다. 김동철과는 8백만 원으로 미리 합의가 되었다.

"으음."

비닐에 싸인 시계를 하나씩 집어들고 훑어보던 김동철이 이윽고 윤성재에게로 시선을 돌렸다. 웃음 띤 얼굴이다.

"내가 들고온 성의를 봐서 백만 원 줄게."

그러자 윤성재가 머리를 끄덕이면서 비닐가방 지퍼를 닫았다. 윤성재도 웃음 띤 표정이다.

"그만둡시다."

"시계 놓고 가."

"8백을 주셔야지."

"아직도 눈치 못 채겠나?"

김동철과 윤성재는 지금 웃음 띤 얼굴로 이야기를 주고받는다. 그러나 윤성재 옆쪽 문가에 앉은 사내와 앞에 앉은 사내는 무섭게 긴장하고 있다. 그때 윤성재가 어깨를 들썩이며 웃었다.

"백만 원 주신다구요?"

"맘 변했어. 그냥 시계만 놓고 가."

김동철이 이제는 정색한 얼굴로 말한 순간이었다. 몸을 약간 옆으로 비틀고 있던 윤성재가 왼쪽 팔꿈치로 옆에 앉은 사내의 얼굴을 찍었다. 둔탁한 충격음과 함께 사내가 옆으로 쓰러지기도 전에 이번에는 윤성재가 뻗은 오른쪽 주먹이 앞쪽 사내의 턱을 올려쳤다.

"턱컥!"

뼈가 부서지는 소리였다. 머리를 젖힌 사내가 신음도 뱉지 못하고 뒤로 넘어졌다가 의자의 반동을 받아 앞으로 엎어진 그 순간에 윤성재의 주먹이 또 날아갔다.

"퍽!"

이번에도 주먹이 정통으로 김동철의 관자놀이에 맞는다. 그러나 윤성재는 그것으로 그치지 않았다. 호흡을 가다듬은 윤성재는 점퍼 주머니에서 놋쇠로 만든 링을 꺼내 손에 끼었다. 손가락 네 개가 놋쇠 장갑을 낀 셈이 되었고 곧 그것이 흉기가 되어 세 사내를 무자비하게 내려치기 시작했다.

"아아악!"

그때서야 공포와 고통에 가득 찬 비명이 차 안에서 울리기 시작했다가 1분도 되지 않아서 그쳤다.

"민기영한테는 네가 과분하지."

어머니 서주연이 말하자 박민화는 어깨를 늘어뜨리며 한숨을 뱉는 시늉을 한다. 이태원 저택 베란다에 나란히 앉은 두 사람은 넓은 정원을 내려다보고 있다. 3층 저택은 연건평 3백 평에 대지는 7백여 평이다. 정원의 잔디는 말끔하게 손질되었고, 벽은 숲에 덮여서 마치 외진 숲속에 세워진 저택 같다. 서주연이 말을 잇는다.

"수미 엄마 알지? 그 여자를 어제 골프숍에서 만났는데 일진그룹 셋째아들을 책임지고 주선해 주겠다더라."

"어휴, 그만!"

이맛살을 찌푸린 박민화가 말했지만 서주연은 말을 잇는다.

"영국에서 대학 나왔어. 런던 무슨 대학이야. 돈 주고 산 학위가 아냐."

"그만!"

"나이는 딱 서른, 일진그룹 계열사인 일진유통 기조실 과장인데 유통업을 상속받을 거란다."

"잘 해보라고 해."

"3조야 이것아, 유통 계열사 자산이."

"3조건 3백조건 하나도 안 부러워."

"민기영이는 3백억이나 되니? 3조면 그 백 배다."

그때 박민화가 손을 뻗쳐 탁자 위에 놓인 휴대폰을 쥐었다. 그러고는 버튼을 눌렀으므로 서주연은 입을 다물었다.

"기영 씨?"

휴대폰을 귀에 붙인 박민화가 묻자 이번에는 서주연의 이맛살이 찌푸려졌다. 박민화가 말을 잇는다.

"저기, 혜원이한테 윤성재 씨 만나게 해주려고 하는데, 윤성재 씨 전번 좀 알려줘."

그래놓고 잠시 듣더니 밝은 표정으로 말한다.

"알았어. 고마워, 오빠."

민기영한테는 이름을 불렀다가 오빠라고도 했는데 컨디션에 따라 다르다.

오후 4시, 오혜원은 은행 창구 앞 대기석에 앉아 있다. 은행 안은 마감 전 몰려든 손님으로 혼잡했다. 그러나 오혜원은 아직 대기표도 뽑지 않았다. 옆에 앉아 있던 아가씨가 벨 소리와 함께 일어나 나가더니 빈자리에 아줌마가 앉는다. 몇 명째 사람이 바뀌었는지 세어 보지 않았지만 정면 안쪽 벽에 걸린 시계는 4시 5분, 지금 25분째 앉아 있다는 것은 알겠다.

조광수하고는 딱 8개월을 살았다. 대학 4학년 때 만나 두 달간 사귄 후에 같이 호주로 이민을 떠날 계획을 세웠다. 그래서 혼인신고부터 했는데 그것이 사기인 줄 누가 알았겠는가?

호주 이민 계획뿐만이 아니다. 아버지가 호주에서 호텔 두 개, 유람선 4척을 소유한 억만장자라는 것도, 본인은 호주에서 태어나 시드니 대학에서 박사학위까지 받았다는 것도, 한국에 투자할 곳을 찾아왔다는 것도, 하나에서 열까지 다 사기를 쳤다. 오직 하나, 애국자인 아버지가 너는 꼭 한국 국적을 가져야 된다고 해서 주민등록증을 만들었다는데, 그래서 이름 하나만은 진짜였다. 그 덕분에 신원조회가 가능했고, 조광수가 사기 전과 3범이며 형을 산 기간이 4년 반이 되었다는 것까지 알게 되었다.

결혼식은 올리지 않았지만 혼인신고를 하고 같이 산 기간이 8개월이나 된다. 사기로 조광수를 고발하고 재판을 하는 동안에 오혜원은 윤미를 낳았다. 영문 모르는 어머니가 윤미의 출생신고를 해버리는 바람에 윤미는 오가 성을 달게 되었다.

겨우 이혼 판결을 받고 남남이 된 지 3년. 그동안 소식이 끊겼던 조광수가 갑자기 나타난 것은 두 달쯤 전이다. 처음에는 안부나 묻는 시늉을 하다 차츰 본색을 드러내더니 지난달부터는 용돈을 요구했다. 그래서 두 번 2백만 원을 보냈는데, 이제는 뒷조사를 하고나서 협박까지 해온 것이다. 이를 악문 오혜원이 다시 벽시계를 본다. 4시 15분이 되어 가고 있다. 자리에서 일어선 오혜원이 앞으로 나가 대기표를 뽑았다.

"성재야."

다가온 오미연이 웃음 띤 얼굴로 불렀지만 윤성재는 잠자코 시선만 주었다. 오후 4시 반. 대동호텔 로비 라운지는 관광객들로 어수선했다. 중국어와 일본어가 울렸고 왁자한 웃음소리도 일어났다. 앞쪽 자리에 앉은 오미연이 주위를 둘러보더니 이맛살을 찌푸렸다. 피부는 윤기가 흘렀고 단정한 용모는 50대 중반의 나이로 보이지 않는다. 10년은 더 젊어 보인다.

"여기가 이렇게 혼잡해졌는지 몰랐구나. 우리 장소 옮길까?"
하고 오미연이 묻자 윤성재가 머리를 저었다.

"아뇨, 됐어요. 여기서 용건만 이야기하시죠."

"용건이라니, 얘, 몇 년 만인데 같이 밥이나 먹고…."

그러자 윤성재가 머리를 젓는다.

"시간이 없어서요."

"네가 그렇다면 서진이라도 데리고 나오지 그랬어?"

"저기."

소리 죽여 숨을 뱉은 윤성재가 똑바로 오미연을 보았다.

"제가 이 말씀을 드리려고 뵙자고 한 겁니다. 직접 뵙고 말씀드리는 것이 예의일 것 같아서요."

이제는 오미연도 정색했고 윤성재의 말이 이어졌다.

"서진이하고 저는 잘 살 겁니다. 그러니까 지난 15년 동안 그래 왔던 것처럼 우릴 그냥 놔두세요."

오미연의 시선을 받은 윤성재가 한 마디씩 분명하게 말한다.

"다시 말씀드립니다. 우리 사이는 이미 끝난 겁니다. 다 아문 상처에 칼질 하지 마세요. 그쪽에서 낳은 두 아이나 잘 키우시라는 충고를 드립니다."

"성재야, 나는…."

말을 이으려는 오미연을 향해 손을 들어보인 윤성재가 자리에서 일어섰다.

"이것이 마지막 만남이 되었으면 합니다. 만일 또다시 서진이나 저한테 연락하면 최종배 씨를 찾아가 항의를 할 테니까요."

그 순간 오미연의 얼굴이 하얗게 굳어졌다. 최종배는 오미연이 재혼한 남편이다.

"이걸 경고로 받아들이셔도 됩니다."

그렇게 말하고 난 윤성재가 머리를 숙여 보이고는 몸을 돌렸다. 뒤쪽에서는 아무 소리도 들리지 않는다.

진동으로 울리는 휴대폰의 발신자 번호를 보면서 윤성재가 호텔 문을 나온다. 모르는 번호다. 그러나 윤성재는 휴대폰을 귀에 갖다 붙였다.

"여보세요."

"나 박민화."

수화구에서 그렇게 여자 목소리가 울린 순간 윤성재는 걸음을 멈췄다. 호텔 옆쪽 기둥에 어깨를 붙이고 선 윤성재가 묻는다.

"응, 웬일이야?"

"놀랐어요?"

"아니 뭐…."

"지금 뭐해요?"

그러자 주위를 둘러본 윤성재가 차갑게 말한다.

"일해."

"오늘 저녁 시간 있어?"

"지금 누가 누구한테 묻는 거야?"

"박민화가 윤성재한테."

"나 바빠. 전화 끊는다."

그러고는 윤성재가 휴대폰을 접어 주머니에 넣고는 다시 발을 떼었다.

어머니와 윤미와 셋이서 저녁을 먹던 오혜원은 전화벨 소리를 듣는다. 그러나 못 들은 척 일어나지 않았더니 대신 어머니가 일어섰다.

"엄마, 놔둬."

했지만 어머니 정선주가 휴대폰을 들고 와 건넸다. 자리에서 일어선 오혜원이 느린 동작으로 베란다 쪽 창틀에 붙어섰을 때까지 벨 소리는 멈추지 않았다. 발신자 번호는 김길중이다.

"여보세요."

"어, 바쁜 거야?"

그렇게 묻는 김길중의 목소리에 짜증기가 배어났다. 다음 주 금요일에 보자던 사람이 웬일인가?

"아녜요. 전화기를 먼 데 두어서."

"응, 그래?"

"그런데 웬일이세요?"

"내가 모레 또 출장을 가게 되었어. 이번엔 다롄, 엔타이, 칭다오 세 곳을 돌아야겠어."

그러더니 목소리가 부드러워졌다.

"5박6일, 그 중 이틀쯤은 관광용으로 빼놓을게. 너 태산 알지? 공자묘가 있다는 취푸도 구경시켜 주마."

"……."

"어때, 되겠지? 비행기표 끊으라고 할까? 모레 아침에 출발하는 것으로."

"저기요."

베란다 문을 연 오혜원이 밖으로 나가 뒤쪽 유리문을 닫고 말을 잇는다.

"이번 동반 여행도 프로덕션측에 연락하신 거죠?"

"응? 그럼."

김길중이 조금 주저하는 것처럼 말했다.

"일단은 그쪽에 연락했는데 말야, 이젠 좀 거북해. 그렇지?"

"아녜요."

했지만 오혜원은 어깨를 늘어뜨렸다. 프로덕션이란 소개업소를 말한다. 동반자 소개업소인 것이다. 김길중을 만나게 된 것도 제일프로덕션이라는 소개업소를 통해서였다. 따라서 남자는 매번 일정액의 수수료를 지불해야 한다. 김길중이 말은 거북하다고 했지만 새로운 파트너를 찾기 위해서는 프로덕션을 통하는 것이 이롭다. 또한 프로덕션은 여자로부터 당할지 모르는 사고를 막아 주는 역할도 하기 때문이다.

"어때, 되겠지?"

다시 김길중이 재촉하듯 물었을 때 오혜원은 심호흡을 했다.

"네, 준비할께요."

"그래, 그럼 비행기표 끊을게."

들뜬 목소리로 김길중이 전화를 끊었을 때 오혜원은 어금니를 물었다. 조광수가 제일프로덕션의 정모망에 세균처럼 붙어 있을 가능성이 가장 많았다. 그래서 동반여행 정보를 빼냈을 것이다.

제2장

인천공항 44번 출국 게이트. 구석 쪽 의자에 앉아 있던 윤성재가 우연히 머리를 들었다가 게이트 안으로 들어서는 여자를 보았다. 오혜원이다. 숨을 들이켠 윤성재의 시선을 받으며 오혜원은 반대쪽 끝자리에 앉았다. 그때 40대쯤의 사내가 다가와 오혜원의 옆쪽에 앉는다. 바로 옆이 아니라 플라스틱 의자 두 개를 띄워 놓은 옆자리. 그러나 주위 자리가 비어 있었으므로 옆이나 같다. 동행이다. 서로 외면하고 있지만 표시가 난다. 어색한 동행.

그때 안내 방송이 울리더니 탑승이 시작되었다. 먼저 비즈니스석, 오혜원과 사내가 일어섰다. 사내가 앞장을 섰고 오혜원은 다섯 발짝쯤 떨어져서 따른다. 팔짱을 끼고 앉은 윤성재는 오혜원의 뒷모습이 사라질 때까지 바라보았다. 그리고 문득 이 비행기의 탑승구가 앞쪽에 하나만 있을까 걱정이 되었다. 그렇게 되면 오혜원의 자리를 지나게 된다. 부랴부랴 자리에서 일어선 윤성재는 유리

벽으로 다가가 밖에 서 있는 여객기를 보았다. 크다. 출입구는 두 개가 뻗쳐져 있다. 그래서 오혜원한테 들키지 않고 뒤쪽 이코노미 입구로 들어갈 수 있겠다.

1시간 10분 후에 비행기는 칭다오 공항에 착륙했다. 오늘은 아줌마 단체 여행객이 많아서 시종 떠들썩했고 입국심사대 앞에 늘어서서도 그렇다. 윤성재는 먼저 나온 오혜원과 중년사내가 입국심사대를 마악 빠져 나가는 것을 보고는 저절로 입맛을 다신다. 어쩔 수 없다. 비행기가 도착하면 퍼스트 클래스나 비즈니스 승객이 먼저 나간다. 몇 배 비싼 요금을 내고 같은 속도로 날아왔으니 먼저 내리게 해주는 건 당연하다.

윤성재가 겨우 입국심사대를 빠져 나왔을 때는 10분이나 지난 후였다. 그러나 출구 쪽으로 다가가던 윤성재는 이제 나란히 서서 입국장 대합실로 걸어가는 두 남녀를 발견했다. 오혜원과 중년남자. 사내는 꽤 큰 가방을 끌고 있었는데, 그걸 찾느라 시간이 걸린 것이다. 이쪽은 찾을 짐이 없으니 비겼다. 윤성재는 20미터쯤 간격을 두고 그 사이에 대여섯 명 승객을 끼운 채 뒤를 따른다.

"마오, 눈치채면 안돼."

윤성재가 말하자 핸들을 쥔 마오는 히죽 웃는다.

"염려 마. 그런데 뒤에 탄 여자하고 아는 사이야?"

"왜 그렇게 생각해?"

"여자가 미인이던데. 대장금 닮았어."

"어이그."

입맛을 다신 윤성재가 의자에 등을 붙였다. 대장금이란 한국의 드라마 〈대장금〉의 여주인공을 말하는 것이다. 윤성재가 다시 정색을 하며 말한다. 차는 지금 칭다오 시내 방향의 고속도로 위를 질주하고 있다. 시속 150킬로미터. 두 대 건너 앞쪽의 검정색 뷔익 뒷좌석에는 오혜원과 사내가 타고 있는 것이다.

"마오, 저것들이 호텔에 투숙하면 남자 이름과 여권번호를 알 수 있겠지?"

윤성재의 중국어는 유창하다. 그러자 마오가 커다랗게 머리를 끄덕였다.

"그쯤이야 문제없어. 여권을 복사해 오지."

마오는 윤성재의 중국인 동업자다.

칭다오 시내 중심가에 위치하고 있지만 윤성재의 사무실은 10평도 되지 않는다. 책상 3개에 소파 1조에다 책상 위에는 컴퓨터 한 대씩 놓여 있는 것이 집기 전부였다. 마오와 국제호텔 앞에서 헤어진 윤성재가 사무실로 들어서자 메리가 반겼다. 본 이름이 미미(美美)인데 미국식으로 바꾼 것이다.

"윤, 우에다 씨 스케줄이 나왔어요. 내일 오후 3시에 도착해요."

메리가 반짝이는 눈으로 윤성재를 보았다. 갸름한 얼굴형에 가냘픈 체구의 미인이다. 윤성재는 가끔 메리를 보면 중국 미인 양귀

비나 서시, 또는 달기를 상상하는 버릇이 있다. 전설의 그녀들을 보지 못한 터라 윤성재에게는 메리가 때로는 양귀비 같고 서시 같으며 달기처럼 보이기도 한다. 윤성재가 컴퓨터를 켜면서 말했다.

"단가 5% 올려주지 않으면 못해."

메리가 잠자코 머리를 끄덕였다. 윤성재와 마오, 메리는 한 팀이다. 명목상 윤성재가 총경리를 맡고 있지만 마오와 지분이 같다. 칭다오대학 경영학과를 졸업하고 무역회사에 2년 근무하다가 작년에 합류한 메리는 총무부장, 월급을 1만 위안 받는다. 보통 근로자 임금의 다섯 배 이상이다. 커피잔을 들고 온 메리가 윤성재 앞에 내려놓더니 똑바로 시선을 주었다.

"윤, 서울에서 애인 만났어요?"

"그래."

정색한 윤성재가 건성으로 머리를 끄덕였다. 그리고 모니터 화면에 시선을 준 채 커피잔을 쥐다가 하마터면 커피를 엎지를 뻔했다.

"신양에선 작업이 제 날짜에 끝나겠군."

윤성재가 화면을 응시하며 말하자 메리는 얼굴을 펴고 웃었다.

"그래요? 우리도 제 날짜에 휴가 떠날 수 있게 되었네요, 윤."

윤성재의 동방무역은 오퍼상이다. 일본과 한국 또는 중동지역에서 오더를 받아 중국 내 생산업체에 넘겨주고 커미션을 받는 것이다. 요즘은 마오가 직접 생산까지 시작했지만 이윤이 많은 대신 사고 또한 많이 일어난다. 섬유류, 액세서리류 등이 주품목이었는데 한 달에 한두 번 윤성재는 짝퉁 밀무역으로 부수입을 챙겨왔다.

메리의 시선을 받은 윤성재가 마침내 모니터에서 시선을 떼고 말한다.

"좋아. 내일 우에다하고 상담이 끝나면 만리장성 관광이나 할까?"

사무실로 들어선 마오가 힐끗 메리한테 시선을 주더니 윤성재의 책상에 바짝 붙어섰다. 그러고는 점퍼 가슴 주머니에서 접힌 종이 두 장을 꺼내 윤성재 앞에 펴놓았다. 여권 카피다. 그것도 두 장, 남자와 여자, 여자는 오혜원이다. 마오는 시키지도 않은 오혜원의 여권까지 복사해 왔다. 윤성재는 남자의 여권 카피를 읽는다. 김길중, 생년월일을 보니 44세다.

"둘이 같은 방을 써."

책상에 두 손을 짚은 마오가 상반신을 굽히며 말했다.

"여자 나이는 26세, 둘의 관계가 정상이 아닌 것 같더라니까."

목소리를 낮췄지만 바로 뒤의 메리가 듣지 못할 리가 없다. 의자를 돌려앉은 메리가 궁금한 표정을 지었고, 마오의 말이 이어졌다.

"어쨌든 여자는 대단한 미인이더군. 호텔 안에서 똑똑히 봤는데 꼭 대장금 같았어."

윤성재는 여권 카피를 접어 가슴 주머니에 넣었다. 그러자 마침내 메리가 물었다.

"무슨 일예요?"

"바이어 신상 조사야."

하고 마오가 대답해 주었으므로 윤성재는 머리만 끄덕였다. 그러고 보니 설명을 하려면 한참이나 걸릴 사연인 것이다.

"그, 윤, 누구였지?"
하고 박민화가 물었으므로 민기영이 머리를 들었다. 청평호수가 내려다보이는 카페 안이다. 유리벽 안의 카페는 환한 햇살이 들어와 따뜻했지만 밖은 아직 쌀쌀한 3월이다. 거기에다 바람까지 불어 호수 표면이 고기 비늘처럼 일어나 반짝였다.

"윤 누구라니?"

되묻는 민기영에게 박민화가 이맛살을 찌푸렸다.

"지난번 혜원이하고 같이 만난 친구."

"아, 윤성재."

쓴웃음을 지은 민기영이 박민화를 보았다.

"성재가 왜?"

"혜원이하고 연락 안 된대? 내가 혜원이한테 그 사람 전번 알려줬는데."

"몰라."
했다가 민기영이 생각난 듯 정색을 했다.

"그럼 내가 물어볼까?"

"뭐라고 물어볼 건데?"

"둘이 어떻게 진행되느냐고."

"에이."

박민화가 머리를 저으며 창밖으로 시선을 돌렸다.

"제 입으로 말하지 않았다면 놔둬. 그 정도 해줬으면 둘이 알아서 해야지."

"그 자식이 좀 별나서."

"뭐가 별나?"

"제 입으로는 정서불안이라고 하지만 여자 보기를 돌처럼 한다고."

"동성애잔가?"

"그건 아냐. 아마 부모 영향이 큰 것 같아."

"왜?"

그러자 민기영이 이맛살을 찌푸렸으므로 박민화는 쓴웃음을 지었다.

"그만, 좋은 날씨에 우중충한 이야기는 끝내자구."

"성재가 어렸을 때 부모님이 이혼하셨는데, 어머니는 바로 재혼했다더군."

"……."

"아버지는 성재 남매를 혼자 키우다가 3년 전에 사고로 돌아가셨어. 오래 전부터 성재 앞에서 어머니 이야기를 꺼내는 놈은 죽음이었지."

"중국에서 회사 다닌다며?"

"직원 둘하고 쬐그만 오퍼상 하는 모양이야. 일감 받으려고 한 달에 두어 번 한국에 와."

그러더니 의자에 등을 붙인 민기영이 머리를 젓는다.
"내가 보기에는 둘 다 안 맞아. 성재한테 오혜원은 비록 애가 딸렸지만 공주 대접을 받으려고 할 것 같고 말야."
"잘두 아네."
했다가 박민화가 정색하고 묻는다.
"어쨌든 다시 한번 해볼까?"
"글쎄."
쓴웃음을 지은 민기영이 말을 잇는다.
"액세서리로 둘 붙여서 노는 건 어렵지 않지."

우에다가 주고 간 오더는 소량이지만 이윤이 10% 가까이 된다. 엔화 가치가 높아졌기 때문이다. 그러나 우에다가 떠난 다음날 한국에서 바이어가 찾아왔다. 키코의 박인환 사장이다. 키코는 유아용 브랜드로 전국에 직영매장이 150여 곳이나 된다. 윤성재는 키코의 유아용 내의 일부를 하청받아 납품했기 때문에 박인환은 중요한 바이어 중 하나였다. 윤성재는 공항에 나가 그를 픽업하고는 칭다오 시내를 향해 달렸다.
"직원들을 오늘 아침에 휴가를 보내서요. 하긴 제 동업자하고 여직원 둘이지만."
윤성재가 백미러로 뒷좌석에 앉은 박인환을 보며 말했다.
"사무실에는 저 혼자뿐입니다."
"그 미미라고 했던가? 자네 여직원."

50대 초반인 박인환은 배가 나온 데다 머리가 벗겨져서 귀 위쪽에만 약간 남았다. 그러나 둥근 얼굴은 혈색이 좋았고 인상도 좋다. 백미러에서 시선을 맞춘 윤성재가 묻는다.

"예, 메리라고 미국식 이름으로 불리길 좋아하죠. 그런데 왜 그러십니까?"

"걔 괜찮던데. 날씬하고, 미인이야."

"예, 다들 그러더군요."

"자네가 손댔나?"

"아이구, 갠 마오 애인입니다."

"어, 그래?"

금방 얼굴에 실망의 기색이 덮인 박인환이 입맛을 다셨다.

"아깝군, 윤사장, 안 그런가?"

"뭐 저는 별로."

"오늘밤에 대원이나 가지."

"예, 제가 모시지요."

박인환의 이번 방문 목적은 골프 접대라는 것이다. 박인환이 접대할 상대는 내일 도착할 은행 간부 둘이다. 윤성재는 박인환까지 셋의 안내 및 운전사 역할까지 해줘야 한다.

"개새끼들, 한 시간 거리인데도 비즈니스 티켓을 끊어줘야 하니 말야."

혼잣말처럼 투덜거리며 박인환이 창밖을 내다보았으므로 윤성재는 잠자코 운전만 했다.

“호텔 스위트룸에다 술값, 오입값, 거기에다 봉투까지 몇만 불씩 넣어야지, 돈 꽤나 들겠는데.”

마찬가지다. 박인환이 혼자 왔을 때는 윤성재가 접대를 했다. 물론 술값만 냈을 뿐이지만 스케일에 따라 내는 것 아닌가? 그때 머리를 든 박인환이 백미러를 보았다. 웃음 띤 표정이다.

“요즘은 여행 동반자가 유행이더군. 인터넷에 들어갔더니 대성황이더라니까. 앞으로 혼자 다닐 때는 그걸 이용해 봐야겠어.”

윤성재의 시선을 받은 박인환이 빙그레 웃는다.

“비밀 보장, 안전 보장, 동반자 직접 상담 가능이야. 특급이 일박에 백만 원, 물론 여행 경비도 이쪽 부담이지만 따지고 보면 술값 날리고 몸 축나는 것보다 낫지.”

“…….”

“부동산 하는 내 친구는 그 재미로 한 달에 두 번씩 나가는 거야. 여대생에서부터 주부까지 다 있다는군.”

윤성재는 가속기를 밟아 속력을 냈다. 바로 오혜원의 케이스다. 동반자 여행. 그러자 대뜸 애가 있다고 질러댄 수작을 이해할 수 있을 것 같았다. 그러나 그 따위 행위는 구역질이 난다. 가랑이를 벌려 쉽게 돈을 버는 행위.

커피숍 안으로 들어선 오혜원은 벽쪽 테이블에 앉아 있는 조광수를 본다. 시선이 마주치자 조광수는 흰 이를 드러내고 웃는다. 180의 신장에 날씬한 체격, 눈썹이 짙고 검은 눈동자가 또렷하다.

섬세한 윤곽의 미남이다. 저 웃음, 저 미모에 빠져서 저 뱀 혓바닥에서 나오는 말을 다 믿었다.

다가간 오혜원이 앞쪽 자리에 앉자 옆쪽 테이블의 여자 둘이 힐끗거렸다. 오혜원을 향한 시선에 비판과 질투가 버무려져 있다. 미친년들. 오혜원은 그때마다 그년들을 조광수 앞에 던져주고 싶은 충동을 느낀다. 그러면 더러운 하이에나 앞에 던져진 짐승이 될 테니까.

"무슨 일야?"

정색한 오혜원이 대뜸 묻자 조광수는 쓴웃음을 짓는다. 엷고 붉은 입술, 저 입술이 한때 온몸을 핥아대었다는 생각을 하면 토하고 싶어진다. 피부를 벗겨버리고 싶을 때도 있다. 그때 종업원이 다가왔으므로 오혜원은 우유를 시켰다. 커피를 마시고 싶었지만 조광수 앞의 커피잔을 보고는 마음을 바꾼 것이다.

"용건을 말해."

종업원이 몸을 돌렸을 때 오혜원이 다시 물었다. 지난번 김길중과 5박6일 여행을 다녀온 후에 이 독사한테 250만 원을 송금했다. 독사는 일정을 꿰고 있었을 뿐만 아니라 일당이 얼마인지도 알았다. 카페에서 어떻게 정보를 빼내는지는 알 수가 없다. 그때 조광수의 얼굴에서 웃음기가 지워지고 슬픈 표정이 된다. 전에 이 표정을 보고 가슴이 미어지던 때가 있었다. 놈은 제 표정에 대한 여자들의 반응까지 다 계산해 놓고 있었던 것 같다.

"너하고 나 사이에 긴 말 할 필요가 없지. 그럼 본론만 말하겠다."

한 마디씩 조광수가 차근차근 말을 잇는다.

"내가 사업 자금으로 5천이 필요해. 일주일 안으로 만들어 놔."

눈만 크게 뜬 오혜원을 향해 조광수가 입술 끝을 비틀고 웃는다.

"네가 살고 있는 아파트, 어머니 명의지만 은행에 담보로 넣으면 2억까지는 뺄 수 있을 거야. 그런데 난 5천만 달라는 거다."

"……."

"그래, 5천 받으면 앞으로 네 앞에 나타나지 않을 테니까."

"……."

"아파트를 담보로 넣기 싫으면 나하고 김길중을 찾아가는 방법이 있어."

그 순간 오혜원의 얼굴이 하얗게 굳어졌다. 그러나 이를 악문 오혜원은 입을 열지 않았다. 종업원이 우유 잔을 놓고 갔으므로 한 모금 커피를 삼킨 조광수가 말을 이었다.

"넌 다시 내 와이프가 되는 것이고 김길중은 개망신을 당하지 않으려면 돈을 내놓아야겠지. 넌 가만 있으면 돼. 내가 다 알아서 할 테니까."

"……."

"자, 어떻게 할래?"

조광수가 묻자 오혜원은 자리에서 일어섰다. 그러고는 목소리를 낮추어 말했다.

"다 못해, 이 개자식아."

시선을 마주친 오혜원이 말을 이었다.

"차라리 내가 죽겠다, 이 짐승 같은 놈아."

이번에는 배로 들어왔기 때문에 인천 세관이다. 배를 이용하는 보따리 행상이 줄어들긴 했어도 한 무더기씩 짐을 가진 입국자들로 세관 창구 앞은 혼잡했다. 이열로 서 있던 세관원 중 하나가 말했다.

"통과."

이곳도 이른바 랜덤 검색으로 세관원들이 서 있다가 보낼 사람은 보내고 의심이 가는 입국자만 골라낸다.

"통과."

짐가방이 여섯 개나 되는 사내를 통과시킨 세관원이 뒤를 따라오던 윤성재를 보더니 눈을 가늘게 뜬다. 짐은 안 보고 얼굴만 본다. 윤성재는 대형 가방이 둘이다.

"가방에 뭐 들었어요?"

"참깨요."

그랬다가 윤성재가 퍼뜩 시선을 든다.

"시계 10개."

그러자 세관원 하나가 피식 웃었다.

"통과."

먼저 물었던 세관원이 마치 돼지고기 정품 판정을 내리는 것처럼 말했으므로 윤성재는 발을 떼었다. 그때 끝쪽에 혼자 서 있던 세관원과 시선이 마주쳤다. 중년의 세관원이다. 그가 앞으로 지나가는 윤성재에게 낮게 말했다.

"트릭 부리지 마. 다음엔 잡을 거야."

"감사합니다."

저도 모르게 머리를 숙여 보인 윤성재가 서둘러 앞을 지났다. 가방 하나에는 참깨 속에 시계 3백 개와 명품 가방 20개가 들어 있다.

"요즘도 민화 자주 만나느냐?"

민용식이 묻자 민기영은 긴장한다.

"예. 하지만 서로 일이 바빠서요. 걘 이제 여름 전시회 준비 하거든요."

"그래?"

그러더니 민용식이 잠자코 식사를 계속했으므로 민기영은 시선을 내렸다. 오후 12시 반. 민기영은 모처럼 아버지 민용식과 둘이서 점심을 먹는다. 같은 회사에서 일하고 있지만 민용식은 거의 외부 손님과 식사를 하기 때문이다. 소공동 한국호텔 중식당 밀실. 이곳은 정치인들의 밀담 장소로 잘 알려져 있을 정도로 방음도 잘 되어 있고 구조도 아늑했다.

이윽고 젓가락을 내려놓은 민용식이 다시 민기영을 보았다. 민기영은 다시 긴장한다. 외아들이지만 그는 아버지 민용식이 어렵다. 응석을 부린 적도 없다. 그러나 아버지가 뒤에서 모두 손을 써준 것은 안다. 윤성재를 고등학교 3년 동안 옆에 붙여준 것도 아버지였다. 오늘 아버지가 시내에서 만나 점심을 먹자고 한 것은 이유가 있을 것이다. 부자간에 그냥 점심만 먹을 아버지가 아닌 것이다.

그때 민용식이 입을 열었다.

"너 제2라인의 백명철이가 노조를 조직했다는 거 알지?"

"예? 아 예, 김이사한테 들었습니다."

긴장한 민기영의 표정이 굳어졌다. 대원전자는 공장에 470명의 근로자가 있고 사무직은 65명이다. 지금까지 대원전자에는 노조가 없었다. 대신 관리담당 이사가 주관하는 복지회를 내세워 근로자들을 장악해 왔다. 노조 결성을 적극 기피해 온 것이다. 그래서 근로자 채용 때 신원조회를 철저히 했고, 복지회 소속 80여 명 외에는 모두 임시직이다. 언제라도 해직 가능하도록 만든 것이다.

그러나 보수는 정규직과 비슷하게 지급하여 불만이 일어나지는 않았다. 하지만 우려했던 일이 엉뚱한 곳에서 터졌다. 복지회 소속의 제2라인 근로자 백명철이 민노총의 사주를 받고 노조를 결성한 것이다. 현재까지 파악된 바로는 복지회원 5명, 임시직 17명이다. 임시직 가입이 적은 것은 아직 불안감을 느끼고 있기 때문이겠지만 불이 붙으면 단숨에 전원이 가입할 것이었다.

민용식이 말을 이었다.

"복지회놈이 배신을 할지는 몰랐다."

민기영의 시선을 받은 민용식이 얼굴을 일그러뜨리며 웃는다. 흰머리가 절반쯤 섞인 민용식의 마른 얼굴은 피로해 보였다. 아직 50대 후반인데도 60이 훨씬 넘은 것처럼 보인다. 민용식은 30대에 대기업에서 독립하여 기업을 일으킨 입지전적인 인물이다.

민용식이 다시 말을 이었다.

“노조가 결성되면 회사 문 닫는 수밖에 없다. 그놈들의 목적은 사주 타도야. 사주는 무조건 착취자라는 것이다.”

지난번 윤성재한테 개망신을 당했지만 박민화는 큰 충격을 받지는 않았다. 그렇다고 그런 일을 많이 겪었다거나 장난삼아 전화를 했기 때문도 아니다. 박민화로서는 남자한테 그런 수모를 당한 것은 처음이었고 장난 전화도 아니었던 것이다.

윤성재의 반응은 신선했다. 만일 윤성재가 고분고분 또는 기쁘게 응해 주었다면 박민화는 실망해서 돌연 오만해졌을 것이 분명했다. 그것을 본인 스스로도 알고 있었기 때문에 이제는 장편 만화를 기대하는 어린애처럼 오히려 들뜬 상태가 되었다.

하지만 이런 상황에 대해서 민기영한테 거의 죄책감을 느끼지 않는다. 민기영을 좋아하고 결혼까지도 고려하고 있지만 아직 속박당하기는 싫다. 그리고 한마디 더 첨언하자면 이렇게 한눈을 팔게 된 상황에 대한 책임은 민기영에게도 절반쯤 나눠줘야 될 것이었다. 모자란 점이 있으니까 한눈을 팔게 된 것이 아니겠는가. 책임은 반반이다.

디자인하우스 주차장으로 내려온 박민화가 BMW 운전석에 앉더니 휴대폰을 꺼냈다. 주차장 안은 조용했다. 오후 7시 반. 카프리 디자인하우스는 청담동에 3층 건물을 소유한 신생 패션클럽으로 고용된 다자이너가 7명, 직원이 30여 명으로 지하실에 자체 공장도 운영하고 있다. 그 운영자가 박민화인 것이다.

건물과 인력, 로비에다 전시회 비용까지 모두 부모가 대준 덕분이지만 박민화의 운영도 뛰어났다. 창립 2년 반 만에 패션업계의 주목을 받고 카프리 디자인 브랜드 가치가 상승중이며, 내년부터는 흑자 운영이 될 예정이다. 버튼을 누른 박민화가 심호흡을 하고 나서 휴대폰을 귀에 붙인다. 그러자 신호음이 두 번 울리더니 곧 응답 소리가 들린다.

"여보세요."

"한국에 오셨다길래."

서둘러 말한 박민화의 얼굴이 긴장으로 굳어졌다. 상대는 윤성재. 지난번 기억이 떠올라 가슴이 세차게 뛴다. 그리고 그 순간에도 이 상태를 즐기고 있는 자신을 깨닫는다. 그러자 윤성재가 차분한 목소리로 묻는다.

"아, 며칠 됐는데, 웬일?"

"그냥 했어요. 근데 시간 있어요?"

아직도 긴장감을 떨치지 못한 박민화가 묻자 윤성재가 웃음 섞인 목소리로 말한다.

"내가 바빠서."

"기영 씨 만날 시간은 있겠죠?"

"그야 가볍게."

"그럼 같이 만나요."

그러고 나서 박민화는 어금니를 물었다. 윤성재가 짧게 웃었다.

"그러시든지."

"왜 웃어요?"

"그러지 마, 박민화 씨."

"뭘?"

"내가 박민화 씨 그림 한번 그려볼까?"

"그려봐."

"방에서 수십 가지 찬이 놓인 한정식상을 받아놓고 젓가락으로 이 찬 저 찬 찌르고만 있는 그림."

"웬 한정식?"

"진짜 밥맛 보려면 설렁탕, 김치찌개 또는 된장찌개 하나만 시켜서 드셔."

"거긴 뭐야? 두부찌개야?"

"곱창전골이다 왜?"

그러자 박민화가 픽 웃었고 수화구에서도 짧게 웃음소리가 울렸다.

"알았어. 그럼 나중에 봐."

박민화가 먼저 인사를 했고 윤성재도 가벼운 목소리로 받는다.

"그래, 안녕."

박민화와 통화를 끝낸 지 얼마 되지 않았을 때 윤성재는 민기영의 전화를 받는다.

"너 내일 저녁 시간 있니?"

민기영이 묻자 윤성재는 잠깐 생각한다. 박민화와 통화를 끝낸 지 5분도 안 되었다. 둘이 연락을 한 것 같지는 않다.

"응, 별일 없다."

수첩을 꺼내 펴보면서 말하자 민기영이 서둘렀다.

"좋아, 술 한잔 하자. 그럼 오후 7시쯤 대한호텔 커피숍 어때?"

"좋아."

"참, 너 오혜원한테 연락 안 왔어?"

민기영이 불쑥 물었으므로 윤성재가 두어 번 눈을 껌벅였다.

"안 왔는데, 왜?"

"민화가 혜원이한테 네 전화번호 알려준다고 했는데."

그러자 쓴웃음을 지은 윤성재가 목소리를 차분하게 내었다.

"이상이 맞지 않은 모양이야."

"그 애 요즘 전화도 끊어놓고 연락 안 된 지 한 달쯤 됐어."

"어디 여행이라도 갔겠지."

했다가 윤성재가 와락 긴장했지만 민기영은 눈치채지 못한 것 같았다.

"한 달이나 여행 갈 리가 있나? 전화도 통화정지 시켜놓고 말야."

그러더니 입맛을 다셨다.

"하긴 더 상관하면 내가 오해받겠다."

옷장을 열던 윤성재가 저고리를 꺼내다가 걸려 있던 윤서진의 재킷을 떨어뜨렸다. 재킷을 집어들던 윤성재가 주머니에 꽂혀 있는 흰 봉투를 보았다. 옷을 내려놓은 윤성재가 봉투를 꺼내들고 내용물을 꺼내보았다. 수표였다. 10만 원권 수표가 두툼했다. 50장쯤 되어 보인다. 옷장을 닫은 윤성재가 응접실로 나오자 주방에 서 있던 윤서진이 묻는다.

"오빠, 토스트라도 구워 줘?"

"너 여기 앉아 봐."

대답 대신 윤성재가 말하자 윤서진이 몸을 돌렸다.

"응? 왜?"

앞쪽 소파에 앉은 윤서진이 정색하고 윤성재를 쳐다보았다.

"너 이거 무슨 돈이냐?"

주머니에서 꺼낸 봉투를 탁자 위에 내려놓자 윤서진의 얼굴이 하얗게 굳어졌다. 벽시계의 초침소리가 갑자기 크게 울린다. 오전 8시 반이다. 알바를 그만둔 윤서진은 지난달부터 복학 준비를 하면서 어학원에 다니고 있다. 윤서진을 응시한 채 윤성재가 가라앉은 목소리로 물었다.

"너, 만났구나?"

시선을 내린 윤서진에게 윤성재가 다시 묻는다.

"저 돈, 어떻게 받은 거냐?"

그러자 윤서진이 머리를 들었다.

"엄마가 찾아왔어."

이번에는 윤성재가 입을 다물었고 윤서진이 말을 잇는다.

"싫다고 하는데도 기어이 놓고 갔어."

"……."

"용서해 달라고 하면서 울었어."

"……."

"다 자기 잘못이라고 했어."

그러더니 윤서진이 눈물 가득 찬 눈으로 윤성재를 보았다.

"오빠, 용서해 주면 안 될까?"

"용서는 무슨."

얼굴을 일그러뜨린 윤성재가 외면하고 말하더니 곧 쓴웃음을 짓는다.

"그렇게 거창한 일이 아냐."

"엄마는 오빠가 무섭대."

그러자 길게 숨을 뱉은 윤성재가 윤서진을 똑바로 보았다.

"너한테 강요한 내가 잘못했는지도 모르겠다. 그래, 네 마음대로 해라."

"오빠."

윤서진이 다시 울먹였다.

"오빠가 시킨 대로 할께. 앞으로 안 만날께."

"아냐."

윤성재가 머리를 저으며 자리에서 일어섰다.

"만나고 싶으면 만나. 하지만 나한테는 아무 말도 하지 마. 그렇게만 하면 돼."

몸을 돌린 윤성재가 말을 이었다.

"충고하지만 너무 깊게 빠지지 마라. 상대가 널 낳은 여자라고 해도 말야. 어차피 넌 혼자다. 그것만 명심해."

"여보세요?"

휴대폰을 귀에 붙인 박민화가 조심스럽게 묻는다. 처음 보는 발신자 번호였기 때문이다.

"나야."

그때 수화구에서 오혜원의 목소리가 울렸으므로 박민화는 상반신을 세웠다.

"너 이 기집애!"

눈을 치켜뜬 박민화가 말을 잇기도 전에 오혜원을 막는다.

"미안해, 미안해."

"너 지금 어디야?"

"서울."

"서울 어디?"

"장안평."

"지금까지 어디 있었는데?"

"시골."

그러자 박민화가 답답한 듯 머리를 젓더니 팔목시계를 보았다. 오후 2시 반이다.

"그럴 것 없이 지금 만나자. 내가 너 있는 곳으로 갈게."

"지금은 안돼, 일 때문에."
"무슨 일?"
했다가 박민화가 말을 잇는다.
"그럼, 오늘 저녁은?"
"그래, 저녁때 만나."
"마침 기영 씨랑 만나기로 했으니까 같이 만나도 상관없지? 우리끼리 이야기 할 것 있으면 따로 해도 될 테니까."
"상관없어."
"그럼 7시에 역삼역 근처 라일락 카페에서, 알지? "
"알아."
"기영 씨랑은 8시 반에 뉴타운 클럽에서 만나기로 했으니까 우리 저녁 같이 먹고 가자."
박민화의 목소리에 활기가 넘쳐 있었다.

대한호텔에서 자리를 옮겨 근처 한정식당의 방에 둘이 자리잡고 앉았을 때 윤성재가 물었다.
"자, 말해 봐."
"뭘?"
하며 민기영이 쓴웃음을 짓는다.
"이야기 할 것이 좀 있어."
"네가 뭘 시킬 때 꼭 그런 표정이었지."
"회사일이다."

"그런 것 같았다."

"아주 골치가 아파."

"회사 여직원이 꽃뱀인 건 아니겠지?"

"야, 나 회사에선 그런 짓 안해."

민기영이 정색을 하며 손까지 저었을 때 종업원들이 밥상을 들고 와 놓고 갔다. 방문이 다시 닫혔을 때 민기영이 말을 이었다.

"노조 문제야."

윤성재의 시선을 받은 민기영이 어금니를 물었다가 푼다.

"세균덩어리 같은 한 놈이 있어."

그러고는 민기영이 백명철에 대한 이야기를 하는 동안 윤성재는 건성으로 밥을 먹는다. 이윽고 이야기가 끝났을 때 윤성재는 젓가락을 내려놓았다.

"그래, 다 들었다. 그럼 이제 본론을 꺼내 봐."

"이건 나하고 너하고 둘만 아는 일이야."

굳은 얼굴로 민기영이 말하자 윤성재는 머리를 끄덕인다.

"그렇다고 치고, 계속해."

"그놈을 처치할 수 없을까?"

"어떻게?"

"사고를 가장해서 병신을 만들거나, 어쨌든 회사에 나오지 못하게 말야."

"큰 작업인데."

"그러니까 너한테 부탁하는 거지."

“잘못하면 내 인생이 끝나게 돼.”
“내가 책임질게.”
“어떻게?”
“10억 줄게.”
“10억하고 내 인생을 바꿔?”
“아니, 그건 계약금이고.”
침을 삼킨 민기영이 말을 이었다.
“성공하면 10억 더 줄게. 해결사를 사면 1억이면 된다지만 믿을 수가 있어야지. 약점을 잡고 협박하면 감당하기 힘드니까 말야.”
“하긴 그렇다.”
“해줄래?”
민기영의 시선을 받은 윤성재가 쓴웃음을 짓는다.
“생각 좀 해보자.”
“부탁한다, 성재야.”
절박한 표정이 된 민기영이 상 위로 상반신을 기울였다.
“아버지는 노조가 결성되면 아예 회사 문을 닫겠다는 거야.”
“백 뭐라고 하는 놈한테 아예 20억을 주고 물러나라고 하는 게 어때?”
“뒤에 민노총이 있어. 놈들이 알면 치명적이야. 가장 위험한 방법이라구.”
“빌어먹을!”
상체를 뒤로 젖힌 윤성재가 지그시 민기영을 보았다.

"난 네 해결사 역할만 하다가 인생 종칠지도 모르겠다."

"아니, 이게 누구야?"

약속 장소인 뉴타운 클럽 안으로 들어선 민기영이 눈을 크게 뜨고 말한다. 8시 40분. 안쪽 테이블에 박민화와 오혜원이 앉아 있었기 때문이다.

"안녕하세요?"

오혜원이 다가간 민기영과 윤성재 중간쯤에 시선을 놓고 인사를 했다.

"오랜만예요."

윤성재를 똑바로 겨냥하고 인사를 한 박민화가 앞쪽에 앉는 민기영에게 말한다.

"마침 혜원이한테서 연락이 와서. 그동안 시골에 가 있었대."

"그런다고 전번도 바꿔?"

정색한 민기영이 오혜원을 나무랐다.

"민화가 얼마나 걱정했다구."

"미안해요."

오혜원이 웃음 띤 얼굴로 민기영을 본다.

"전주에 내려가서 쉬었어요."

"폐가 좋지 않아서 정양을 했대."

박민화가 거들었다.

"회사에는 병가를 내고."

"그래도 연락은 할 수 있잖아?"
"얘가 좀 유별나긴 해."
"그럼 그 정도로 해두지."
머리를 든 민기영이 손짓으로 웨이터를 부르면서 말했다.
"나두 한 달간 병가 내고 쉬어 봤으면 좋겠다."

윤성재는 왼쪽 끝에 앉은 오혜원을 의식하고 있다. 이쪽으로 옆모습의 반쪽만 시야 안에 잡혔어도 분위기는 다 읽겠다. 클럽 안은 소란했다. 플로어에는 엉켜 춤추는 남녀로 가득 찼고 조명은 빛덩이가 폭발하는 것 같다.

민기영과 박민화는 플로어에 나간 지 꽤 오래 되었는데 돌아오지 않는다. 오혜원이 다시 제 잔에 위스키를 채우더니 단숨에 들이켠다. 벌써 여섯 잔째인가 자작으로 마시고 있다. 물론 둘이 남겨졌지만 아직 한 마디도 나누지 않았다. 시끄러워서 이야기를 나누려면 서로 고함을 쳐야 될 것이었다.

앞쪽을 응시한 채 윤성재는 의자에 등을 붙인다. 오혜원의 그늘지고 젖은 두 눈, 반짝이는 안광, 꼭 다문 입술이 눈앞에 떠오르고 있다. 그리고 곧 그 입술을 덮는 동반자의 너절한 입술도 오버랩된다. 더럽게 사는 여자다, 저 여자는.

그때 오혜원이 머리를 돌리더니 윤성재를 보았다. 윤성재는 플로어를 향하고 있었지만 옆얼굴에 닿는 오혜원의 시선이 따갑게 느껴진다. 그렇게 3초쯤 지나고 나서 오혜원의 머리가 돌려졌고 윤성재는 어깨를 늘어뜨렸다.

다시 잔에 술을 채운 오혜원이 한 모금 삼킨다. 절박하다. 다른 때 같았으면 클럽의 이 소란스러운 분위기가 오히려 편했고 안정감을 주었다. 이 어둠과 소란, 군중에 묻히면 숨바꼭질 할 때 아주 숨기 적당한 곳에 들어간 느낌이 들었다.

그런데 지금은 더 불안하고 혼란스럽다. 한 달 동안 윤미를 데리고 전주에 사는 이종 언니네 집에 머물다가 온 것이다. 언니한테 윤미 또래인 다섯 살짜리 아들이 있어서 둘은 잘 어울렸지만 오혜원은 한 달 동안 체중이 3킬로나 빠졌다. 이번에는 어쩔 수 없이 어머니한테 조광수에 대한 이야기를 다 털어놓았는데, 놀란 어머니가 경찰에 신고하겠다는 것을 겨우 뜯어말렸다.

다시 술잔을 든 오혜원이 한 모금 삼키고 나서 길게 숨을 뱉는다. 조광수는 사흘에 한 번꼴로 집으로 전화를 했다는데 마침내 어제 어머니가 경찰에 신고를 하겠다고 했더니 웃더라는 것이다. 그러고는 모든 것을 다 폭로하겠다고 했는데 그게 무슨 말이냐고 어머니가 물었다. 사흘 안에 연락해 오지 않으면 다 폭로하겠다는 것이다. 그래서 윤미를 언니한테 맡겨놓고 올라왔지만 뚜렷한 대책이 없다.

오른쪽 볼에 윤성재의 시선이 느껴진다. 본인은 플로어를 보는 척하고 있지만 시선 끝에 내 몸을 넣어 두고 있다는 것을 안다. 이 사내가 민기영의 보디가드로 고교시절을 보낸 짱이며 몸으로 먹고 살아온 인생이라는 것도 안다.

이윽고 다시 머리를 돌린 오혜원이 윤성재를 보았다. 그러자 윤성재 또한 머리를 틀어 이쪽을 본다. 시선이 정면으로 마주쳤다.

"시끄럽다. 방으로 가자."

플로어에서 돌아온 민기영이 말했을 때 아무도 이의를 제기하지 않았다. 기쁜 웨이터는 서둘러 그들을 방으로 안내한다. 방에 들어가면 매상이 곱절로 뛰기 때문이다. 방으로 들어서자 소음이 뚝 그치면서 제대로 된 소리가 들리는 것이 신기하게 느껴진다. 소파에 기대앉은 민기영이 길게 숨을 뱉았다.

"술이 다 깨는군."

"난 이제야 술기운이 도는데?"

얼굴이 불거진 박민화가 말하면서 윤성재를 보았다.

"성재 씬 춤 안 춰요?"

"난 별로."

윤성재가 머리를 젓자 박민화의 시선이 오혜원에게 옮겨졌다.

"넌 혼자 술만 마시니? 아팠다던 애가…."

"술은 마셔도 돼."

오혜원이 건성으로 대답하자 박민화가 자리에서 일어난다.

"춤춰요."

윤성재한테 한 말이다. 그러자 민기영이 풀썩 웃었다.

"나가라. 원수가 되지 말고."

민기영이 이제는 턱으로 문쪽을 가리켰다.

"가서 풀어. 민화가 널 얼마나 기다렸다고."

"정말 기다렸어."

플로어에서 마주 보고 섰을 때 박민화가 소리쳐 말한다. 빈틈없이 들어찬 남녀 때문에 플로어에서는 발을 떼기도 힘들다. 기어코 춤을 춘다면 비어 있는 허공에다 대고 손을 흔들거나 머리를 젓는 것이 고작이다. 박민화가 딱 붙어 섰으므로 가슴이 닿았다. 번쩍이는 조명에 비친 얼굴이 웃고 있다.

"그냥 즐겨. 결혼하자고 안할 테니까."

다시 박민화가 소리쳤으므로 윤성재는 마침내 피식 웃었다.

"야, 누가 들으면 내가 재벌 아들인 줄 알겠다."

"역시 재벌 아들이 부러웠구나."

"당연히 부럽지."

"기영 씨쯤은 재벌도 아냐."

그러더니 박민화가 두 팔로 윤성재의 허리를 당겨 안았다. 부대끼는 인파 덕분에 둘의 하반신이 더 밀착되었고 순간 박민화가 웃음 띤 얼굴로 윤성재를 올려다보았다. 두 눈이 반짝이고 있다. 윤성재의 단단한 물건이 하반신에 부딪고 있기 때문이다.

"우리 비밀 갖지 않을래?"

박민화가 하반신을 비비면서 소리쳐 묻는다. 더운 숨결이 윤성재의 턱에 닿았다.

"내가 결혼하자고 안할게, 응?"
그러자 이번에는 윤성재가 웃지 않았다.
"들어가자."
박민화의 두 팔을 잡아 푼 윤성재가 귀에 대고 말했다.
"들어가서 진지하게 상의하자구."

클럽을 나왔을 때는 12시 반이었다. 박민화는 보란듯이 클럽 앞에서 대리기사가 운전하는 민기영의 차를 타고 떠났으므로 둘이 남았다.
"자, 그럼."
손을 들어보인 윤성재가 몸을 돌렸을 때였다.
"잠깐만요."
옆으로 다가온 오혜원이 똑바로 윤성재를 보았다. 어둠 속이었지만 눈동자도 흔들리지 않았으며 술기운도 드러나지 않았다. 오혜원이 한 마디씩 또박또박 말했다.
"저하고 이야기 좀 해요."
그래서 둘은 근처 커피숍으로 들어가 마주보고 앉았다. 커피숍 안에는 손님이 그들 둘뿐이었다.
"부탁 드릴 것이 있어요."
커피를 시킨 오혜원이 이제는 시선을 내린 채로 말했을 때 윤성재가 정색했다.
"결혼하자는 말만 안하면 다 들어드리지."

그러나 오혜원은 탁자를 쏘아본 채로 말을 이었다.

"제가 협박을 당하고 있어요."

윤성재는 입을 다물었고 오혜원의 목소리는 점점 낮아졌다.

"전남편인데 돈을 주지 않으면 다 폭로하겠다고 해요."

"……."

"그래서 한 달 동안 언니한테 가서 숨어 있었어요."

"……."

"그랬더니 어머니한테 폭로하겠다고 협박했는데, 기한이 내일까지예요."

"……."

"제가 여행 동반자를 했어요. 여행 가는사람들의 섹스 파트너 역할이죠."

그때 종업원이 커피를 가져왔는데 윤성재는 커피에 설탕을 넣고 열심히 젓는다. 그러고는 한약을 마시는 것처럼 정성스럽게 커피잔을 들고 한 모금 삼켰다. 그러다 뜨거워서 입을 딱 벌렸지만 오혜원은 그대로 탁자만 바라보고 앉아 있다. 다시 오혜원이 입을 열었다.

"그놈은 몇 달 전부터 제가 그 일을 하는 걸 알고 꼭 절반씩 떼어 갔어요. 아마 중개업소에서 정보를 빼내는 것 같아요."

"내가 뭘 해주기를 바라는 거요?"

불쑥 윤성재가 묻자 오혜원이 그때서야 머리를 든다.

그 순간 윤성재는 숨을 멈췄다. 오혜원의 눈에서 눈물이 흘러내리고 있었다. 그러나 입을 열었을 때 목소리는 또렷했고 두 눈은 반짝였다.

"그놈 앞에서 내 남자가 돼 주세요."

또렷하게 말한 오혜원이 덧붙였다.

"그럼 은혜는 잊지 않을게요."

제3장

"확실하겠지?"

결재서류를 밀어놓은 민용식이 목소리를 낮추어 물었다. 사장실 안에는 민기영과 둘뿐이었지만 민용식의 말은 겨우 들렸다.

"예, 틀림없습니다."

테이블 위로 상반신을 기울인 민기영도 낮게 말했다.

"잘 아시지 않습니까? 개 실력은 최고지요, 당할 놈 없습니다."

"이건 싸움하고 다르다."

"본인도 압니다."

"하긴 그놈 성품이 치밀한 건 나도 알지."

어깨를 늘어뜨린 민용식이 길게 숨을 뱉는다. 그때 민기영이 위로하듯 말했다.

"이번 일은 제가 독단으로 결정한 것인 줄 압니다. 그러니까 만일의 경우에도 아버님은 별 문제가…."

"누가 그렇게 믿겠느냐?"

쓴웃음을 지으면서 민용식이 주위를 둘러보며 말했다.

"거금이 빠져 나갔는데 네 독단이라고 믿겠어? 어쨌든 일 터지면 나도 온전하지 못하다."

민용식의 시선을 받은 민기영이 심호흡을 한다. 맞는 말이다. 검찰은 호락호락하지 않을 것이다. 그러나 내버려둘 수는 없는 일이다. 위험을 무릅쓰고라도 처리해야만 한다. 시간이 급하다.

밤 10시 5분. 한강 천호동의 고수부지는 맑은 날씨 때문인지 사람들이 많았다. 대부분 20대 남녀였고 10대들도 많이 눈에 띄었다. 오토바이를 몰고 온 10여 명의 10대가 다리 밑에 모여 요란한 소음을 내고 있다. 택시에서 내린 오혜원이 매점 옆쪽의 제방으로 다가갔을 때 뒤에서 발자국 소리가 들렸다. 그러나 오혜원은 곧장 제방 끝쪽으로 다가간다. 발자국 소리가 빨라지면서 가까워졌다.

"이봐."

조광수의 목소리였다. 오혜원이 서너 발짝 더 걸었을 때 조광수가 다시 불렀다.

"어디 가는 거야? 물 속으로 들어갈래?"

목소리에 짜증기가 배어 있었다. 그러나 오혜원은 제방 끝과 이어진 잔디밭에서 멈춰섰다. 이곳에서 길이 끊겼고, 오른쪽은 강이다. 갑자기 주위가 조용해졌고 어둡다. 오른쪽 매점과는 50미터 정도의 거리, 그쪽은 밝다. 그대 조광수가 다가와 옆에 섰다. 어둠

속에서 눈의 흰창이 번들거리고 있다.

"제법 은밀한 장소를 아는데."

흰 이를 슬쩍 드러내며 조광수가 말했다.

"나하고 분위기 만들 상황은 아닌 것 같고, 가방 속에 총이라도 들었니?"

그러더니 조광수가 주위를 둘러보았다.

"니가 도망가 봤자 부처님 손바닥 안의 손오공이다."

밤바람이 강쪽에서 밀려오면서 물비린내가 맡아졌다.

"자, 앉자구. 앉아서 네 결정을 들어야겠다."

조광수가 털썩 앉고 나서 오혜원을 올려다보았다. 목소리가 거칠어져 있다.

"앉으란 말야!"

오혜원은 일 미터쯤 떨어진 옆에 앉는다. 바람이 싸늘했으므로 오혜원은 어깨를 움츠렸다. 두 손으로 바지 무릎 밑을 감싸안은 자세로 오혜원이 검은 강물을 본다. 그때 조광수가 모난 목소리로 묻는다.

"자, 어떻게 할 거냐? 난 더 이상 못 기다린다."

이제는 무릎 위에 턱을 고인 오혜원을 향해 조광수가 잇 사이로 말한다.

"내일 오후 5시까지야. 아파트 담보로 넣으면 몇 시간 안에 5천 나와."

"……."

"한 달 기다렸어, 이년아."

눈을 치켜뜬 조광수가 오혜원을 노려보았다. 어둠속에서 두 눈이 번들거렸다.

"네 엄마가 너 몸 팔고 다니는 줄 알아? 그렇다면 네 아파트 단지에다 소문을 내주지. 너희 모녀가 합동으로 성매매한다고 말야."

"……."

"내일 지나면 하루에 천만 원씩 올릴 거다. 넌 빠져 나갈 수가 없어."

그때 뒤에서 헛기침 소리가 났으므로 조광수는 대경실색을 했다. 화들짝 놀라 몸을 돌렸던 조광수는 그 순간 턱이 부서지는 것 같은 충격을 받고 옆으로 엎어졌다.

"아으으."

조광수의 입에서 저절로 처절한 신음이 뱉아졌다. 실제로 턱이 부서져 버린 것이다. 오혜원은 바로 눈앞의 어둠속에 검은 기둥처럼 서 있는 사내를 본다. 윤성재다. 잔디 위를 소리없이 다가왔기 때문에 오혜원도 모르고 있었지만 놀라지는 않았다. 미리 계획을 세워 놓았기 때문이다. 먼저 와서 기다리던 조광수도 경계를 했겠지만 이쪽이 상수다. 그때 윤성재가 한쪽 무릎을 꿇고 앉으면서 다시 주먹을 휘둘렀다. 쇠장갑을 낀 주먹이다.

"퍽석!"

마른 바가지가 깨지는 소리가 들리더니 조광수의 입에서 처절한 신음이 뱉아졌다.

"아아이고."

그러나 입을 꾹 다문 윤성재가 누운 채 버둥거리는 조광수를 향해 다시 한번 주먹을 내리쳤다.

"사람 살려."

조광수의 비명은 약했다. 턱이 부서져서 말도 제대로 뱉아지지 않았다. 그때 윤성재가 입을 열었다.

"자, 이놈을 싣고 가자구."

오혜원에게 한 말이다. 주머니에서 이삿짐 포장용 테이프를 꺼낸 윤성재가 말을 이었다.

"묻을 데도 봐놨어."

차 트렁크에 테이프로 마치 누에고치처럼 감아 묶은 조광수를 싣고 윤성재가 국도를 달려가고 있다. 핸들을 쥔 윤성재는 앞쪽만 보았고 오혜원 또한 눈도 깜박이지 않고 앞만 응시한다. 차안에는 엔진음만 울릴 뿐 둘은 전혀 입을 열지 않는다. 그렇게 한 시간이 지나고 나서 국도의 샛길로 들어가 비포장도로를 덜컹대며 나아갈 때 오혜원이 입을 열였다.

"어디죠?"

"다 왔어."

목소리를 낮춘 윤성재가 머리를 돌려 오혜원을 보았다. 오혜원은 여전히 어둠에 덮인 앞쪽을 응시하고 있다.

"저놈을 어떻게 했으면 좋겠소?"
낮게 물었을 때 오혜원이 처음으로 윤성재를 보았다. 눈을 치켜 뜬 얼굴이 윤성재를 처음 만난 것 같은 표정이다.
"죽이기로 했잖아요?"
시선을 받은 윤성재가 다시 앞쪽을 보았을 때 오혜원이 분명하게 말했다.
"죽여요!"
오혜원의 목소리는 차가웠다. 마치 얼음이 떨어지는 것 같았다. 윤성재의 볼에 대고 오혜원이 말을 이었다.
"죽여서 묻어요."

산속 비탈의 구덩이를 다 팠을 때는 오전 3시가 되어 가고 있었다. 윤성재는 추운 날씨였지만 땀투성이가 되어 있다. 허리를 편 윤성재가 구덩이 옆에 던져놓은 조광수 옆으로 다가갔다. 조광수는 처음에는 격렬하게 꿈틀거리다가 지금은 지친 듯 늘어져 있다.
주위는 아직 짙게 어둠이 덮여 있어 물체의 윤곽만 보인다. 옆쪽 나무 둥치에 등을 붙이고 앉은 오혜원이 흰창을 굴려 윤성재를 보았다. 윤성재가 이제는 몸을 굽히고는 조광수의 호주머니를 뒤진다. 그러자 조광수가 다시 몸을 뒤척였다. 필사적이다. 입에 테이프가 감겨져 있어서 신음만 희미하게 뱉아졌고 허리와 다리만 버둥댄다. 두 팔이 뒤로 묶였고 다리까지 테이프에 칭칭 감겼기 때문이다.

소지품을 샅샅이 꺼낸 윤성재가 허리를 펴다가 문득 생각난 것처럼 조광수의 입에 붙인 테이프를 잡아떼었다.

"아악!"

짧게 신음을 뱉은 조광수가 거친 숨을 몰아쉬었다. 그러더니 부정확한 발음으로 말한다. 턱이 부서졌기 때문이다.

"살려주십시오. 살려주시면 멀리 떠나겠습니다. 제발 목숨만 살려…."

"죽여!"

그때 벌떡 일어선 오혜원이 다가왔다. 그러고는 흙 위에 꽂힌 삽을 빼들더니 치켜들었다. 어둠속에서 두 눈의 흰창이 번들거린다.

"죽여야 돼. 절대 살려두면 안돼."

그 순간 오혜원이 내려친 삽이 조광수의 등에 맞았다.

"어이구, 사, 살려줘, 살려줘요."

조광수가 흐느껴 울었을 때 오혜원이 다시 삽을 내려쳤다. 이번에는 어깨에 맞았다.

"이놈을 없애야 해."

오혜원이 삽을 또 치켜들었을 때 윤성재가 다가가 팔을 잡았다. 그러고는 삽을 빼앗아 들고 말했다.

"내가 처치할 테니까 차에 가 있어."

윤성재가 차로 돌아왔을 때는 30분도 더 지난 후였다. 트렁크에 삽을 던져넣은 윤성재가 손을 털고 나서 운전석에 앉았을 때 오혜원이 시선을 주었다. 그러나 윤성재는 외면한 채 곧장 차를 발진시켰다. 새벽 4시가 되어 가고 있었다. 비포장도로를 덜컹대며 달리는 동안 다시 둘은 아무 말도 하지 않았다. 아직도 짙은 어둠이 덮인 앞쪽만 본다. 그러나 차가 아스팔트가 깔린 국도로 나왔을 때 오혜원이 머리를 들려 윤성재를 보았다.

"어디서 쉬어요."

윤성재는 대답하지 않았지만 오혜원이 말을 이었다.

"피곤해요."

시흥의 모텔방 안 욕실에서 먼저 씻고 나온 오혜원이 방안을 둘러보더니 표정이 굳어졌다. 방은 비었다. 욕실 가운의 깃을 여미고 있던 오혜원이 손을 떼자 알몸이 드러났다. 가운 밑에 아무것도 걸치지 않은 것이다. 방금 씻은 후여서 피부는 윤기가 흘렀고 날씬한 몸매가 드러났다. 곧 탁자 위에 놓인 쪽지를 발견한 오혜원이 다가가 집어들었다. 윤성재가 남기고 간 메모였다.

"이제 걱정 말고 푹 쉬어. 먼저 갈게."

쓴웃음을 지은 오혜원이 쪽지를 던진다. 팔랑거리던 쪽지가 방바닥에 떨어졌다. 머리를 감싸고 있던 수건을 풀면서 오혜원이 소파로 다가가 앉는다. 얼굴은 금방 평온해져 있었다.

"비정규직 반만 모여도 끝나."

백명철이 충혈된 눈으로 사내들을 둘러보며 말했다. 오후 10시 반. 영등포시장 골목의 삼겹살 식당 안이다. 테이블에는 백명철까지 네 사내가 앉아 있었는데 모두 술에 취했다. 테이블 위에 놓인 소주병이 8개나 되었으니 일인당 두 병꼴이다. 어깨를 편 백명철이 말을 잇는다.

"그 시발놈은 50억대 집에 억대 자가용이 세 대야. 부동산이 백억대고 회사 주식이 3백억, 내가 통장 조사는 못했지만 숨겨놓은 재산이 몇백억 될 거라구."

"아이구."

사내 하나가 머리를 흔들며 말을 받는다.

"억, 억 해쌓는 바람에 돈이 돈 같지가 않은 것 같애. 여기 술값도 억인가?"

사내들이 키들키들 웃었지만 백명철은 여전히 정색했다. 넓은 어깨, 목이 짧아서 더 다부져 보이는 몸이다. 얼굴은 둥글었지만 가는 눈이 날카로운 인상을 풍겼고, 목소리도 크다. 거침이 없다. 30대 초반쯤의 나이로 보였지만 이마 위로 머리가 벗겨져 있다. 주위를 둘러본 백명철이 목소리를 낮춘다.

"복지회 놈들은 모일수록 성가셔. 우린 비정규직만 조직해 놓고 민용식이하고 딜을 하는 거야."

"글쎄, 그게 계획대로 될까?"

사내 하나가 묻자 백명철은 코웃음을 쳤다.

"관리담당 김이사가 세 번이나 날 만나자고 했지만 튕겼어. 협상을 하자는 얘기야, 뻔하다구."

“백억은 너무 많은 거 아냐?”

목소리를 잔뜩 낮춘 사내 하나가 물었을 때 백명철은 다시 주위를 둘러보았다. 식당은 절반쯤 손님이 차 있었는데 이쪽에 신경을 쓰는 인간은 없다. 한 테이블 건너편에 공사장 인부로 보이는 사내가 헬멧을 테이블 위에 벗어놓고 엎드려 있다. 빈 소주병이 네 개 놓여져 있었으므로 그들에게는 관심 밖의 인간이었다. 눈을 치켜뜬 백명철이 잇사이로 말했다.

“일단 백억이야. 그리고 우리의 최종 가격은 50억이야. 그 이하는 안돼. 그땐 끝까지 가는 거야. 회사 망하지 않으려면 내놓아야 할걸.”

백명철의 표정은 단호했다.

백명철 일행이 삼겹살집을 나간 것은 그로부터 30분쯤 후였다. 2차로 아가씨 있는 노래방에 가자면서 그들이 몰려나갔을 때 엎드려 있던 공사장 인부가 상반신을 일으켰다. 그러고는 헬멧을 집어들고 안에 부착된 녹음기의 스위치를 껐다. 사내는 윤성재였다. 자리에서 일어선 윤성재는 헬멧을 옆구리에 낀 채 계산대로 다가갔다. 소주 네 병이 비워져 있었지만 얼굴은 말짱했고 걸음도 곧다. 대신 윤성재가 앉았던 테이블 밑이 물기로 흥건히 젖어 있었다.

박민화에게 카프리 디자인 하우스는 명예욕을 채우기 위한 도구였지 생활 기반은 아니다. 그러나 마음을 비우면 뜻을 이룬다는 말이 박민화의 경영 스타일에 적용되리라고는 본인도 예상하지 못했을 것이다. 관리를 담당한 유근태는 40대 후반의 대머리에 비대한 체격의 사내였지만 경영에 일가견이 있다. 그래서 아버지 박석호가 자신의 금강냉장에서 보내준 것인데, 유근태는 카프리를 3년 만에 흑자구조로 만들었다. 유근태가 내민 서류에 사인을 한 박민화가 문득 생각난 듯한 표정을 짓고 묻는다.

"지금도 결재서류 아버지한테 다 보여드리고 있죠?"

"예에?"

했다가 유근태는 둥근 얼굴을 펴고 웃는다. 호인 인상이지만 꼼꼼하다.

"아닙니다. 큰 것만 보여드립니다."

그러나 유근태는 시선을 마주치지는 않았다. 쓴웃음을 지은 박민화가 물었다.

"아버지 회사로 돌아가고 싶으세요?"

"아닙니다, 사장님."

"거짓말."

의자에 등을 붙인 박민화가 외면했다.

이곳에서 아버지의 신임을 얻고 나서 돌아가 승진하고 싶을 것이다. 금강냉장은 연매출 4천억짜리 회사인 것이다. 60억짜리 카프리 디자인에서 썩을 리가 있겠는가? 유근태가 방을 나갔을 때 박민화는 팔목시계를 보았다. 오후 4시 반, 전시회 회의와 경비건을 연달아 처리했더니 머리가 아프다. 이런 때는 술 마시고 지칠 때까지 노는 것이 가장 낫다. 서랍에서 휴대폰을 꺼낸 박민화가 단축버튼 4번을 눌렀다가 곧 지우고는 5번을 눌렀다. 4번은 오혜원이다. 신호음이 두 번 울리고 나더니 곧 응답소리가 들린다.

"여보세요."

윤성재다. 심호흡을 한 박민화가 대뜸 묻는다.

"오늘 저녁 시간은?"

"약속이 있는데."

그러나 윤성재의 목소리가 부드럽게 느껴졌으므로 박민화가 다시 묻는다. 이제는 면역이 되어 있기도 했다.

"내가 무서워?"

"아니, 그건 아냐."

"내가 매력이 없어?"

"그것도 아니고."

윤성재가 이제는 웃음 띤 목소리로 말했다.

"너도 잘 알면서, 내가 좀 구닥다리 인간이기 때문이지."

"의리 말하는 거야?"

"그것도 그렇고, 남의 주머니에 든 물건 꺼내는 기분도 들고."

"과연 이 남자 구닥다리네,"

"어쩌냐? 내 팔잔데."

"알았어, 다음에 전화할게."

했다가 박민화가 문득 물었다.

"왜 오혜원이 안 만나? 걘 구닥다리 조건에 하나도 걸리는 게 없을 텐데."

"다 그런 거야."

"뭐가?"

"남들이 보기엔 멀쩡하지만 사람들은 모두 감추고 싶은 일들이 있어."

"아이 있다는 거?"

"그건 문제도 아냐."

그러더니 윤성재의 목소리가 딱딱해졌다.

"오늘은 이만."

오후 6시, 창밖으로 어둠이 덮이고 있다. 침대에 누워 창밖을 내다보던 민기영이 머리를 돌렸다. 욕실에서 가운 차림의 오혜원이 나오고 있다. 알몸에 가운만 걸치고 있어서 벌려진 가슴 깃 사이로 젖가슴이 드러났고 걸음을 옮길 때마다 미끈한 허벅지가 보였다. 침대 옆에 선 오혜원이 가운을 벗자 알몸이 드러났다. 군살 한 점 보이지 않는 알몸이다. 민기영이 시트를 젖히자 오혜원이 침대 위로 오른다. 그러고는 둘의 팔다리가 엉켰다. 격렬한 키스를 하던 오혜원이 문득 입술을 떼고는 헐떡이며 묻는다.

"참, 자기 친구 윤성재 씨한테서 연락 왔어?"

"아니, 요즘은."

오혜원의 젖가슴을 주무르며 민기영이 묻는다. 두 알몸은 엉킨 채 두 팔이 서로를 분주하게 애무하는 중이다.

"요즘은 연락이 없어. 그런데 왜?"

"아니, 갑자기 생각이 나서."

민기영의 남성을 두 손으로 움켜쥔 오혜원이 달아오른 얼굴로 웃는다.

"민화가 날 그 남자한테 소개시켜 주려고 애쓰던 생각이 나서."

"흐응."

따라 웃는 민기영이 상위 자세를 취하면서 말한다.

"설마 민화가 우리 사이를 눈치채고 그런 건 아니겠지?"

"아아."

갑자기 민기영의 남성이 들어왔으므로 탄성을 뱉은 오혜원의 말이 끊겨졌다.

박민화가 둘의 사이를 눈치챘다면 그런 방법으로 대하지는 않는다. 둘은 박민화의 성품을 다 안다. 방안은 곧 두 남녀의 열띤 신음으로 메워졌다. 둘이 깊은 관계가 된 것은 꽤 되었다. 오혜원이 조광수와 헤어지고 일 년쯤 지났을 때였으니 2년도 넘었다. 그러나 한 달에 한두 번씩 만나 이렇게 정사를 나누는 사이면서도 미래 이야기는 전혀 하지 않았다. 그저 섹스를 즐기고 헤어졌을 뿐이다. 이윽고 오혜원이 격렬한 탄성을 뱉으면서 절정에 오른다. 다음 순간 민기영도 폭발했다. 섹스의 호흡이 맞는 파트너였다. 민기영이 아직도 신음을 토하는 오혜원의 귀에 대고 헐떡이며 속삭였다.

"사랑해,"

모텔에 출입할 때도 따로따로 들어와 매사를 조심스럽게 처리한 민기영이다. 옷을 입은 민기영이 먼저 나갈 차비를 하면서 오혜원을 보았다.

"회사 나가는 거 힘들지 않아?"

"아니."

머리를 저은 오혜원이 민기영의 시선을 잡더니 덧붙였다.

"전혀."

"출장이 잦아서 윤미가 엄마한테 투정 부리지 않아?"

"할머니가 잘 해주니까 이젠 할머니를 더 따라."

그러자 넥타이를 매던 민기영이 갑자기 쓴웃음을 짓는다.

"지난번 자기가 한 달 동안 휴가받았을 때 하마터면 내가 실수할 뻔했어."

"어떻게?"

"민화가 '얘는 왜 요즘 연락이 안 되지?' 하고 혼잣말을 했을 때 '시골 갔다면서?' 하고 내가 되물었거든. 그 전날에 자기 전화를 받았기 때문에 말야."

"저런."

긴장한 오혜원이 바짝 다가섰다. 검은 눈동자가 똑바로 민기영을 본다. 그러자 민기영이 빙그레 웃었다.

"민화는 눈치채지 못한 모양이야. 내가 언제 그래? 그러더니 몸을 돌리더라구."

"조심해."

오혜원이 정색하고 말하자 민기영은 다시 쓴웃음을 짓는다.

"그래, 잘 하고 있어. 하지만 네가 애 데리고 직장 다니는 게 좀 그래."

"내 걱정은 마."

그러더니 오혜원이 몸을 돌리며 말한다.

"회사에서도 인정을 받고 있으니까."

"좋아, 개당 12만 원으로 하지,"

하고 이종덕이 말하더니 방바닥에 놓인 시계를 두손으로 끌어 모았다. 그러고는 머리를 들고 윤성재를 본다.

"내가 많이 양보한 거라구. 지난번 홍선생한테는 10만 원씩 줬단 말이야."

시계를 가방에 쓸어담은 이종덕이 곧 방바닥에 만원권 뭉치 24개를 내려놓았다. 시계가 2백 개였기 때문이다.

"김동철이가 어떻게 되었는지 알아?"

가방 지퍼를 잠근 이종덕이 은근해진 표정으로 윤성재에게 묻는다.

"얼굴 한쪽이 병신이 되어서 부산으로 내려갔어. 처음에는 길길이 뛰었다가 소문이 쫙 나버리니까 이쪽에서는 배겨내지 못한 거야."

잠자코 돈뭉치를 가방에 넣는 윤성재를 향해 이종덕이 말을 이었다.

"개자식, 욕심 부리다가 꼴 좋게 되었지. 같이 있다가 다친 부하 두 놈이 보상비 내라고 지금도 쫓아다닌다는군."

김동철은 지난번에 시계를 강탈해 가려다가 부하 둘과 함께 윤성재한테 맞고는 턱 수술을 받았지만 얼굴 한쪽이 일그러진 병신이 되었다고 했다. 이종덕은 김동철과 경쟁 관계에 있는 터라 오히려 사건을 즐기는 기색이다. 가방을 든 윤성재가 자리에서 일어섰다. 인사동의 한식당 방안이다. 저녁상은 받았지만 둘은 절반도 먹지 않았다.

"그럼 다음에 봅시다."

먼저 방을 나가는 윤성재의 뒤에 대고 이종덕이 말했다.

"다음에는 내 말대로 특A급으로 골라 와. 그것이 더 장사가 잘 돼."

그러나 특A급은 어렵다. 진짜와 거의 비슷한 짝퉁이라 세관에서 정품 취급을 해버리면 큰 밀수사건이 되는 것이다. 식당을 나온 윤성재는 바지 주머니에 든 휴대폰이 진동으로 떠는 것을 느꼈다. 휴대폰을 꺼내 들었을 때 화면에 찍혀 있는 민기영의 번호를 보았다. 돈가방을 고쳐쥔 윤성재가 휴대폰을 귀에 붙였다.

"응, 웬일이냐?"

"그 일, 잘 진행되고 있지?"

민기영이 묻자 윤성재는 길 가의 상점 벽에 등을 붙이고 섰다.

"그래, 진행중이야."

"언제 끝날 것 같아?"

그러자 앞쪽을 지나는 행인들을 훑어보며 윤성재가 목소리를 낮췄다.

"일주일 정도."

"확실하게 끝내 줘. 회사 분위기가 점점 살벌해진다."

"알았다."
"부탁한다."
그러고는 통화가 끊겼으므로 윤성재는 길게 숨을 뱉는다.

밤 10시, 사당동 오거리 근처는 음식점과 유흥주점이 많아서 이 시간이면 가장 거리가 활기에 넘친다. 지하철 13번 출구에서 오른쪽 길로 50미터쯤 들어가면 왼쪽으로 파리 노래방이 있다. 건물 2층에 있는데 네온사인 광고로 에펠탑을 만들어 놓아서 눈에 잘 띄었다. 윤성재가 노래방 안쪽 방으로 들어섰을 때는 10시 5분이다. 안에서 혼자 기다리던 사내가 머리를 들었는데 얼굴에 마스크를 썼다. 그러나 시선만 줄 뿐 일어서지도 입을 열지도 않는다. 앞쪽 자리에 앉은 윤성재가 정색하고 사내를 보았다.
"어때? 움직일만 해?"
그러자 사내가 눈을 부릅떴다.
"움직일 만하니까 여기 나왔지 않소?"
"돈 버는 수가 있다고 했기 때문이지."
쓴웃음을 지은 윤성재가 문을 열고 들어온 여주인한테 맥주와 안주를 시키고는 돈을 지불했다. 술값은 선불로 받는다. 여주인이 금방 종이잔에 채운 맥주와 팝콘을 갖다놓고 나갔으므로 다시 방에는 둘이 남았다. 그때 사내가 맥주잔을 쥐고 나서야 마스크를 벗는다. 드러난 얼굴은 오혜원의 전남편 조광수였다. 조광수는 턱 밑에 커다란 반창고를 붙였고 한쪽 볼은 시퍼렇게 부었다. 윤성재의 시선을 받은 조광수가 잇사이로 말한다.

"자, 말해 보쇼."

"급한 모양이구만."

한 모금 맥주를 삼킨 윤성재가 지그시 조광수를 보았다. 오혜원은 죽여 묻으라고 했지만 윤성재는 조광수를 풀어준 것이다. 조광수를 풀어줄 때 다음에는 꼭 죽여 묻는다고 세 마디만 했다. 그러고는 오늘 조광수한테 전화를 해서 불러낸 것이다.

"내가 너 같은 놈들을 잘 알아."

윤성재가 조광수에게 시선을 준 채로 말을 이었다.

"너같은 놈들한테는 나처럼 무지막지한 분이 임자지. 말은 필요없어. 그냥 수틀리면 요절을 내는 거야."

"글쎄, 이젠 용건을 말하시지."

이제는 조광수가 눈을 치켜떴을 때 윤성재가 말했다.

"사람 하나 병신 만드는 데 3억 주마."

그 순간 조광수가 숨을 참고는 시선만 주었다. 눈썹 하나 까닥하지 않는다. 이윽고 조광수는 얼굴을 일그러뜨리며 웃었다.

"왜? 당신이 하지 날 시키는 거야?"

"내가 손에 물 묻히기 싫어서."

"누군데?"

"남자."

"또 오혜원이 남자인가? 이번에는 동반자 여행 파트너?"

"닥쳐."

"날 고른 이유는 뭐야?"

이제는 조광수가 눈을 똑바로 뜨고 반말로 묻는다. 조광수의 시선을 받은 윤성재가 다시 쓴웃음을 지었다.

"너한테 어울리는 일 같아서. 그리고 돈도 궁할 것 같고."

"의리의 사낸 줄 알았더니 나하고 비슷한 종자 아냐 이거?"

"말조심 하지 않으면 아예 턱을 떼어 놓을 테다."

그래놓고 윤성재가 정색한 얼굴로 조광수를 보았다.

"어쩔 테냐? 일 맡을래 말래?"

윤미는 오혜원이 사다준 곰인형을 껴안고 잠이 들었다. 행복한 표정이다.

며칠 동안 일찍 집에 돌아왔고 같이 놀아준 효과가 드러났다. 전주 언니집에 사흘간 맡겼다가 데리러 갔더니 보자마자 울음을 터뜨려서 오혜원도 함께 울었다. 할머니도 안 계신 터라 버림받은 것 같았을 것이다. 윤미에게 이불을 덮어주고 응접실로 나왔을 때 텔레비전을 보고 있던 어머니가 리모컨으로 소리를 죽이더니 오혜원에게로 돌아앉았다. 방에서 나오기를 기다린 것 같다.

"그놈하고는 정말 끝났지?"

어머니가 묻자 오혜원은 이맛살부터 찌푸렸다.

"글쎄, 내가 몇 번이나 말해야 믿겠어? 다신 나타나지 않겠다고 했다니까."

"정말 돈 안 줬어?"

"경찰을 데려갔는데 무슨 돈."

"어이휴."

길게 숨을 뱉은 어머니가 혼잣소리처럼 말한다.

"그 웬수 때문에 내가 10년 감수를 했다. 나, 오래 못 살 것 같다."

"엄마는."

눈을 흘긴 오혜원이 어머니의 팔을 두 손으로 잡았다.

"이제부터 호강을 좀 해야지."

"내 복에 무슨."

그러더니 문득 오혜원을 보았다. 정색하고 있다.

"너, 남자 있니?"

"없어."

"그럼, 내가 지난번에 말했던 강목사님은 어떠냐? 그분만한 인격자도 드물다."

"싫어."

외면한 오혜원이 머리를 저었다.

"난 그런 팔자가 아냐."

"그런 팔자가 아니라니?"

어머니가 눈을 크게 떴다.

"웬 팔자? 그럼 넌 떠돌이 팔자냐?"

했다가 어머니는 곧 자신의 말이 심했다고 느꼈는지 어깨를 늘어뜨렸다. 그러고는 혼잣소리처럼 말한다.

"상처한 데다 애도 없고, 생활 걱정이 없는 큰 교회 목사인 데다 존경받는 인격자고, 다만 너보다 나이가 열 살 많은 것이 흠이지만 이런 상대가 어디 있어?"

자리에서 일어난 오혜원은 다시 방으로 들어가 자고 있는 윤미 옆에 앉는다. 어머니가 고집하지는 않을 것이다. 지금까지 오혜원의 주장을 꺾은 적이 없다. 조광수와 결혼한 것도 오혜원의 고집을 꺾지 못했기 때문이다. 오혜원은 무릎 위에 턱을 괴고는 물끄러미 윤미를 내려다본다. 윤미는 오혜원의 얼굴을 빼다 박았다. 단정한 입술이 제 애비와 비슷했지만 상관없다. 저도 모르게 긴 숨을 뱉은 오혜원이 손가락 끝으로 윤미의 얼굴을 만진다.

결혼 상대감으로는 민기영이 맞다. 그래서 민기영을 적극적으로 유혹했다. 박민화와 둘이 좋아하는 사이라는 현실에 전혀 구애받지 않았다. 그러나 막상 민기영과의 결혼을 현실화시키려면 가족의 반발이 걸린다. 민기영 집안의 반발이다. 그것까지 감수하면서 연속극에서 보는 것처럼 괄시를 받으며 살기는 또 싫다. 쓴웃음을 지은 오혜원이 물끄러미 윤미의 얼굴을 본다. 사실이 밝혀졌을 때 박민화가 느끼는 배신감이나 놀람 따위는 전혀 문제가 아니다. 그건 잠깐 지나는 소나기 비슷하다. 우산만 펴고 있으면 되는.

그때 문득 윤성재의 모습이 떠올랐으므로 오혜원의 표정이 굳어졌다. 그 자가 보통내기는 아니다. 내가 애가 있다고 미리 터뜨린 이유도 분석했듯이 동반자 노릇으로 돈벌이를 해왔고 그것으로 조광수의 협박을 받고 있다는 것까지 털어놓은 이유도 이미 알고 있을 것이다.

이윽고 오혜원은 소리죽여 숨을 뱉는다. 그 대가로 몸을 줄 생각이었는데 목욕하는 사이에 빠져 나갔다. 그것은 아직도 나한테 미련이 있다는 증거일 것이었다. 물론 그런 확신이 있었기 때문에 윤성재한테 그런 부탁을 했다. 오혜원의 시선이 다시 윤미에게로 옮겨졌다. 어쨌든 윤성재는 조광수를 죽여 묻은 살인자가 되었다. 그것이 누가 시켰건간에 나는 윤성재가 살인자라는 것을 아는 유일한 증인인 것이다. 따라서 나는 윤성재의 약점을 쥔 유일한 인간이다.

"형씨, 한잔 하셔."
하고 술병을 든 조광수가 불렀으므로 윤성재는 잔을 내밀었다. 밤 11시, 자리를 옮겨 근처 포장마차에서 술을 마시는 중이다. 윤성재도 술이 세었지만 조광수도 뒤지지 않는다. 식탁 위에는 소주병이 8개가 놓여 있었지만 아직 둘의 얼굴은 흐트러지지 않았다. 조광수가 잔에 술을 채우면서 말한다.

"형씨가 그년하고 아무 관계가 없다니까 하는 말인데, 빠져들면 위험해."

제 잔에 술을 따른 조광수가 한 모금에 삼키고는 말을 잇는다.

"내가 얼마나 더럽고 추잡하고 악랄한 놈인가에 대해서 그년한테 눈물어린 하소연을 들었겠지. 하지만 그년은 나보다 한술 더 뜬다구."

"……."

"겉은 이지적이고 깨끗한 척하지만 내면은 위선적이고 교활해.

나도 속았어."

그러고는 조광수가 이를 드러내고 웃는다. 두 눈이 번들거리고 있다.

"처음에 날 만났을 때 아버지가 대형 냉장회사를 경영하고 어머니는 강남에 빌딩을 몇 채나 갖고 임대업을 하는 재벌 딸이라고 하더군. 물론 나도 비슷하게 공갈을 쳤지만."

"……."

"나중에 알고 봤더니 제 친구 집안을 그대로 말한 것이었어."

박민화 집안이다. 쓴웃음을 지은 윤성재도 한 모금에 소주를 삼키고는 잔을 채운다. 다시 조광수가 말을 잇는다.

"양쪽 집안에서 반대한다는 이유로 우리 둘은 셋집을 얻어 결혼 생활을 시작했지. 난 부모가 정해준 상대를 거부했기 때문에 미움을 받는다는 핑계를 대었고, 오혜원이 또한 집에서 정해준 상대가 있었다는 거야. 지금도 이름까지 기억해. 대원전자 사주 아들 민기영이야,"

"……."

"식도 안 올리고 두 달 살다가 혼인신고를 했어. 그러고는 석 달 더 살다가 들통이 났지. 거의 동시에, 펑!"

폭탄 터지는 시늉을 한 조광수가 잇몸까지 드러내고 웃었다.

"그런데 그때 뱃속의 애가 7개월째였어. 뗄 수가 없었지."

"자, 이제 그만."

술잔을 든 윤성재가 말했을 때 조광수가 한쪽 눈을 감아 보이면서 웃었다.

"형씨, 넘어가지 마. 그년은 사람 마음을 얼마쯤 읽어, 넘어가지 않는 놈이 드물다구. 그러고는 잔혹하게 배신하지. 날 죽여 묻으려고 했던 것을 잊으면 안돼."

"아니, 이거, 웬일이야?"

놀란 듯 김길중의 목소리가 높아졌지만 밝다. 반기는 기색이 역력했으므로 오혜원은 어깨를 늘어뜨리며 묻는다.

"바쁘세요?"

"아니, 전혀."

했다가 김길중이 웃음 띤 목소리로 덧붙인다.

"너한테는 아무리 바쁘더라도 시간 낼 수가 있지. 회사가 부도 직전인 경우는 제외하고 말야."

"그럼 오늘 저녁 시간 있으세요?"

"그럴 것 없이 우리 1박 2일로 중국이나 다녀오자. 오후 3시에 다롄 가는 비행기가 있는데, 너 비자 있지?"

"네, 비자는 있어요."

"그럼 인천공항으로 나와. 내가 티켓 끊어 놓고 기다릴게. 내일 오후 5시 비행기 타고 오면 되겠다."

"사장님도 참."

"임마, 너 한 달 동안 연락 안 돼서 내가 얼마나 찾았는지 알아? 박사장한테 물어봐."

박사장이란 동반자 카페 운영자를 말한다. 쓴웃음을 지은 오혜원이 벽시계를 보았다. 오전 10시 반이다. 3시 비행기 타기에는 충분했다.

"그럼 사장님, 2박 요금 주셔야 돼요."

오혜원이 말하자 김길중은 소리내어 웃었다.

"그러지. 내가 말한 적 있지? 네 몸은 볼 때마다 새것 같다고, 흐흐흐."

전화기를 내려놓은 오혜원이 심호흡을 한다. 이제는 개운하다. 조광수가 땅속에 묻혔으니 사업에 집중할 수 있겠다.

일식당 방에 둘러앉은 셋의 분위기는 어둡다. 오전 11시 40분. 일찍 들어온 탓인지 주위는 조용했다. 종업원이 주문을 받고 나간 후에도 방안은 조용했다.

상석에 앉은 관리담당 김재원 이사는 외면한 채 옆쪽 벽만 보았고 마주앉은 제2라인의 백명철 또한 입을 꾹 다물고는 눈만 끔뻑였다. 옆쪽 모서리를 차지한 민기영만 불안한 기색이다. 오늘은 노사측과 사주측까지 3자 대면인 셈인데 김재원과 백명철은 그동안 두 번 만났다. 이렇게 3자 대면은 처음이다. 이윽고 먼저 입을 연 것은 백명철이었다.

"자, 결론을 들읍시다."

"결론은 무슨."

여전히 외면한 김재원이 표정 없는 얼굴로 말했다. 50대 초반의 김재원은 관리 경력만 25년이다. 5년 전 대기업에서 옮겨왔기 때문에 노조와의 협상은 전문가 수준이다. 그러나 앞에 앉은 백명철 또한 임시직 150명의 서명을 받았다. 보름 안에 17명에서 10배 가까운 인원으로 늘어난 것이다. 대원전자의 4백 명 가까운 임시직 중 3할 이상을 규합한 것이다.

이젠 무시할 수 없는 세력이 되었다. 그때 다시 백명철이 말했다.

"우린 다음 주 초에 노조 결성 신고를 하고 투쟁에 들어갈 겁니다. 그때는 민노총에서 지원을 나온다고 했으니까 어떤 결과가 될지 예상할 수 있을 겁니다."

백명철의 시선이 민기영을 스치고 지나갔다. 자신만만한 표정이다. 그때 김재원이 입을 열었다.

"이봐요, 백반장, 얼마면 되겠어?"

불쑥 김재원이 묻자 백명철은 못 들은 것처럼 눈만 크게 떴다. 쓴웃음을 지은 김재원이 말을 잇는다.

"우리, 탁 까놓고 이야기하자구. 내가 민노총에 알아보았더니 대원전자하고 접촉해 보려고 해도 차일피일 빼고 있다더군. 그건 민노총의 손이 닿기 전에 끝내려고 한다는 작전으로 읽었어. 따라서 우리만 바쁜 게 아냐, 민노총이 들어와 임시직을 건드리기 시작하면 백반장 당신은 죽 쒀서 개 준 꼴이 돼."

"도대체 무슨 말씀인지."

이맛살을 찌푸린 백명철이 김재원을 노려보았다.

"작전은 오히려 이쪽에서 짜시는 모양인데, 오늘 이렇게 3자 회의를 하는 건 노조 결성 전에 임시직을 정규직으로 전환시킬 것이냐 말 것이냐, 시킨다면 얼마나 할 것인가에 대한 것 아닙니까?"

"얼마면 수습되겠어?"

"저는 그런 생각 안했습니다."

"30억이면 되겠어?"

"이러지 마십시다."

눈을 치켜뜬 백명철이 자리에서 일어날 기색을 하자 김재원은 팔을 뻗어 말리는 시늉을 했다.

"좋아, 포기각서를 쓰면 40억 내지. 그럼 주동자들한테 목돈이 돌아갈 거야. 그것으로 윈윈 하자구."

"말도 안 되는 소리 마시지."

그때 방문이 열리더니 종업원들이 음식을 들고 왔으므로 모두 입을 다물었다. 종업원들이 나갔을 때 다시 김재원이 입을 열었다.

"내가 노조 협상만 20년 했어도 사고 한 번 일어나지 않았어. 그건 내 입의 지퍼가 단단하다는 뜻이야. 한 번 닫으면 끝나. 그러니까 싸울 땐 싸우더라도 상호간 신뢰는 굳혔지. 이건 서로 불법이야, 주는 놈이나 받는 놈이나 같이 처벌받아. 그러니까 빨리 끝내고 입 닫자구. 자, 40억으로 끝내지."

그러자 백명철이 머리를 젓는다.

"입이 많습니다. 70억은 내셔야 될 거요."

"무슨 말을 하는 거야?"

김재원이 눈을 부릅떴다.

"입만 벌린다고 다 줄 거야? 날 물로 보지 마. 주동자 여섯 내지 일곱만 먹이면 돼. 40 이상은 자료상 나갈 수 없어."

윤성재가 다가가자 민기영은 지친 표정으로 웃는다.

"낮에 김이사하고 같이 그놈 만났어."

지금은 오후 4시, 서교동 길가의 커피숍 안이다. 민기영이 앞쪽에 앉은 윤성재에게 말을 잇는다.

"그 새끼, 돈 흥정 하는 걸 보니까 구역질이 나더라. 55억으로 결정이 났어."

"너, 그 이야기 김이사한테 한 거야?"

정색한 윤성재가 묻자 민기영이 머리를 젓는다.

"내가 미쳤다고? 김이사한테까지 약점 잡히면 회사 망한다."

"그렇다면 김이사 그 사람, 노련하군."

"노조 협상만 25년이라더니 과연 노련했어. 네가 말한 대로 50억 가까운 금액에서 결정이 되다니 말야."

그러더니 민기영이 입맛을 다셨다.

"네가 그놈들 말을 녹음만 해놓았어도 그 테이프만으로 그놈들을 끝낼 수 있었겠다는 생각이 들더구나. 아깝다."

"그럼 돈을 주겠다는 거냐?"

"아니."

머리부터 저은 민기영이 쓴웃음을 짓는다.

"돈이 왜 이중으로 나가?"

잠깐 윤성재의 눈치를 살핀 민기영이 말을 이었다.
"돈은 일주일 후에 주기로 했으니까 그 전에 처리해야 돼."

저녁 같이 먹고 나서 술 마시자는 민기영에서 윤성재는 일 때문에 바쁘다는 핑계를 대고 헤어졌다. 그로부터 한 시간 반 후인 오후 6시경, 윤성재는 영등포역 근처의 식당에서 조광수와 마주앉아 있다. 먼저 와서 기다리고 있던 조광수는 벌써 소주를 반 병쯤 마셨다.
"형, 어떻게 된 거야?"
의뢰자를 만나고 온다는 연락을 한 터라 조광수가 대뜸 묻는다. 식당 안은 벌써부터 혼잡했다. 젊은 남녀가 대부분이다. 앞쪽 자리에 앉은 윤성재의 빈잔에 조광수가 술을 따르며 다시 묻는다.
"독촉하는 거야?"
조광수는 나이가 동갑이었지만 생일이 한 달 반 늦다고 윤성재를 형이라고 부른다. 말도 반말투여서 윤성재도 할수없이 야자를 해버리게 되었다. 악랄한 놈이라는 선입견이 차츰 가셔지면서 붙임성 있는 태도가 거북하지 않게 되었다.
"55억으로 합의했단다."
윤성재가 말하자 눈을 부릅뜬 조광수가 술잔을 내려놓았다.
"도둑놈들."
"회사에서는 그 돈 지불하기 전에 작업을 끝내 달래."
"형."
정색한 조광수가 윤성재를 보았다.

"도대체 그놈의 회사에서 작업 조건으로 얼마 받았는데? 나한테 준다는 3억 플러스 얼마야?"

윤성재의 시선을 받은 조광수가 곧 머리부터 저었다.

"아냐, 아냐, 취소할게, 말 안해도 돼."

"20억이다."

불쑥 윤성재가 말하자 조광수는 서너 번 눈을 껌벅였다. 그러고 나서 침을 삼켰는데 얼굴이 굳어져 있다.

"많네."

조광수가 겨우 그렇게 말했을 때 윤성재가 길게 숨을 뱉고 나서 말한다.

"이왕 털어놓았으니까 너한테 반 떼어줄게."

그러고는 술잔을 들어 한 모금에 삼켰다.

"같이 10억씩 먹자."

조광수가 술잔을 든 채 눈만 크게 뜨고 윤성재를 보았다. 숨도 쉬는 것 같지가 않다. 술병을 든 윤성재가 다시 잔에 술을 채우면서 말했다.

"네 머리를 짜내 봐, 그놈을 어떻게 손을 봐야 할지 말야. 10억 먹는 값을 하란 말이다."

"형."

갈라진 목소리로 부른 조광수가 먼저 술잔부터 들었다. 얼른 생각이 나지 않는 것 같았다. 녹음을 하지 못했다고 민기영에게 말한 것은 조광수의 아이디어였다. 그런데 지금은 얼떨떨해진 것 같다.

제 4 장

"밋밋해,"

칵테일 잔을 든 박민화가 초점 없는 눈동자로 오혜원을 보았다. 밤 9시 반, 홍대앞 바 렉스에는 오늘따라 손님이 드물었다. 그래서 DJ가 잔잔한 음악을 틀어주었는데 박민화는 분위기에 딱 맞는다고 했다. 그렇지만 오혜원의 생각은 다르다. 잔잔한 저 색소폰 소리에 거부감이 온다. 억지로 따르라는 것 같다. 분위기에 이끌리기가 싫은 것이다. 박민화가 분위기에 맞는다고 한 것은 틀렸다. 무방비 상태로 있다가 이놈의 분위기에 순종 내지는 적응해 버린 것이다. 그래놓고 분위기에 맞는다고 자조한다. 한 모금 칵테일을 삼킨 박민화가 말을 잇는다.

"물에 물 탄 듯, 술에 술 탄 듯."

"그게 행복이란다, 아가야."

의자에 등을 붙인 오혜원이 똑바로 박민화를 보았다. 홀 안은 어두워서 오혜원의 눈동자가 번들거린다. 그러자 박민화가 흰 이를 드러내고 웃었다.

"넌 몰라, 당사자가 되지 않아서."

"그럴까?"

둘은 지금 박민화와 민기영의 관계에 대해서 말하는 중이다. 물론 오늘도 이야기를 꺼낸 것은 오혜원이다. 열 번 중 여덟 번은 오혜원이 꺼낸다. 그래서 둘 사이의 관계는 물론이고 박민화의 심중을 긁어내어 보는 것이다. 그때 다시 박민화가 입을 열었다.

"우린 서로 비슷한 환경이라는 것 외에는 같은 점이 없어. 취미도 성격도, 미래의 희망까지도."

"미래의 희망이 뭔데?"

오혜원이 묻자 박민화는 다시 눈을 가늘게 떴다.

"이남 이녀의 어머니."

"나, 미쳐."

쓴웃음을 지은 오혜원이 한 모금 칵테일을 삼켰지만 박민화는 정색했다.

"아이들한테서 존경받는 어머니, 그렇게 되기는 쉽지 않을 거야."

"넌 잘 할 거야."

"그렇다고 우리 엄마가 부실했기 때문은 아냐. 난 엄마한테 만족해, 정말야."

"왜 이남 이녀야?"

“넷은 되어야 할 것 같아서, 둘씩 공평하게. 그럼 집안의 남녀 비율이 삼 대 삼이 되지.”

“민기영 씨하고는 상의했어?”

“그런데 남편 얼굴로 민기영이가 그려지지 않아.”

“누구야? 비?”

“아냐.”

해놓고 박민화가 지그시 오혜원을 보았다.

“넌 어때?”

“뭐가?”

“남자 말야. 왜 그렇게 네 주변에는 한놈도 없니? 아예 담을 쌓을 거야?”

“왜? 가끔 회포를 푸는 놈자는 있어.”

“섹스 파트너?”

“그래.”

“이 동네에서 만난 놈자야?”

“그런 셈이지.”

“윤성재는 어때?”

그러자 오혜원이 눈을 가늘게 뜨고 웃었다.

“너, 그런 경우 있지? 필이 닿지 않는 느낌, 그냥 거부감이 느껴지는 경우, 첨부터 말야.”

“전생에 웬수였나?”

이맛살을 찌푸렸던 박민화가 코웃음을 쳤다.

"별꼴이네."

"넌 어때?"

오혜원이 묻자 박민화가 정색한다.

"뭐가?"

"윤성재 느낌."

"괜찮았어."

그러고는 박민화가 똑바로 오혜원을 본다.

"이것으로 분명해졌어, 네가 비정상이야."

차가 강북강변도로에 진입했을 때 박민화는 휴대폰의 단축다이얼 5번을 누른다. 신호음 두 번, 그리고 응답소리.

"여보세요."

윤성재의 목소리는 밝다.

"응, 나."

택시 뒷좌석에 등을 붙인 박민화가 어둠에 덮인 한강 쪽을 향하고 묻는다.

"뭐 해, 집이야?"

"아니, 집에 가는 중이야."

"어딘데?"

"택시 안."

"글쎄, 어디쯤이냐구."

"가만 있자, 여긴 여의도 근천데 지금."

"잘됐다. 나도 지금 그쪽으로 가는 중이니까 여의도에서 내려."
"야."
"아저씨, 여의도로 가 주세요,"
박민화는 운전사가 들으라고 일부러 커다랗게 말한다. 그러고는 팔목시계를 보았다. 밤 10시 40분이다.
"거기서 10분만 기다려, 10분이면 가."

15분 후에 여의도 증권회사 빌딩 앞에 서 있던 윤성재는 다가오는 박민화를 보았다. 주위의 가로등 불빛이 환했으므로 환하게 웃는 박민화의 얼굴이 뚜렷이 드러났다. 늦은 시간이어서 인도는 텅 비었다.
"야아."
열 발자국쯤 거리로 다가왔을 때 박민화가 두 팔을 치켜올리면서 소리친다.
"뭐 해? 거기선 뛰어와야 되는 거 아냐?"
"참 내."
마침내 윤성재도 이를 보이며 웃는다.
"야! 성재야!"
"죽을래?"
"안아줘!"
두 팔을 치켜들고 다가온 박민화가 바짝 붙더니 윤성재의 허리를 안았다.

"안 놔?"

윤성재가 팔을 떼려고 했지만 박민화는 더 세게 붙더니 얼굴을 가슴에 붙이며 말한다.

"얼마만이야? 우리, 이렇게 안아보는 거."

"손 안 떼?"

"25년 8개월 만이지?"

"얘가 돌았어,"

"안은 김에 키스해줘."

"에라이."

그때 박민화가 팔을 풀고는 한 발짝 물러섰다. 그러고는 윤성재를 향해 길게 숨을 내품었다.

"남자들이 섹스하고 나면 얼른 도망치고 싶다면서? 내가 지금 그 꼴이야."

"쌌니?"

정색한 윤성재가 묻자 박민화는 눈을 흘겼다.

"아저씨, 좀 점잖아봐요."

"이런 상태로는 기영이 만나야 되는 거 아냐?"

발을 떼면서 윤성재가 묻자 박민화가 바짝 붙어서 따른다.

"글쎄, 지금 이 시간에도 회사일로 사람 만나고 있다네요."

혼잣소리처럼 말한 박민화가 윤성재의 팔을 끼었다.

"나, 어디로 데려가지 않을래? 먼곳도 좋아."

호텔방 안으로 들어선 오혜원의 허리를 민기영이 번쩍 들어올렸다.
"어머, 왜 이래?"
하면서도 오혜원이 민기영의 목을 두 팔로 감아 안는다. 오늘도 민기영이 먼저 방을 잡고 기다렸던 것이다.
"오늘밤 자고 갈래?"
오혜원을 침대 위로 던져놓은 민기영이 물었다. 밤 11시 반이다.
"안돼."
머리를 저은 오혜원이 스커트 지퍼를 풀면서 말했다.
"내일 아침에 윤미 데리고 실내 놀이터 가기로 했어."
"아까 민화한테서 전화왔었어."
걸치고 있던 가운을 벗으며 민기영이 쓴웃음을 지어 보였다.
"뭐하고 있느냐길래 회사일로 사람 만나는 중이라고 했지."
"걔가 자기 뭐라고 한 줄 알아?"
팬티 차림이 된 오혜원이 침대 시트를 들치고 들어서며 말한다.
"물에 물 탄 듯 술에 술 탄 것처럼 밋밋하대. 좀 자극을 줘 봐."
"너도 그러니?"
알몸이 된 민기영이 침대로 올라오더니 오혜원의 허리를 당겨 안으며 묻는다.
"아니."
민기영의 몸을 더듬으면서 오혜원이 상기된 얼굴로 말한다.
"난 자기 생각만 해도 달아올라."
"내가 그래."

오혜원의 젖가슴에서 입술을 뗀 민기영이 말을 이었다.

"그렇다면 그런 자극을 느끼지 못하는 걔가 문제 있는 거다."

양주 한 병을 마신 후에 박민화는 탁자 위에 상반신을 붙이고 엎어졌다. 팔 하나가 마른안주 접시 위에 놓여져서 겨우 접시를 빼내야만 했다. 물론 양주는 윤성재와 둘이서 나눠 마셨지만 박민화는 전작이 있는데다 취하려고 작심을 한 것 같았다. 그러더니 양주 한 병 더 마시자고 고집을 피우다가 덜퍽 엎드려 버린 것이다. 깨우려고 흔들고 부르다가 지친 윤성재는 카페에서부터 박민화를 업었다. 그러고는 박민화를 근처 호텔방으로 업고 들어가 침대 위에 눕혔다. 호텔까지 걷고, 프런트 앞 소파에 눕힌 채 체크인을 하고, 다시 업고서 엘리베이터를 탄 다음 713호실 침대 위에 눕히고 났을 때는 한라산 정상에 오른 것처럼 온몸의 진이 빠지면서도 개운했다.

"제기랄, 이게 무슨 짓이야?"

박민화의 신발을 벗기면서 윤성재가 투덜거렸다.

"술을 어떻게 배웠길래 이 모양이냐?"
하면서 윤성재가 박민화의 재킷 단추를 풀고는 거칠게 손을 빼내었다. 몸이 사정없이 비틀리고 흔들렸는데도 박민화는 꼼짝 않는다. 문득 손을 멈춘 윤성재가 박민화의 눈을 똑바로 보았다. 자는 척하면 눈거풀 밑의 눈동자가 흔들리는 법이다. 그러나 눈동자는 움직이지 않았다. 박민화는 이제 상반신에는 브래지어만 찬 알몸이 되어 있는 것이다. 환한 불빛에 비친 박민화의 상반신을 지그시 내려다보던 윤성재가 갑자기 길게 숨을 뱉는다.

"넌 공주야, 난 평민이고."

낮게 말했지만 목소리가 방에 울린다.

윤성재가 시트를 당겨 박민화의 몸 위에 조심스럽게 덮는다. 박민화 옆쪽에 놓인 의자에 앉은 윤성재가 다시 혼잣소리로 말을 잇는다.

"내가 비겁한 것이 아니라 현실적이기 때문이야. 하다못해 고시라도 패스해가지고 네 옆에서 얼쩡거린다면 모를까, 이건 달랑 부랄 두 쪽이라 첫째로 내가 부끄럽다."

그러고는 윤성재가 창밖을 바라보며 실실 웃었다.

"사내새끼가 양심이 있어야지. 그래, 자지 크다고 다 남자냐? 다 쓰잘 데 없어. 수준이 맞아야 헌다. 첫째로 생활 수준."

그리고 윤성재가 담배를 꺼내 입에 물었다. 라이터를 켜 불을 붙인 윤성재가 연기를 깊게 빨았다가 한숨처럼 품어내었다.

"박민화, 넌 지금 허세로 그러는 거다. 허영이고 사치부리는 거야. 10만 원짜리 점심 먹던 놈이 4천 원짜리 밥 사먹는 것도 허세고 허영이다. 4천 원짜리 국밥 먹던 놈이 10만 원짜리 코스 정식 먹게 되면 몇 번은 황홀하겠지만 곧 지겨워지는 것이 정상이야. 제 몸에 억지로 맞추면 다 탈난다. 욕심 부리다간 체하는 법이지."

그러더니 윤성재가 자리에서 일어섰다.

박민화를 내려다보면서 윤성재가 말을 잇는다.

"넌 참 괜찮은 여자다. 진짜 성품이 깨끗해. 네가 잘 살아야 할 텐데."

입맛을 다신 윤성재가 길게 숨을 뱉았다.

"내가 욕심은 있단다. 널 안고 싶은 욕심 말이다. 하지만 안고 싸면 뭐 하겠냐? 미래가 없으니 머리만 아프겠지."

그리고 몸을 돌린다.

"그럼 잘 자라."

방문이 닫치고 나서 자동 잠김장치 소리가 났을 때 박민화가 눈을 떴다. 눈이 맑고 초점도 또렷하다. 천정을 향하고 누운 채 박민화가 입을 열었다.

"벼엉신, 말은 잘한다."

그래놓고 풀썩 웃는다.

"뭐? 안고 싸면 뭐 하느냐고? 내가 니 오줌통야?"

갑자기 박민화가 누운 채로 두 다리를 구르면서 웃었다.

"하하하하, 자지 크다고 다 남자냐고?"

그러고 나서 웃음을 뚝 그친 박민화가 이제는 길게 숨을 뱉는다. 눈썹 사이가 좁혀졌고 입술이 비죽거린다.

"어쩌면 좋아. 내가 저 4천 원짜리 국밥을 좋아하나 봐."

"나, 중국에 다녀올 테니까."

휴대폰을 귀에 붙인 윤성재가 말했을 때 조광수의 대답이 조금 불안한 것처럼 느껴졌다.

"형, 언제 돌아오는데?"

"사흘 후에."

했다가 윤성재가 덧붙였다.

"급한 일 생기면 바로 날아올 테니까, 하루에 비행편이 다섯 번 있고 한 시간밖에 안 걸려."

"몇 시 비행기야?"

"오후 3시."

"그럼 내가 인천공항으로 나갈게."

"무슨 배웅씩이나."

혀를 찬 윤성재가 이맛살도 찌푸렸다.

"야, 치아라, 낯뜨겁다."

"할 말이 있어서 그래."

가라앉은 조광수의 목소리를 들은 윤성재가 긴장했다.

"무슨 일야?"

"오후 1시에 출국장 5번 게이트 옆에서 만나."

그러고는 조광수가 전화를 끊었으므로 윤성재는 입맛만 다셨다.

5번 게이트 안으로 들어선 윤성재의 앞으로 조광수가 다가왔다. 말쑥한 양복 차림에 단정한 용모, 공항 안의 수많은 인파 중에서 단연 돋보였다.

"무슨 일이야?"

"형, 20분은 시간 낼 수 있지?"

"그래."

"그럼 저기로."

조광수가 앞장을 섰으므로 윤성재는 뒤를 따른다. 미리 봐두었던 모양으로 윤성재는 가방을 파는 매장 안으로 들어서더니 주인한테 눈인사를 하고는 구석에 놓인 의자에 앉는다. 윤성재가 앞쪽 자리에 앉았을 때 조광수가 가슴 주머니에서 사진 몇 장을 꺼내 탁자 위에 놓았다. 맨 앞의 사진에 시선을 주었던 윤성재의 얼굴이 대번에 일그러졌다. 시선을 든 윤성재가 조광수를 노려보았다.

"너, 이 새끼."

오혜원의 사진이었던 것이다. 윤성재의 시선을 받은 조광수가 머리를 숙였다.

"미안해, 형."

"너 또 나타나면 죽는다고 했지?"

"참을 수 없었어. 하지만…."

"너, 죽어야겠다."

"형, 내 말부터 들어,"

머리를 든 조광수가 정색하고 윤성재를 보았다. 눈빛이 강했고 입술이 떨리고 있었으므로 윤성재는 심호흡을 한다. 가게에는 손님이 없어서 주인이 아예 밖에 나가서 서성거리고 있다. 조광수가 말을 잇는다.

"이 사진은 그젯밤 신촌 렉스호텔 앞에서 찍었어. 그래, 오혜원이를 저녁때 집 앞에서부터 미행했어."

"……."

"이 건에 대해서는 나중에 형한테 맞을게. 하지만 끝까지 들어줘."

심호흡을 한 조광수가 말을 잇는다.

"오혜원은 홍대앞 카페에서 여자 친구를 만났어, 얘야."
하고 조광수가 두 번째 사진을 보였다. 카드 까듯이 윗장을 밀어놓은 것이다.

윤성재는 곧 희미한 조명 아래지만 이쪽으로 얼굴을 보이고 있는 박민화를 보았다. 그런데 재킷에 스커트 차림이었다. 그젯밤에 박민화를 만났을 때 이 차림이었으니 그날 찍은 것이 맞다. 조광수가 똑바로 윤성재를 보았다.

"친구하고 헤어져서 렉스호텔로 갔어. 혼자 엘리베이터를 타고 올라가더구만. 뻔하지, 남자놈이 객실에서 기다리고 있는 거야. 요즘은 둘이 같이 호텔에 안 들어가. 휴대폰이 뭣 때문에 있는데? 호텔방 번호 알려주려고 있는 거야."

"됐어."

"7층으로 올라간 건 확인했는데 몇호실인가는 놓쳤어. 바로 붙을 수가 없어서."

"……."

"하지만 내가 누구야? 기다렸지. 한 시간 반 후에 이년이 혼자 나왔어."

손끝으로 오혜원의 사진을 짚은 조광수가 말을 잇는다.

"남자는 틀림없이 뒤따라 나오게 되어 있어. 절대로 혼자 안 자. 그래서 그년이 나간 후에 7층으로 올라가 비상계단에서 어떤 놈이 나오나 기다렸어."

그러고는 조광수가 맨 밑에 놓인 사진을 끄집어내 앞에 놓았다.

"바로 이놈이야."

사진을 본 윤성재가 숨을 삼켰다. 눈도 부릅떴다. 민기영인 것이다. 이 사진은 민기영이 집 앞에서 찍혔다. 그때 조광수의 말이 이어졌다.

"새벽 두 시에 체크아웃 하고 나오는 놈이면 틀림없어. 그래서 이놈을 미행했지. 운전 잘하는 택시 운전사 하나를 데리고 있었거든."

"……."

"이놈 집을 확인하고 어제 이놈 신분을 확인했더니…."

조광수가 똑바로 윤성재를 보았다. 두 눈을 치켜뜨고 있다.

"바로 우리 의뢰인, 아니, 형한테 일을 의뢰한 대원전자의 상속자 민기영이었단 말야. 이거 어떻게 된 조화속이야?"

"시발."

마침내 헛웃음을 지은 윤성재가 외면하고 욕부터 뱉았다. 그러고는 머리를 돌려 조광수를 똑바로 보았다.

"우리 일하고 이년하고는 아무 관계가 없어. 그러니까 걱정 마."

윤성재가 이제는 손끝으로 오혜원의 사진을 두드렸다.

“이년 친구가 민기영이 약혼자거든. 그래서 엉킨 것일 거다.”

“거봐, 이 여우짓을 말야.”

어깨를 늘어뜨린 조광수가 쓴웃음을 짓는다.

“내가 뭐랬어. 내 말이 맞지?”

“이 일은 이것으로 끝내.”

사진을 모으면서 윤성재가 말하자 조광수가 머리를 끄덕였다.

“알았어. 형이 알았으면 됐다구. 난 조금 머리가 아팠거든.”

그러자 자리에서 일어선 윤성재가 조광수의 어깨를 손바닥으로 툭 쳤다.

“야, 죽은 놈이 자주 나댕기지 마. 누가 보면 귀신인 줄 알겠다.”

“미미.”

하고 윤성재가 부르자 메리는 이맛살을 찌푸린다.

“윤, 기분 나쁜 일 있어요? 왜 갑자기 미미는?”

“그래, 컨디션이 좋지 않아.”

미미는 미국명 메리로 불리지 않으면 짜증을 낸다. 작은 얼굴, 살짝 치켜올라간 눈꼬리와 균형잡힌 콧날과 입술, 그리고 날씬한 몸매가 전형적인 한족 미인의 모습이다. 마오가 공장에 나가 있었으므로 사무실 안에는 둘뿐이다. 윤성재가 모니터 화면을 보면서 말했다.

“안국상사에 납품할 추리닝 납기가 5일 늦고 있어. 서둘지 않으면 크레임이야.”

"알아요, 윤."

제 책상에서 역시 모니터를 보면서 미미가 대답했다.

"그래서 어제도 독촉했다구요."

"직접 가 봐, 미미."

그러자 미미가 자리에서 일어나 윤성재를 돌아보았다. 두 눈이 크게 떠져 있다.

지금까지 연속해서 미미로 부른 적이 없었기 때문이다. 시선이 마주치자 미미가 어깨를 늘어뜨리면서 말한다.

"진짜 화가 나 있군요, 윤. 저 때문인가요?"

"아냐, 메리."

그때서야 메리라고 부른 윤성재가 쓴웃음을 짓는다. 그러자 미미가 다가와 책상 앞에 섰다.

"한국에서 무슨 일 있었죠? 어제 오후에 도착했을 때도 우울해 보였어요."

미미의 시선을 받은 윤성재가 입맛을 다신다. 그러더니 갑자기 정색했다.

"메리, 넌 사랑하지 않아도 섹스 할 수 있을 것 같니?"

윤성재가 불쑥 묻자 잠깐 놀란 것 같던 미미가 빙그레 웃었다.

"여자 문제군요, 윤."

"대답해 줄래?"

"섹스를 한 쪽이 윤인가요? 아니면 여자측인가요?"

"여자측이야."

"그 여자가 윤을 사랑하고 있어요?"

"그만두자."

손바닥을 펴보인 윤성재가 외면했을 때 미미가 정색하고 말했다.

"가능해요."

"뭐가?"

윤성재의 시선을 받은 미미가 말을 잇는다,

"지금까지 남자만 짐승처럼 사랑의 감정 없이도 섹스를 한다고 매도되었지만 여자도 비슷해요, 내 경우를 봐도."

미미가 엄지를 구부려 제 코끝을 가리켰다. 여전히 정색하고 있다.

"했거든요."

"고맙다, 말해 줘서."

"윤하고도 할 수 있어요."

"마오하고 싸우기 싫어."

"마오는 애인 있어요."

몸을 돌린 미미가 제 책상으로 돌아가며 말을 잇는다.

"마오하고는 같이 다녔지만 한 번도 섹스 한 적은 없다구요."

미미의 뒷모습을 바라보던 윤성재가 문득 팔목시계를 보았다. 오전 10시 반이다.

휴대폰에 뜬 긴 발신자 번호를 보던 박민화가 머리를 기울이며 귀에 붙인다.

외국은 외국인데 어딘지 모르겠다.

"여보세요?"

"나, 윤성재야."

"어머."

눈을 크게 떴던 박민화가 무심결에 벽시계를 본다. 오전 10시 35분이다.

"웬일이래?"

그렇게 물었을 때 대답하는 윤성재의 목소리도 가볍다.

"잘 들어갔어?"

"그랬으니까 이렇게 전화 받는 거 아냐? 이 멍청아."

나중에 욕이 들어간 것은 말하다가 보니까 화가 났기 때문이다.

"나아 참."

입맛을 다신 윤성재가 묻는다.

"지금 어디냐?"

"회사지 어디야? 자긴 지금 중국야?"

"그래, 일하다가 문득 생각이 나서."

"자기가 문득 문득 할 인간이야? 탁 까놓고 말해. 그날 밤 나한테 손대지 않은 걸 후회하고 있다고."

"손 다 댔는데 무슨 소리야? 침을 질질 흘리는 널 안고 몸부림친 걸 생각하면 지금도 등에 땀이 난다."

"난 공주라며? 넌 평민이고?"

그 순간 윤성재는 말을 멈췄고 박민화의 말이 이어졌다.

"고시 패스 못하고 부랄만 두 쪽뿐이라 나 손 못 대겠다며?"

"야, 끊자."

"요즘 4천 원짜리 국밥 있니? 안 올랐어?"

그 순간 전화가 끊겼으므로 박민화는 활짝 웃는다. 그러더니 휴대폰의 수화구에 입술을 붙였다가 떼었다.

"자기야, 사랑해."

"어머니, 얼굴 왜 그래요?"

놀란 윤서진이 묻자 오미연이 얼굴을 숙였다. 짙은 화장으로 가렸어도 눈에 든 멍자국은 표시가 났고 입술도 부었다.

"넘어졌어."

외면한 채 말했다가 윤서진의 시선을 배겨내지 못한 오미연이 다시 선글라스를 끼었다. 방안에서도 선글라스를 벗지 않길래 이상하게 생각했던 윤서진이다. 오후 4시 반, 오미연은 윤성재가 중국에 가면 집에 들른다. 오늘은 김치를 가져오겠다던 어머니가 빈손으로 온 데다 얼굴이 그 모양이니 윤서진은 심란해졌다.

"어머니, 무슨 일 있어요?"

윤서진이 조심스럽게 물었지만 소파에서 일어선 어머니가 개수대로 다가갔다. 집에 오면 청소하고 빨래 해주는 게 어머니 일이다. 두 시간쯤 쉴새없이 일하고는 돌아갔는데 윤서진은 그때마다 혼란스럽다. 일곱 살 때 헤어지고 이렇게 만나게 된 것은 15년 만이라 어머니한테 존댓말을 썼고 엄마라고 부를 비위도 없다.

"내가 팔자가 사나워서."

그릇을 씻던 오미연이 마침내 입을 열었으므로 윤서진은 긴장했다. 탁자 위를 정돈하던 윤서진이 숨을 죽였을 때 오미연의 말이 이어졌다.

"그 남자가 의처증이 있어."

"응?"

윤서진이 놀랐지만 의처증이 뭔지는 감이 잡히지 않은 채다. 그냥 그 남자한테 병이 있는 정도로 들었다. 허리를 편 윤서진이 오미연의 등에 대고 묻는다.

"의처증이 뭔데요?"

"그건."

잠깐 움직임을 멈췄던 오미연이 다시 그릇을 씻으면서 말을 잇는다.

"와이프를 의심하는 병이야. 점점 심각해지고 있어. 술만 마시면 더해. 시장에 나갈 수도 없고 애들 학교에 가지도 못하게 해."

"……."

"전화도 못 받고 아파트 경비원하고 이야기했다고 두들겨 맞은 적도 있어."

"……."

"오늘도 아침에 김치 담가서 싸놓은 것을 보더니 어떤 놈한테 주려는 것이냐면서 두들겨 맞았어. 옆집 아주머니가 자기가 부탁한 것이라고 해주지 않았다면 큰일날 뻔했어."

"이젠 여기 오지 마세요."

마침내 정색한 윤서진이 말했다. 일어선 윤서진이 오미연을 보았다.

"저는 괜찮으니까 그만 오세요."

"그만 살고 싶다."

행주로 손의 물기를 닦은 오미연이 여전히 등을 보인 채 말했다.

"그런데 이게 무슨 꼴이니? 열네 살, 열두 살짜리 남매가 또 달려 있구나. 이젠 또다시 도망치지 못하겠다."

"그러셔야죠."

눈을 크게 뜬 윤서진이 또박또박 말했다.

"걔들 두고 또 나오시진 말아야죠."

"형님, 시계 백 개밖에 안 됩니다."

정색한 조광수가 말하더니 배기만의 앞에 놓인 잔에 소주를 채운다.

"형님만 믿습니다."

"참 내."

쓴웃음을 지은 배기만이 의자에 등을 붙이더니 물끄러미 조광수를 보았다.

"야, 내 친구의 후배 친구의 친구라면 너하고 내 항렬이 어떻게 되냐?"

"제가 동생이 됩니다."

"너하고는 확 가까워진 거야?"

"그럴 수도 있지요."

조광수가 똑바로 배기만을 보았다.

"중간에 있는 것들은 확 빼버립시다, 형님."

"내가 널 어떻게 믿어?"

"예?"

"네가 감찰반 정보원이 아니라는 증거를 대봐."

"제 주민증 여기 있습다."

주머니에서 지갑을 꺼낸 조광수가 주민등록증을 보였다.

"확인해 보시면 사기전과 세 번에 4년 반 형을 살았다는 것이 나올 겁니다."

말문이 막힌 배기만이 주민증만 쳐다보았을 때 조광수가 말을 이었다.

"여자 등을 쳤지요. 허영심 많은 여자들 말입니다. 그것들도 다 거짓말 선수였지만 결국은 제가 이겼고 맨 나중에는 법이 이겼다는 증거가 제 주민증에 다 나와 있다니깐요."

"이놈이 화끈하긴 하군."

그때서야 술잔을 든 배기만이 피식 웃는다. 배기만은 인천 국제선 부두 세관원으로 조광수의 친구의 친구의 선배 친구가 된다. 비번이어서 쉬는 날 집 근처까지 찾아와 불러내는 통에 지금 추리닝 바람으로 소주를 마시는 중이다. 놈은 요령이 좋아서 배기만의 친구를 시켜 한번 만나주라는 부탁도 미리 넣어놓은 상태였다. 한모금 술을 삼킨 배기만이 지그시 조광수를 보았다.

"요즘 감사가 까다로워 봐주기 힘들어."
"형님, 제 친구는 전문 밀수꾼이 아닙니다, 생계형이라구요."
조광수가 절박한 표정으로 말했지만 배기만은 머리를 젓는다.
"내가 세관에서 15년 살았다. 생계형이 백발백중 전문가가 되는 거다."
"집안 형편이 딱합니다. 아버지가 지금 일산 백병원에 입원해 계시는데 곧 수술을 해야 되고 어머니는 안 계십니다. 또…."
"다 거짓말."
"이번 한 번만 봐 주십시오."
하고는 조광수가 주머니에서 봉투 하나를 꺼내 배기만 옆의 숟가락 옆에다 놓았다.
"10만원권 수표로 3백 넣었습니다. 형님, 이번 한 번만 봐 주십쇼."
"이놈들이 꽤 큰 물건을 가져오는 모양이네?"
"시계 백 개라니까요?"
"특A급이면 수억이 되지."
"도매로 넘기면 겨우 2천 남습니다."
그러고는 조광수가 정색했다.
"절대 형님께 폐 끼치지 않을 겁니다."
"언제 배야?"
"내일 저녁 7시에 도착하는 퍼시픽호."
"이름은?"

“윤성재.”

그러자 배기만이 봉투를 집어 추리닝 바지 주머니에 넣으며 말한다.

“이름하고 인적사항 다 적어줘.”

오혜원이 거울을 들여다보고 나서 환하게 웃는다. 뒤에 서 있던 미세스 진도 따라 웃었다.

“마음에 들어요.”

오혜원이 말하자 미세스 진이 거울을 향해 머리를 끄덕인다.

“오혜원 씨는 얼굴이 받춰줘서 어느 머리 스타일도 어울려요. 내가 편해.”

압구정동 진헤어숍은 탤런트들이 자주 오는 곳으로 간단한 머리 손질만 해도 수십만 원이 드는 곳이다. 그런데 오혜원도 한 달에 한 번은 꼭 이곳에 들른다. 헤어숍을 나온 오혜원이 택시를 잡아탔을 때 휴대폰벨이 울렸다. 발신자는 박민화였다.

“응, 무슨 일이야?”

전화기를 귀에 붙인 오혜원이 묻자 박민화도 묻는다.

“너 지금 어디야?”

“나? 시내에서 일 보구.”

다른 손으로 머리를 매만진 오혜원의 표정이 잠깐 굳어졌다. 박민화에게 진헤어숍에 다닌다는 말을 할 수는 없다. 이쪽 사정을 뻔히 아는 터라 한 달 월급의 오분지 일이 넘는 미용비를 내고 진헤어숍에 출입한다는 것이 드러나면 당장 의심할 것이었다. 오혜원이 말을 잇는다.

"지금 집에 가는 길이야."

"너, 내일 저녁에 시간 있지?"

박민화가 묻자 오혜원의 표정이 또 굳어졌다.

"내일 저녁? 어떡하지, 나 내일 또 출장인데."

"이번엔 어디?"

"일본이야, 3박 4일간."

"내일이 내 생일인데."

그러자 오혜원이 눈을 크게 떴다.

"어머, 어떡해. 나 출장 취소할까? 나 잊고 있었다, 얘."

"나도 네 생일 맨날 잊는데 뭐, 괜찮아. 출장은 왜 취소해? 기집애도."

"미안해서."

"미안하면 선물이나 근사한 거 사 와."

"알았어, 정말 미안해. 그리고 축하해."

통화를 끝낸 오혜원이 길게 숨을 뱉고는 손가방에서 거울을 꺼내더니 다시 머리를 본다. 내일 일본 출장은 물론 동반자 여행이다. 이번 파트너는 일본에 전자부품을 수출하는 무역회사 사장 이정규. 첫 번째 거래이니 신경을 써야 고객으로 만들 수 있다. 택시 등받이에 몸을 붙인 오혜원은 길게 숨을 뱉는다.

며칠 전에 통계를 내보았더니 단골 고객이 6명, 지난주까지 한 달 동안 18일간 출장을 갔고 1500만 원 정도 수입을 올렸다. 수수료 20%를 소개비로 지급했지만 김기중과는 소개소 모르게 다녀왔기 때문에 100% 다 수입으로 되었다. 세금 없는 순수익 1500만 원이니 어지간한 중소기업 사장보다 낫다. 진헤어숍에 다닐 만한 경제력이다. 다만 무역회사에 다니고 있는 줄만 아는 박민화, 그리고 민기영이 내막을 알까 거북할 뿐이다.

그때 오혜원의 표정이 또 굳어졌다. 문득 윤성재의 얼굴이 떠올랐기 때문이다. 측근에서 이 사실을 알고 있는 것은 그뿐이다. 눈을 치켜뜬 오혜원이 천천히 머리를 젓는다. 그는 이 일을 입밖으로 발설하지 않을 것이다. 이유는? 나를 좋아하고 있기 때문이다. 눈을 보면 다 알 수 있다. 행동도, 좋아하는 상대의 약점은 터뜨리지 않는 법이다.

이번 귀국은 마오와 미미까지 데리고 셋이 배를 탔다. 마오는 그동안 한국에 세 번이나 와본 적이 있는데다 윤성재의 가방에 든 물건을 구해 준 당사자여서 긴장하고 있다. 반대로 첫 출장인 미미는 들떠서 잠시도 가만 있지 않는다. 셋은 모두 특등실에 탔기 때문에 미미는 서비스에도 만족했다. 그래서 밤에 거의 잠을 자지 않고 돌아다녀 배가 인천항에 도착했을 때는 하품을 해댔다.

"마오, 난 짐 찾아서 늦게 나가게 될 테니까 넌 미미 데리고 먼저 나가."

윤성재가 말하자 마오가 힐끗 미미 쪽을 보고 나서 다시 묻는다.

"괜찮을까?"

"걱정없어."

"그렇다면."

숨을 뱉은 마오가 몸을 돌리면서 말한다.

"입국장 밖에서 기다리고 있을게."

둘을 먼저 보낸 윤성재가 짐가방 두 개를 찾아들고 입국장 세관대 앞으로 다가갔을 때는 30분쯤 후였다. 세관검사대 앞에는 이미 수백 명의 남녀가 몰려 서 있었는데 모두 한 무더기의 짐가방을 밀고 끌고 있다. 윤성재는 짐가방을 실은 카트를 밀고 맨 왼쪽 세관검사대로 다가갔다. 검사대에는 총 6명의 세관원이 있었는데 넷은 두 팀으로 나뉘어 왼쪽에서 짐을 검사하는 중이었고 통로 좌우에 벌려선 세관원 둘이 입국자를 선별하여 검사대로 보내고 있다.

"저쪽."

"저쪽."

세관원 하나가 입국자에게 검사대 쪽을 가리키며 말하는 것이다. 윤성재 앞에 늘어선 입국자는 20여 명, 줄이 차츰 줄어들고 있다.

"저쪽."

"저쪽."

가까워질수록 세관원 목소리가 커졌고 주위는 더 조용해진다. 윤성재는 묵묵히 한 걸음씩 카트를 밀고 다가갔다.

"저쪽."

"저쪽."

두 사람에 하나 꼴이었다가 이제는 한 사람 건너서 다음 사람을 보낸다. 확률이 절반으로 치솟았다. 검사대에 가면 어김없다. 적발당한 입국자는 항의도 못한 채 서 있거나 뭔가를 적어내는 중이고 그런 사람이 10여 명이다.

"저쪽."

"저쪽."

앞쪽의 줄은 다섯 명으로 줄어들었다. 윤성재는 좌우로 갈라선 세관원 둘 중에서 키가 크고 좀 젊은 사람이 입국자를 선별하는 것을 보았다. 나이든 세관원은 입을 꾹 다물고 서 있다.

"저쪽."

하고 키가 큰 사내가 윤성재의 앞쪽 세 번째 아줌마를 검사대로 보냈다. 그러자 나이든 사내가 손을 들어 윤성재 바로 앞 사내를 지목했다.

"저쪽."

그러더니 시선이 윤성재에게로 향해졌다. 윤성재는 사내의 시선이 점퍼 가슴 주머니에 꽂은 신문에 잠깐 멈췄다가 지나는 것을 보았다. 저도 모르게 심호흡을 한 윤성재가 사내의 옆을 지났다.

"저쪽."

뒤에서 다시 나이든 사내 목소리가 울린다. 조광수가 손을 쓴 사내가 저 나이든 사내였다. 시선이 가슴에 꽂은 신문에 머문 것도 그렇고 젊은 사내가 일하도록 놔두었다가 자연스럽게 윤성재 앞에서부터 임무 교대를 했다. 노련하다.

조광수는 벤츠를 몰고 왔다. 그것도 500, 뒷좌석에 나란히 탄 마오와 미미는 좀 얼었다. 트렁크에 짐을 싣고 차를 발진시키면서 조광수가 옆에 앉은 윤성재에게 묻는다.

"형, 쟤들 한국말 해?"

"아니."

"그럼 나하고 어떻게 이야기하지? 특히 저 여자애하고 말야."

"시드니에서 박사학위 딴 놈이 영어도 못해?"

"그런 식으로 말한다면 난 파리대학 박사도 돼."

조광수가 정색하고 말했으므로 윤성재가 쓴웃음을 짓는다.

"어쨌든 이번에 수고했다. 걸리면 큰일날 뻔했어."

"물건 값이 얼마나 되는데?"

"이백오십 개다."

"백 개가 아니고?"

놀란 조광수가 시선을 주었다가 돌린다.

"그럼 가격은?"

"잘 받으면 개당 백만 원씩 2억 5천만 원."

"내가 요즘 억자 소리를 많이 들어서 놀랍지도 않아. 그럼 형은 얼마 남는 거야?"

"개당 평균 15만 원 주었으니까 2억 5천에 판다면 2억은 남는 셈이지. 너한테 준 로비 비용 1천까지 합해서."

그러고는 퍼뜩 머리를 돌려 조광수를 보았다.

"그 세관원한테 1천 다 준 거냐?"

"그럼."

정색한 조광수가 머리를 끄덕였다.

"더 내라고 해서 혼났다니까."

"돈 아껴 써, 임마."

그러고는 윤성재가 입을 다물어 버렸으므로 조광수는 슬그머니 어깨를 내린다.

"오빠 왔어?"

윤서진이 웃었지만 금방 얼굴이 가라앉는 것을 윤성재는 놓치지 않았다. 여섯 살 차이가 나는 동생인데다 사춘기 때는 윤성재가 다 관리했다. 멘스 주기가 되면 보름달에 인간이 늑대가 되는 것처럼 윤서진이 날카로워진다는 것도 지구에서 윤성재만 안다. 가방을 내려놓은 윤성재가 주머니에서 잘 포장된 조그만 상자를 내밀었다.

"선물이다."

"뭔데?"

하면서 받는 윤서진의 얼굴에 또 금방 그늘이 덮여졌다. 포장지를 벗기는 동안 다른 때 같으면 지켜보았겠지만 윤성재는 안방에서 옷을 갈아입고 나왔다. 그동안 윤서진은 손에 낀 두 돈짜리 백금반지를 바라보고 있었는데 머리를 들더니 활짝 웃는다.

"고마워, 오빠."

"네가 인터넷에서 예쁘다고 했던 거야."

"기억해줘서 고마워."
"손가락 사이즈에 맞니?"
"딱 맞아."
"자, 말해, 무슨 일이냐?"
소파에 앉은 윤성재가 벽시계를 보고 나서 다시 묻는다.
"넌 오빠 속이지 못해, 속여서도 안 되고. 자, 무슨 일이 일어난 거냐?"
저녁 9시 반이 되어 가고 있다.

그 시간에 민기영은 역삼동의 룸카페 방안에서 관리이사 김재원과 마주앉아 있다. 테이블 위에는 양주와 안주가 놓여 있었지만 거의 손을 대지 않았다. 둘의 표정은 어둡다. 김재원이 입을 열었다.
"백명철하고 두 놈이 나왔습니다. 두 놈도 복지회원인데."
입맛을 다셨던 김재원이 쓴웃음을 짓는다.
"장충동 모텔방 안에서 만났는데 이야기를 시작하기 전에 혁띠까지 다 검사를 하더라니까요? 구두 깔창까지 빼보는 것이 비디오 꽤나 본 것 같았습니다."
김재원은 백명철을 만나고 온 것이다. 입맛만 다시는 민기영에게 김재원이 말을 잇는다.
"기간을 사흘 주더군요, 이번 금요일 오후 4시에 장안평 세실호텔 로비에서 만나잡니다. 그때 다 준비를 해가지고 오라는 겁니다."
그리고 김재원이 길게 숨을 뱉는다.

"놈들이 안전장치는 다 해놓았더군요. 우리가 언론이나 경찰에 터뜨릴 것에 대비해서 지난번 합의할 때의 녹음 테이프를 틀어주더군요."

"……."

"어쨌든 신고를 해서 양쪽이 다 잡혀가도 노조 설립은 기정사실화되는 것이라고 했는데, 그 말은 맞습니다."

"……."

"아예 언론에서 터지면 민노총에서 공식적으로 달려들 테니까요. 그럼 속수무책입니다."

김재원이 머리를 들고 민기영을 보았다.

"돈은 준비해야 될 것 같습니다, 실장님."

그러나 민기영이 길게 숨을 뱉는다.

"알겠습니다. 준비하죠."

"응, 나야."

윤성재가 응답했을 때 바로 민기영이 말했다.

"그 일, 이제 시간이 촉박해."

긴장한 윤성재의 귀에 민기영의 말이 이어졌다.

"이번 금요일 4시까지 준비하라는 거야. 그 전에 처리해야 되지 않겠어?"

"그렇지."

앞쪽 벽을 향한 채 윤성재가 가라앉은 목소리로 말했다.

“그래야지.”

“그럼 너만 믿는다. 다시 전화하지 않을 테니까.”

“알았다.”

그러자 민기영이 긴 숨을 송화구에다 뱉는다.

“정신 없구나. 이런 꼴을 당한다면 누가 회사 차리려고 하겠냐?”

“글쎄 말이다.”

휴대폰을 내려놓은 윤성재가 머리를 돌려 안쪽 방문을 보았다. 윤서진은 방에 들어가 있었지만 자고 있지는 않을 것이다. 어머니의 상황을 다 털어놓은 후여서 개운하고 불안하고 미안한 감정이 뒤죽박죽으로 섞여 있을 것이 분명했다. 소파에 등을 붙인 윤성재가 길게 숨을 뱉는다.

제5장

금요일 오전 11시 반. 여의도 중식당 북경장에는 방이 20개나 있다. 밀담을 나눌 일이 많은 정치인들을 겨냥한 구도였는데 몇 년 전부터 빈방이 많아졌다. 주인은 정치가 깨끗해진 것 같다고 생각했지만 내막은 다르다. 주변의 한식당, 일식당이 모두 밀실을 만들어 놓았기 때문이다. 제5호실에서 기다리고 있던 민기영이 방으로 들어선 윤성재를 맞는다.

긴장한 표정. 괜히 물잔을 들었다 놓으면서 앞쪽에 앉는 윤성재의 눈치를 본다. 뒤따라 들어선 종업원에게 건성으로 주문을 하고 나서 다시 둘이 되었을 때 민기영이 마침내 먼저 묻는다.

"어떻게 되었어?"

"끝냈어."

그 순간 숨을 들이켠 민기영이 윤성재를 노려보았다.

"어, 어떻게?"

목소리가 달라졌다. 굳은 데다 다급하다. 민기영의 시선을 받은 윤성재가 목소리를 낮췄다.

"어젯밤 집 앞 골목에서 뒷머리를 때려 차에 싣고 아산만까지 내려가 바다에 던졌다."

그러고는 윤성재가 쓴웃음을 지었다.

"물론 다리에 돌을 매달았으니까 떠오르지 않을 거다."

"수, 수고했어."

"내가 별일 다 한다."

"네 은혜는 잊지 않을 거야."

절실한 표정이 된 민기영이 두 손을 뻗쳐 윤성재의 손을 잡는다.

"넌 우리 회사, 우리 집안의 은인이야."

"오늘 오후 4시에 만난다고 했었지?"

"응? 그, 그렇지."

"그럼."

어깨를 늘어뜨리면서 길게 숨을 뱉은 윤성재가 민기영을 보았다.

"그놈이 나타나지 않는 것이 그 증거가 되겠구나, 그럼 계산해야지?"

"물론이지."

커다랗게 머리를 끄덕인 민기영이 말을 잇는다.

"오늘 저녁에 만나자, 8시쯤이 어때? 내가 잔금 갖고 나갈 테니까."

그러더니 문득 생각이 난 것 같은 얼굴로 윤성재를 보았다.

"모처럼 넷이 모일까? 민화하고 그, 오혜원이하고 말야."

윤성재의 시선을 받은 민기영이 지그시 웃는다.

"오혜원이 한번 밀어붙여 봐, 데리고 놀기에 그만하면 대빵이지. 안그래?"

"이리 캄."

조광수가 손짓까지 곁들여 미미를 부른다. 미미가 다가가 서자 조광수는 눈을 가늘게 뜨고 웃었다.

"디시즈 굳 훠유, 하우 어발?"

행거에서 빼든 유명 브랜드 제품인 셔츠를 내밀자 미미는 머리를 젓는다. 그러나 웃음 띤 얼굴이다.

"노, 아이 돈 라이크."

"와이? 와이?"

그러자 미미가 유창한 영어로 가격이 너무 비싸고 중국에서는 비록 짝퉁이지만 이와 똑같은 제품을 10분의 1도 안 되는 가격으로 살 수 있다고 설명한다. 미미가 말을 하는 동안 슈어, 리얼리? 하고 맞장구를 치던 조광수가 말이 끝났을 때 미미에게 묻는다.

"디시즈 치프, 베리 치프."

미미의 말을 못 알아들은 것이다. 그때 주머니에 든 휴대폰이 진동으로 떨었으므로 조광수가 꺼내 들었다. 윤성재한테서 온 전화였다. 비껴선 조광수가 응답했을 때 윤성재가 묻는다.

"너, 지금 어디야?"

"신촌 현대백화점인데, 메리하고 쇼핑하고 있어."

일을 마친 마오는 돌아갔고 남아 있는 미미에게 조광수가 자진해서 쇼핑을 시켜주고 있는 것이다.

"내가 오늘 저녁 8시에 잔금 받기로 했다."

윤성재가 말하자 조광수는 긴장했다.

"알았어, 형."

"미미한테 허튼짓 하면 죽을 줄 알어."

"형, 날 뭘로 보고."

이제는 조광수가 눈을 치켜떴다.

"난 여자가 먼저 벗지 않으면 안해."

미미한테 등을 돌린 채 조광수가 한 마디씩 분명하게 말했을 때 수화구에서 윤성재의 입맛 다시는 소리부터 들렸다.

"임마, 내 회사 직원이야, 한국에 처음 온 것이고. 첫인상 좋게 만들어주란 말이다."

"아이고, 알았다고."

이제는 조광수도 짜증을 냈다.

"얘하고 영어는 통하니까 걱정 마."

4시 정각이 되었을 때 탁자 위에 놓은 휴대폰이 진동으로 울리면서 꼭 벌레처럼 떨며 돌았다. 김재원의 휴대폰이다. 민기영이 숨을 죽였을 때 김재원이 서두르듯 휴대폰을 집어들었다.

"여보세요."

김재원이 응답했을 때 수화구에서 사내의 목소리가 울렸다.

"나, 안석찬입니다."

백명철의 동료, 복지회 소속 조장으로 이번 노조결성 사태의 제2인자. 이맛살을 찌푸린 김재원이 묻는다.

"우린 지금 와 있어요, 어디요?"

"아, 그런데 말요."

안석찬의 목소리에 짜증기가 섞인 것 같았다.

"조금 문제가 생겨서."

"무슨 문제란 말요?"

이제는 김재원이 퉁명스럽게 묻자 안석찬이 대답했다.

"백명철 씨하고 연락이 안 됩니다."

"연락이 안 되다니? 그게 무슨 말요?"

"어젯밤 집에 들어오지 않았다는데, 연락도 없고, 휴대폰도 꺼져 있어서요."

"아니, 그게."

눈을 치켜뜬 김재원이 버럭 목소리를 높인다.

"이보쇼, 당신들 지금 장난하는 거야? 어디서 술 퍼먹고 자빠져 있겠지. 시발, 우릴 뭘로 보고."

"아니, 왜 화를 내쇼?"

"화 안 나게 생겼어? 나오라고 해놓고 누가 연락이 안 되다니, 이거 무슨 지랄이야?"

"연기합시다."

"지금 영화상영 하는 거야?"

소리친 김재원이 휴대폰 덮개를 닫더니 옆에 앉은 민기영을 보았다.

"대충 들으셨죠?"

민기영이 머리만 끄덕이자 김재원은 자리에서 일어서며 말한다.

"가십시다. 시발놈이 어디 가서 자빠졌는지 아예 뒤져서 나타나지 않았으면 좋겠구만. 그놈 하나만 사라지면 다 끝나는 일인데 말요."

김재원이 발을 떼면서 덧붙였다.

"다른 놈들은 말짱 황입니다. 그놈 하나만 제발 덕분으로 없어졌으면 좋겠는데."

뒤를 따르던 민기영은 심호흡을 했다. 두 눈이 번들거리고 있다.

바 렉스의 두 개밖에 없는 방 하나로 들어선 윤성재는 주춤했다. 민기영이 박민화와 오혜원까지 불러놓고 있었기 때문이다.

"야호!"

하면서 윤성재를 박민화가 제일 먼저 반긴다. 환한 얼굴, 웃음도 자연스럽다.

"여어."

한쪽 손을 들어보이는 민기영, 역시 웃음 띤 얼굴이다.

"오랜만이네요."

오혜원도 역시 웃는다. 그늘진 눈동자, 시선이 마주친 순간 윤성재는 숨을 삼켰다. 공모자의 눈빛, 그것이다. 은밀하고 깊은 함정, 눈동자 밑에 끝없는 함정이 파여진 것 같다. 빈자리는 오혜원의 옆, 오른쪽에는 민기영이 앉았고 박민화는 마주보는 위치다. 민기영이 배치를 했을 것이다. 마침 종업원이 들어섰으므로 주문을 하는 바람에 방안은 잠깐 수선스러웠다. 그러나 그동안 박민화의 은근한 시선과 세 번이나 마주쳤다.

옆쪽 오혜원과는 거의 나란히 앉은 상태여서 반듯이 앉아 있으면 시야 안에 들어오지 않는다.

"야, 모처럼 넷이 다 모였구나."

다시 넷이 되었을 때 민기영이 조금 과장된 표정을 지으며 말한다. 과장을 과장답게 드러내어서 오히려 자연스럽다.

"아주 환상의 쌍인데 말야."

그러자 박민화가 단박에 묻는다.

"누가? 나하고 윤성재 씨?"

"에이, 또."

이맛살을 찌푸린 민기영에게 박민화가 또 불었다.

"자기하고 혜원이?"

"너무 그러지 마."

"명색이 약혼할 여자 생일도 잊어먹는 남자가 무슨."

"아, 그래서 내가."

"3캐럿짜리 다이아 목걸이?"

코웃음을 친 박민화가 대꾸했을 때 윤성재는 오혜원 앞쪽에 놓인 물병을 집으려는 중이었다. 그래서 얼굴이 오혜원 쪽으로 돌아가 있었다. 그리고 3캐럿짜리 다이아 목걸이가 뱉아진 순간에 오혜원의 눈빛이 번쩍이는 것을 보았다. 강한 눈빛이 박민화를 쏘고 나서 민기영에게로 옮겨졌다. 오혜원의 시선 끝은 보지 않았어도 눈동자 돌아가는 각도를 보면 틀림없다. 너무 강해서 레이저 선처럼 닿는 곳이 표시가 날 것 같았다.

"에이, 참."

당황한 민기영의 목소리를 왼쪽으로 들으면서 윤성재는 잔에 물을 따른다. 그때 박민화가 말한다.

"난 공주야, 공주 대접을 해."

"얼씨구."

건성으로 말을 받은 민기영에게 박민화가 말을 잇는다.

"잘 들어. 마음에 없는 10만 원짜리 코스정식보다 정성이 들어간 4천 원짜리 국밥이 더 맛있는 거라구."

"웬 국밥?"

민기영이 말했다가 종업원들이 술과 안주를 들고 들어오는 바람에 짧은 전쟁이 끝났다.

양주를 넷이 반 병쯤 비웠을 때 갑자기 민기영이 입술을 윤성재의 귀에 붙이더니 말한다.

"놈들이 당황하고 있더구만, 잘 끝냈다."

민기영이 의자 밑에서 납작한 서류가방을 집더니 윤성재 다리 옆에 놓았다.

"1억짜리 CD 10장 들었다."

머리만 끄덕인 윤성재에게 민기영이 말을 잇는다.

"당분간은 잠수해야지?"

"그래야겠지."

"넌 중국으로 날아가면 끝나겠구나."

그러더니 입술을 귀에 더 붙였다. 더운 숨결이 귀에 닿는다.

"내가 분위기 만들어줄 테니까 오늘밤 오혜원이 잘 해봐."

그리고 30분쯤 지났을 때 방에 윤성재와 오혜원 둘이 남았다. 민기영이 박민화를 끌고 춤을 추러 나갔기 때문이다. 박민화는 몇 번이나 싫다고 하더니 문득 분위기를 깨달은 듯 제가 일어나 민기영을 끌고 나갔다.

"복에 겨워서."

둘이 나가고 문이 닫혔을 때 오혜원이 입술만 달싹이며 말했지만 윤성재는 다 들었다. 윤성재의 시선을 받은 오혜원이 입술 한쪽만 비틀고 웃어 보인다.

"그날, 모텔에서 헤어지고 첨이죠?"

"그러네요."

오혜원의 시선을 잡은 채 윤성재가 표정없는 얼굴로 대답했다. 그러자 오혜원이 또 묻는다.

"별일 없죠?"

"뭘 묻는 겁니까?"

"하시는 일."

"예, 별일 없습니다."

"그 일도 문제없겠죠?"

"그 일이라뇨?"

그러자 오혜원이 눈을 가늘게 떴다.

"그날 밤 일어난 일."

"예."

머리를 끄덕인 윤성재가 똑바로 오혜원을 보았다.

"땅속에서 솟아나올 일은 없을 겁니다."

그리고 윤성재가 문득 생각났다는 얼굴로 오혜원을 보았다.

"지금도 그 일, 합니까?"

"무슨 일요?"

했다가 오혜원이 다시 입술 끝을 올리면서 웃는다. 두 눈이 번들거리고 있다.

"왜요? 동반자 필요하세요?"

"나한테는 할인 좀 안됩니까?"

"해 드릴게요, 10프로 정도. 하지만 요즘 가격이 좀 올랐거든요."

"예약해야 됩니까?"

"저한테 직접 하세요, 에이젠시 통하면 수수료를 20프로 떼니까요."

"며칠 전에 해야 되죠?"

"요즘은 손님이 좀 밀리니까 최소한 열흘 전에는."

"알았습니다."

"한국에서도 가능해요."

정색한 오혜원이 윤성재의 시선을 맞받는다.

"한국에서는 일박 기준이 아니라 두 시간당 기준이죠."

"참고로 알아둡시다, 가격은?"

"외국 여행은 일박에 120만 원, 한국에서는 두 시간당 50만 원."

"그럼 3박4일이면 360입니까?"

"여행 경비 별도, 5박이 넘어가면 총 일수 기준이죠. 예를 들어 6박7일이면 7일 계산입니다."

"알았습니다."

"잘 해드릴 테니, 자주 이용해 주세요."

머리를 끄덕인 윤성재가 술잔을 들고 한 모금에 위스키를 삼킨다.

예상했지만 춤을 추고 돌아온 박민화가 앉지도 않고 윤성재를 잡아끌었다.

"기분 전환 시켜드릴게."

일부러 큰 제스처를 썼지만 어색하지는 않았다. 민기영과 오혜원 관계를 아는 윤성재의 관점에서 보면 그렇다. 빙글거리고 웃는 민기영과 시치미를 뚝 떼고 있는 오혜원 둘은 지금 윤성재가 박민화에게 끌려 나가기를 기다리고 있다. 그래야 둘의 은밀한 자리가 만들어질 테니까. 둘만 남았을 때 스릴을 느끼려고 민기영이 섹스를 요구할지도 모른다. 아니, 아까 오혜원의 눈이 번들거린 것을 보면 3캐럿 다이어를 사준 것 때문에 독이 올라 있을지도 모르겠다. 끌려나가는 몇 초 동안 윤성재의 머릿속에서 튀어나온 생각들이다. 인간의 뇌는 말과 글로 나타내는 양보다 수천 배 많은 생각을 품어낸다. 그것을 다 기록하고 말로 뱉을 수는 없다.

밖으로 나왔을 때 박민화가 거침없이 윤성재의 팔을 끼었다.

"이거 왜 이래?"

팔을 뿌리치는 시늉을 하며 윤성재가 소리쳤다. 방 밖은 소란한 데다 어둡다. 플로어로 가면서 오가는 남녀에게 막혀 둘은 붙었다가 떨어졌다.

"오혜원이하고 한참 진행중이란 말야."

다시 윤성재가 소리쳐 말했을 때 박민화는 이를 드러내고 웃었다.

"그래? 잘 해봐."

플로어에 오른 둘은 마주보고 섰지만 춤출 공간이 없다. 밀리고 부딪치다가 마침내 둘은 딱 붙어섰다. 박민화가 윤성재의 허리를 두 팔로 감아 안고는 엉덩이만 흔든다.

"봐, 멀쩡하네."

다리 사이로 느껴지는 윤성재의 딱딱한 물건에 대한 논평이다. 쓴웃음을 지은 윤성재가 박민화의 허리를 안았다.

"더러운 세상이다, 그지?"

윤성재가 버럭 말하자 박민화는 눈을 크게 떴다. 입김이 턱에 닿는다. 두 눈은 바로 아래다. 머리만 조금 숙이면 박민화의 입술에 닿는다. 그때 박민화가 말했다.

"누가?"

그 순간 윤성재는 등에 찬물이 흘러내리는 느낌을 받는다. 그렇다. 넷 중 박민화만 더럽지 않다. 나 또한 두 연놈의 사주를 받고 두 건의 살인사건을 집행했다. 박민화, 너만 아니다. 윤성재가 소리쳐 대답한다.

"세상이 다, 너만 빼놓고."

"나, 키스해줘."

허리를 감은 팔에 힘을 준 박민화가 소리치더니 눈을 감고 기다린다. 윤성재는 입안에 고인 침을 삼킨다. 그러고는 다음 순간 입을 크게 벌려 홀 안의 더운 공기를 입으로 들이켰다.

그래도 입안을 씻는 효과가 있을 것이다. 윤성재가 머리를 숙였을 때 박민화는 눈을 감은 채 입술을 벌린다. 입술이 닿은 순간 박민화의 혀가 내밀려졌다. 박민화의 두 팔이 이제는 윤성재의 목을 감싸안는다. 윤성재는 말랑하고 탄력이 강한 박민화의 혀를 빨았다.

박민화의 혀가 활기차게 입안을 휘젓는다. 감고 비틀렸다가 때리고 도망치며 희롱했다.

입술을 뗀 윤성재가 박민화의 어깨를 잡고 말한다.

"나가자."

"싫어."

머리를 흔든 박민화의 두 눈이 번들거린다.

"나, 젖었어."

"까불지 말고 나가."

그러고는 허리를 감아안고 플로어를 빠져 나온다. 박민화가 마지못해 따라 나오다가 윤성재의 팔을 끌었다.

"저기서 맥주 한잔 마시자."

박민화가 손으로 가리킨 곳은 안쪽의 바였다. 바 앞에 빈자리가 있었다.

"방에 둘만 남겨둬도 돼?"

팔을 잡혀 끌려가면서 윤성재가 묻자 박민화는 피식 웃었다.

"상관없어."

"상관없다니?"

"내가 지금 자기한테 집중하면서 또 한 놈이 날 배신할까 걱정하라구? 내가 그렇게 나쁜년 같니?"

"드럽게 착한년이네."

바에 닿은 박민화가 의자에 엉덩이를 걸치면서 바텐더에게 소리쳤다.

"여기 보드카, 물 타서."

그러고는 옆에 앉는 윤성재에게 한쪽 눈을 감아 보였다.

"007에서 배운 수작이야, 근데 맛있어."

같은 것을 시킨 윤성재가 쓴웃음을 짓는다.

"네 생각은 어때? 오혜원이 나하고 맞을 것 같니?"

"전혀."

거침없이 대답한 박민화가 보드카 잔을 쥐더니 한 모금에 삼켜 버렸다. 옆쪽에 앉은 사내가 휘파람으로 탄성을 보낸다. 바텐더에게 한 잔을 더 주문한 박민화가 윤성재를 정색하고 보았다. 두 눈 주위가 붉어졌을 뿐 얼굴은 오히려 창백하다.

"혜원이는 나하고 고3때부터 단짝이었는데 공부도 나보다 잘했고 얼굴도 더 예뻤지. 선생님들도 다 좋아했고 평판도 최고였어."

다시 받은 술잔을 쥔 박민화가 윤성재의 시선을 받고 빙긋 웃었다.

"갠 전혀 내색하지 않지만 나한테 지기 싫은 거야. 아니, 질 이유가 없다고 생각하겠지. 그래서…."

윤성재는 잠자코 한 모금 보드카를 삼킨다. 그러자 박민화가 윤성재의 옆얼굴을 향해 말을 이었다.

"최소한 민기영의 재력 이상의 남자를 바랄 거야. 요즘은 재력이 최고지, 사짜 돌림 따윈 날샜어."

"4천 원짜리 국밥은 안 되겠군."

앞쪽을 향한 채 윤성재가 말하자 역시 박민화도 나란히 보며 대답한다.

"어설픈 낭만이지. 한때의 불장난, 허영심과 사치의 변형, 또는 허세."

"누가 한 말 같은데."

"어쨌든 잰 꿈이 커."

그러고는 길게 숨을 뱉는다.

"세상은 왜 이렇게 불공평하고 어긋나기만 할까? 그리고 내 주변엔 왜 이렇게 비틀린 연놈들만 있을까?"

"야, 야, 야."

앞쪽 술병이 진열된 뒤쪽은 거울이어서 박민화의 얼굴이 피카소 그림처럼 보이긴 한다. 윤성재가 술병 옆에 떠 있는 박민화의 눈 하나를 향해 정색하고 말한다.

"그놈 중의 하나에 나도 포함되는 거냐?"

그러자 박민화가 머리를 돌려 윤성재를 보았다. 역시 정색한 얼굴이다,

"넌 최소한 정직한 놈이야, 그지?"

"둘이 무슨 이야길 할까?"

문득 민기영이 물었으므로 오혜원이 외면한 채 말한다.

"난 관심없어."

"설마 우리 관계를 눈치챈 건 아니겠지?"

그러자 오혜원이 싸늘하게 웃었다.

"알면 걔가 시치미 떼겠어? 무서운 게 없는 앤데, 안 그래?"

"그렇지. 단칼에 끝나겠지."

"그것이 두렵지?"

오혜원이 머리를 돌려 민기영을 본다. 불빛을 받은 눈빛이 강했다.

"수천억대의 재산, 그걸 놓치기 싫지?"

"그것보다도."

"3캐럿짜리 목거린 얼마야?"

"그러지 마."

"부랴부랴 선물 사는 모습이 가엾게 느껴져서 그래."

"이제는 바쁜 일이 끝났으니까 너한테도 하나 사줄게."

"됐어."

"미안해."

"뭐가?"

해놓고 오혜원이 문득 정색했다.

"이젠 윤성재 씨 데려오지 마. 저 사람 볼 때마다 피곤해."

그러자 민기영이 쓴웃음을 짓는다.

"민화가 자꾸 데려오라고 해서, 너하고 만들어준다는 거야."

"나 때문이 아냐, 조심해."

불쑥 오혜원이 말했으므로 민기영이 머리를 든다,

"뭘?"

"민화가 윤성재 씨한테 마음이 쏠리고 있어. 갠 예전부터 동정심이 강했거든."

"무슨 말야?"

"잘못하면 빼앗길지도 몰라, 내 말 믿어."

"천만에!"

코웃음을 친 민기영이 머리까지 젓는다.

"넌 개네 집안 몰라서 그래. 윤성재는 발도 못 붙여."

그러더니 덧붙인다.

"나도 우습게 생각하는 집안인데 윤성재를? 그리고 민화가 그럴 만큼 비현실적인 애가 아니라구."

오혜원이 힐끗 민기영에게 시선을 주었다가 내린다. 그러고는 입을 다물었으므로 방안에 갑자기 정적이 흘렀다.

백명철이 공식 실종 신고가 된 것은 다음날 오후였고 며칠 동안은 회사가 떠들썩했다. 루머도 떠돌았는데 회사측으로부터 회유자금을 받고 잠적했다는 둥, 경찰을 피해 숨어 있다는 둥 여러 가지였다. 백명철이 빠진 노조결성 지도부는 머리 잃은 뱀처럼 꿈틀거리며 죽어갔다. 백명철 실종 소식이 들린 지 나흘 만에 노조 가입에 호응했던 임시직 150여 명 중 절반 이상이 탈퇴한 것도 그 증거였다. 실종 신고를 받은 경찰이 이틀 후에 회사에 찾아와 관리담당 이사 김재원을 만났지만 소득 없이 돌아갔다.

우스운 일은 주모자 중 두 명이 김재원을 찾아와 백명철에게 합의금을 주지 않았느냐고 물었다는 것이다. 김재원이 그게 무슨 말이냐고 소리쳐 그들을 쫓아 보내고 나서 참을 수 없었던지 민기영을 화장실로 불러내어 말해주고는 웃었다. 이것으로 합의금 때문에 주모자 사이에서도 의심과 갈등이 일어나고 있다는 것이 증명되었다. 그리고 일주일이 지났을 때 노조결성 작업은 와해된 것으로 보여졌다. 탈퇴했다는 확인서를 요구하지도 않는 관리부에 낸 임시직 근로자만 70여 명이나 되었고, 김재원이 파악한 바로는 남은 가입자는 10여 명뿐이었던 것이다.

일요일 오전 9시경, 늦게 일어난 민기영이 혼자서 아침식사를 마치고 2층 응접실에 들어섰을 때 전화벨이 울렸다. 김재원이다. 요즘은 하루에도 열 번도 넘게 만나고 그 이상으로 통화를 해왔지만 오늘은 일요일이다.

“웬일입니까?”

민기영이 조심스럽게 묻자 김재원이 대뜸 말한다.

“저, 제가 30분쯤 후에 댁 앞으로 가겠습니다.”

그러고는 전화가 끊겼으므로 민기영은 심호흡을 여러 번 했다.

30분 후에 민기영은 집 앞에 주차된 김재원의 차 안으로 들어가 옆자리에 앉는다. 김재원의 안색은 창백했고 두 눈은 번들거린다.

“무슨 일입니까?”

역시 긴장한 민기영이 묻자 앞쪽을 노려보던 김재원이 머리를 돌려 똑바로 본다.

“백명철한테서 전화를 받았습니다.”

“에엑!”

놀란 민기영의 입에서 비명 같은 외침이 저절로 터졌다. 김재원이 말을 잇는다.

“만나야겠다고 해서 여기로 오라고 했습니다. 곧 올 겁니다.”

“아니, 여기로요?”

했다가 민기영이 곧 어금니를 물고는 진정한다. 어쩔 수가 없는 것이다.

“도대체….”

고인 침을 삼킨 민기영이 김재원을 보았다. 눈동자가 흔들리고 있다.

"지금까지 뭘 하고 있었답니까?"

"글쎄요, 죽었다가 살아났다고 하더군요."

김재원이 머리를 돌려 민기영을 똑바로 보았다.

"그놈이 무슨 말을 하는지 내가 알 수가 있어야지요. 하지만 만나기는 해야 될 것 같아서 여기로 오라고 했습니다."

민기영이 심호흡을 하고 나서 바지 주머니에 든 휴대폰을 만지작거렸다. 어쨌든 중국에 가 있는 윤성재에게 확인하고 싶은 것이다. 그때 김재원이 긴장으로 굳어진 목소리로 말했다.

"앗, 저기 옵니다."

그 순간 김재원의 시선을 따라 옆쪽을 본 민기영이 숨을 삼켰다. 백명철이었다. 그런데 이쪽으로 걸어오는 백명철의 모습을 보고 나서 민기영의 머릿속은 텅 비워졌다. 아무 생각도 일어나지 않는다. 의혹도, 불안감도 일순 다 지워졌다. 백명철은 머리에 붕대를 감았다. 이마 위로 다 감아서 얼굴만 남았다. 그리고 팔 하나는 깁스를 해서 목에 걸친 데다 다리도 절었다. 한 마디로 중상환자다. 지나던 남녀가 유심히 보는 것만 봐도 그렇다.

차로 다가온 백명철이 뒷문을 열더니 안으로 힘들게 들어온다. 그동안 김재원은 차 밖으로 나와 어물거리며 서 있다가 백명철을 부축하는 시늉을 해주었다. 김재원이 다시 탔을 때 민기영이 몸을 돌려 백명철에게 묻는다.

"백주임, 어떻게 된 겁니까?"

그러자 김재원도 서둘러 물었다.

"사고 난 거요? 그래서 안 보였구만. 아, 그래도 연락은 해줘야지, 우린 실종 신고까지…."

"청부 살해업자한테 당한 거요."

불쑥 백명철이 말했을 때 둘은 잠깐 입을 다물었다. 그러나 반응은 달랐다. 김재원은 눈을 치켜뜬 대신 민기영은 이를 악물었다.

"아니, 그게 무슨 말야?"

"뭐라구요?"

먼저 김재원이 소리치듯 물었고 민기영은 입만 딱 벌렸다. 그러자 백명철이 얼굴을 일그러뜨리며 웃는다.

"집 앞에서 머리를 맞은 상태로 납치되어 차에 실려 갔다가 물에 던져졌어요. 다리에 시멘트덩이를 매달고 말요."

"……."

"내가 물에 던져질 때 죽은 시늉을 했기 때문에 살았어. 그놈이 내 손만 묶었어도 지금은 아산만 바닷속 귀신이 되어 있을 거요."

"……."

"머리를 서른 바늘 꿰맸고 손은 골절된 데다 시멘트를 매단 다리뼈가 늘어졌어. 전치 3개월이래."

"……."

"누가 시켰어?"

불쑥 백명철이 물었으므로 그동안 숨을 죽이고 듣기만 하던 김재원이 펄쩍 뛰었다.

"그, 그게 무슨 말야!"

목구멍이 찢어진 것처럼 소리가 갈라졌다.

"백주임, 말을 삼가시오!"

민기영이 따라 소리쳤을 때 백명철이 다시 웃는다.

"그래서 여기 올 때도 내 동생들을 다 데려왔어. 사촌까지 불러 왔지, 봐."

백명철이 손으로 가리킨 곳을 둘의 시선이 자석에 끌린 쇠붙이처럼 옮겨간다. 그러자 앞쪽 길가에 서 있는 세 사내가 보였다. 오토바이 두 대가 세워져 있는 것이 그들이 타고 온 것 같았다. 그때 백명철이 눈을 치켜뜨고 말한다.

"너희들이야, 네놈들이 살인 교사를 했어. 날 없애고 이번 사건을 끝내려고 말야. 돈도 아까웠겠지, 이 개자식들."

일요일이었지만 윤성재는 사무실에 출근해 있다, 마오와 미미는 출근하지 않았다. 컴퓨터로 생산 진행 현황을 체크하던 윤성재는 휴대폰 울리는 소리를 듣는다. 발신자 번호는 한국이지만 모르는 번호, 그러나 윤성재는 휴대폰을 귀에 붙이고 응답한다. 그러자 곧 민기영의 목소리가 울렸다.

"너, 지난번 작업."

불쑥 말을 뱉은 민기영이 주춤하더니 숨 한번 호흡한 만큼 가만 있다가 말을 잇는다.

"잘 안됐어."

"그게 무슨 말야?"

"그놈이 나왔어. 방금 만났다."

"그놈이라니?"

그러자 민기영이 잠시 망설이다가 잇사이로 말했다.

"어쨌던 다시 합의했다, 한국에서 보자."

월요일 오후 6시 반, 서교동 홍대 근처 골목 안 카페로 사내 하나가 들어섰다. 손에 비닐가방을 움켜쥔 사내가 입구에 멈춰서더니 카페 안을 둘러보았다. 10평도 안 되는 카페 안에는 이미 손님이 가득 차 있었는데 안쪽에 앉아 있던 사내 하나가 불쑥 손을 들었다. 사내는 그쪽으로 발을 떼었다.

테이블에는 두 사내가 앉아 있다. 손을 든 사내는 조광수, 그리고 잠자코 시선만 보내는 사내가 윤성재였다. 다가가 앉은 사내는 백명철이다. 백명철은 멀쩡했다. 머리의 붕대는 떼어졌는데 단정하게 빗어넘긴 검은 머리에는 실밥 하나 붙어 있지 않았다. 손의 깁스는 간 데 없고 걸음도 당당했다. 가방을 탁자 위에 내려놓은 백명철이 윤성재와 조광수를 번갈아 보았다.

"들으셨지요?"

그러자 윤성재가 머리를 끄덕인다.

"60억 주었다고 하더군."

그러고는 윤성재가 덧붙였다.

"나한테 준 계약금이 아깝다는 눈치였어."

"여기."

가방 지퍼를 연 백명철이 서류봉투 하나를 꺼내 윤성재 앞에 놓는다.

"1억짜리 CD 60장입니다. 확인하세요."

그러자 조광수가 봉투를 집더니 안에 손을 집어넣고 꼼꼼하게 세었다. 한 번 세고 두 번째로 확인하는 동안 백명철이 다시 입을 열었다.

"난 내일 가족을 중국으로 보내고 곧 따라갈 겁니다."

"가족한테는 연락했습니까?"

윤성재가 묻자 백명철이 쓴웃음을 짓는다.

"조금 전에 연락을 했더니 울고불고 난리를 치길래 절대 비밀로 하라고 했습니다."

"만일 당신 동료들이 알면 진짜 죽이려고 할 거요."

"알 리가 있습니까? 며칠만 숨어 있다가 떠나면 끝인데."

그때 확인을 끝낸 조광수가 윤성재를 향해 머리를 끄덕였다.

"맷수는 맞습니다."

그러더니 조광수가 백명철을 향해 빙그레 웃는다.

"이젠 이 CD가 진품인가를 확인해야겠으니까 형씨는 하루만 우리하고 같이 있어줘야겠는데."

"그까짓 하루쯤이야."

힐끗 카페 밖으로 시선을 준 백명철이 다시 쓴웃음을 짓는다.

"철저하십니다. 저 사람들이 옆에 붙어 있었는데 장난칠 여유가 있었겠습니까?"

카페 밖에는 세 사내가 얼쩡대고 있을 것이었다. 조광수가 일당을 주고 고용한 후배들이다. 물론 후배들은 작업 내막을 모른 채 백명철의 옆에 붙어 있는 것이다.

민기영의 집 앞에 백명철이 등장했을 때 데리고 갔던 동생들이 바로 이들이었던 것이다. 그러자 조광수가 따라 웃으면서 자리에서 일어선다.

"아니, 민기영이 가짜 CD를 주었을 수도 있으니까 그런 거요."

윤성재는 길 때는 일주일쯤 서울에 머물렀지만 대개 1박2일이나 2박3일 일정으로 다녀갔다. 이번에도 집에 들렀을 때 윤서진에게 2박3일 계획이라고 말해 주었다. 집에 돌아온 윤성재가 욕실에서 씻고 나왔을 때는 밤 10시 반경이었다. 집에 온 지 이틀 밤째가 된다.

"오빠, 하루만 더 자고 가면 안돼?"

소파에 앉은 윤성재 앞에 과일 접시를 내려놓으며 윤서진이 물었다. 윤성재의 시선을 받은 윤서진이 앞쪽 소파 구석에 조심스럽게 앉았다.

"왜? 무슨 일 있는 거냐?"

윤성재가 묻자 윤서진이 먼저 침부터 삼켰다. 긴장한 표정이 역력하다.

"엄마가 입원했어."

시선을 돌린 윤성재가 과일 접시에서 사과 조각을 포크로 찍어

들었다. 그때 윤서진이 말을 잇는다.

"맞았대."

"……."

"갈비뼈가 부러졌고 코도 다쳤어. 내가 병원에 갔더니 울면서 못살겠다고 했어."

"……."

"그런데 그 남자가 놔주지 않는데. 그래서 경찰에 고발하라고 했더니 애들 불쌍해서 못하겠대. 그 남자가 잡혀가면 애들은 누가 돌보냐면서."

"……."

"문병 온 옆집 아줌마한테 들었더니 이런 일이 수십 번이래."

그때 윤성재가 머리를 들고 윤서진을 보았다. 차가운 표정이다.

"그래서 날더러 어쩌란 말이냐?"

"엄마를 구해줘."

"난 못해."

다시 사과 조각을 포크로 찍으면서 윤성재가 말을 잇는다.

"내가 그랬지? 네가 그 여자 만나는 거 상관 않겠지만 내 앞에서 말 꺼내지 말라고. 너, 내 말을 우습게 생각하지?"

윤서진은 시선을 내렸고 윤성재는 집었던 사과를 포크 채로 내던지며 말했다.

"내가 열세 살, 네가 일곱 살 때 아버지한테 팽개쳐놓고 떠난 여자다. 그리고 일년 만에 그놈을 만나 재혼했지. 그래서 애도 둘이나 낳고."

"……."

"15년 동안, 그래, 아버지가 살아 계셨을 때라고 해도 연락 한 번 없던 여자야. 너, 내가 말 안하려고 했지만."

정색한 윤성재가 똑바로 윤서진의 옆모습을 보았다.

"그 여자가 우리한테 접근해 온 때 기억나지? 그것이 아버지가 돌아가신 후였지. 근데 아버지가 돌아가셨기 때문에 둘이 남은 우리가 가여워서 그런것 같니? 천만에."

쓴웃음을 지은 윤성재가 머리를 저었다.

"그놈의 행패가 시작된 후부터야. 그놈한테 다시 싫증이 나니까 우리를 찾은 거라구. 의지할 곳이 또 필요했던 거야."

"아냐."

머리를 저은 윤서진이 윤성재를 보았지만 눈동자가 흔들렸다.

"나한테 돈까지 주고, 엄마는 나름대로…."

"그놈하고 별일 없었다고 해도 우리를 찾았을까?"

불쑥 윤성재가 묻자 윤서진은 다시 외면했다. 자리에서 일어선 윤성재가 잇사이로 말했다.

"놔둬. 다시 우리 둘이 예전처럼 살자꾸나. 그 화근덩어리를 우리 생활에 끼워 넣지 말란 말이다."

"나야."

하고 박민화가 말했을 때 윤성재는 저도 모르게 벽시계를 본다. 오전 10시 반.

"응, 그래. 웬일야? 아침부터."

"나하고 점심 먹자."

박민화가 불쑥 말했다.

"할 이야기도 있고."

"내가 점심때는 선약이 있는데."

그러고는 윤성재가 말을 잇는다.

"오후 3시쯤 어때?"

"좋아. 미도호텔 커피숍으로 나와. 3시."

전화가 끊긴 지 3분도 되지 않았을 때 다시 신호음이 울렸다. 조광수였다. 휴대폰을 귀에 붙이자 조광수가 말했다.

"형, 확인했어. 다 진품이야."

CD를 확인했다는 말이다. 조광수가 묻는다.

"그럼 백명철이 놔줘야지?"

"그래야지."

"산에다 묻고 그놈 몫 30억도 차지하면 안 될까?"

정색하고 조광수가 물었으므로 윤성재도 차분하게 말을 이었다.

"그럼 너도 산속에 묻은 것으로 하자."

"알았어, 형. 언제 올 거야?"

"한 시간 후에."

휴대폰을 귀에서 뗀 윤성재가 길게 숨을 뱉는다.

자장면을 시킨 윤성재가 방에 둘이 남았을 때 가방 지퍼를 열었다. 그러고는 CD 15장을 센 다음 조광수에게 내밀었다. 그러자 조광수가 두 손으로 받으며 묻는다.

"형, 괜찮은 거야?"

"뭐가?"

"이렇게 반타작을 해도 속 안 쓰려?"

"쓰려."

"그럼 나 10억만 받을게."

그러더니 조광수가 정색하고 CD 5장을 세어 윤성재 앞에 놓았다.

"똑같이 반으로 나눈다는 건 아무리 생각해도 무리야. 내가 이것 다 먹었다간 체할 것 같어."

윤성재는 민기영한테서 받은 계약금 20억도 절반 나눠 주었고 이번에 백명철과 셋이 공모해서 받은 30억에서도 15억을 준 것이다. 그때 윤성재가 앞에 놓인 CD를 집어 다시 조광수에게 내밀면서 말했다.

"백명철 작전은 다 네 머리에서 나온 것이니까 절반 나눠야 맞다. 받아."

CD를 내려놓은 윤성재가 쓴웃음을 짓는다.

"너 아니었다면 이런 사기 못 쳤다."

백명철이 식당에서 일당들과 음모를 꾸민 대화를 녹음한 것은 윤성재였지만 그후부터는 조광수의 작전이었던 것이다.

녹음테이프를 숨겨 놓은 것에서부터 백명철을 잡아 작전에 가담

하도록 회유한 것도 조광수였다. 민기영한테서 합의금 60억을 받은 백명철은 그 중 절반인 30억을 조광수한테 떼어 주면서 치명적인 약점이 될 녹음테이프를 돌려받았다. 이제 백명철은 만족한 채 사라졌다. 그때 조광수가 머리를 젓는다.

"이러면 안돼, 형. 어쨌든 이런 경우가 없어. 형이 써야만 해. 절대로."

정색한 조광수가 말하자 윤성재가 퍼뜩 머리를 들었다.

"좋아. 내가 받지."

손을 뻗쳐 CD를 쥔 윤성재가 얼굴을 일그러뜨리며 웃는다.

"문득 생각이 났다."

그러자 조광수가 커다랗게 머리를 끄덕였다.

"무슨 일인데?"

자리에 앉은 윤성재가 물었지만 박민화는 눈을 가늘게 뜨고 위아래를 훑어보는 시늉을 했다.

"그 옷, 어디서 산 거야?"

"중국."

"옴마니 매장에서 본 것 같은데."

"짝퉁이야."

"상표 좀 보게 이리 와 봐."

"시끄러."

윤성재가 눈을 치켜떴을 때 박민화는 의자에 등을 붙였다. 흰 블

라우스에 검정색 스커트 차림이었는데도 잘 어울렸고 또 눈에 띈다. 어느덧 정색한 박민화가 윤성재를 보았다.

"나, 청혼받았어."

윤성재는 시선만 주었고 박민화의 말이 이어졌다.

"공식적으로. 기영 씨 집안에서 청혼 사절이 온 거야. 이미 둘 사이는 양쪽 집안에서 인정을 받았다는 전제하에 말이지."

"……."

"어머니는 못마땅해하지만 대세에 밀리는 형편야. 특별한 대안도 없는데다 꽤 오래 끌었거든."

"……."

"이제 날 잡고 식 올리는 일만 남았어. 하지만 기회는 있어. 내가 날짜 잡기 전에 노, 하고 새 상대를 내세우는 거야."

"……."

"그럼 난리가 나겠지. 어머니는 길길이 뛸 것이고, 왜냐하면 새 상대가 4천 원짜리 국밥이나 먹는 평민이거든."

박민화가 웃음 띤 얼굴로 윤성재를 본다.

"그렇지만 난 자신 있어. 내가 이겨. 다만 그 부랄 두 쪽만 찬 그 사내가 나를 응원해준다면 말야."

"……."

"첫째로 내가 그 사내를 좋아하거든. 그것이 날 박미란으로 만드는 거야."

말을 그친 박민화가 똑바로 윤성재를 보았다. 두 눈이 번들거렸고 얼굴도 조금 상기되었다. 커피숍 안은 손님들이 꽤 많았지만 둘은 신경쓰지 않았다. 그때 박민화가 묻는다.

"어때? 조급하게 생각하지 않아도 돼. 자기가 생각해보겠다는 말만 해도 난 미룰 테니까, 얼마든지."

그때 윤성재가 입을 열었다.

"넌 참 착한 여자야."

"착한 공주."

"그래, 공주."

"착한 공주 슬프게 하지 마."

"먼저 이것 하나는 약속할게. 네 행복을 위해서 내가 뭔가 해볼게."

"어떻게?"

눈을 동그랗게 뜬 박민화가 묻자 윤성재는 심호흡을 했다.

"우선 그렇게만 알고 있어."

"그게 대답이야?"

박민화의 시선을 받은 윤성재가 머리를 끄덕였다.

"그래, 난 네 상대로 나설 자신은 없다. 왜냐하면."

말을 그친 윤성재가 박민화를 향해 머리만 저어 보였다. 입은 꾹 닫쳐져서 다시 열릴 것 같지가 않다.

제6장

"넌 누구야?"

다가선 사내의 눈이 번들거린다. 대낮인데도 술냄새가 났고 입가에는 거품이 붙어 있었다. 윤서진은 숨을 참고서 사내를 마주 보았다.

"아저씬 누군데요?"

날카롭게 물었지만 말끝이 떨린다. 힐끗 옆쪽을 살피자 어머니는 아직 깨어나지 않았다. 6인실이어서 근처 병상의 시선이 모두 이쪽으로 모여졌다.

"나?"

얼굴을 일그러뜨린 사내가 손끝으로 오미연을 가리켰다.

"이 여자 남편이다."

"저 꼴로 만든 사람이군요."

윤서진이 바로 말을 뱉았다. 이제는 말끝도 떨리지 않는다. 어머니가 깨어나기 전에 이 작자가 일을 저지르기를 바랄 뿐이다. 사내가 바짝 다가섰으므로 윤서진은 이를 악물었다. 술냄새가 지독했다.

"이런 싸가지 없는 년이."

"넌 개새끼다."

윤서진이 눈을 딱 감고 말했다. 그러나 불안해서 금방 눈을 뜨고는 말을 잇는다.

"병신 같은 놈. 의처증 걸린 놈."

목소리가 컸는지 어머니가 눈을 떴다. 그 순간 사내의 손바닥이 날아와 윤서진의 뺨을 쳤다.

"철썩."

귀뺨을 맞은 윤서진이 병실 바닥으로 쓰러지면서 소리쳤다.

"왜 쳐! 이 의처증 걸린 정신병자놈아!"

그때 사내의 발길이 날아와 가슴과 옆구리를 찼다. 얼굴도 맞고 다시 가슴에 또 맞는다.

"사람 살려!"

목이 터질 것 같은 비명이 울렸다. 병상에 누운 오미연이 소리친 것이다.

"사람 살려! 미친놈이 사람 죽인다!"

그동안에 사내는 무수한 발길질을 했고 윤서진은 머리를 두 손으로 감싼 채 웅크리고 고스란히 맞았다. 간호사와 근무자들에게 잡힌 사내가 끌려 나갔을 때 윤서진은 겨우 부축을 받아 일어섰다. 얼굴이 부었고 코에서 피가 흘렀다.

"아이구, 애야, 빨리 가랬더니 왜 여기 있었던 거야!"

오미연이 병상에서 일어나 나오려다 간호사들의 제지를 받는다. 눈물이 범벅이 된 얼굴로 오미연이 다시 소리쳤다.

"왜 돌아온 거야! 저 미친놈을 만나면 안 되는데!"

윤서진은 간호사들에게 몸을 맡긴 채 눈을 감았다. 뜻대로 되었다. 어머니가 잠든 틈을 타서 사내에게 고의로 접근, 시비를 걸었던 것이다.

병상으로 다가선 윤성재가 윤서진을 내려다보았다. 입은 꾹 다물었지만 눈이 번들거리고 있다. 이곳은 오미연과 같은 병원의 응급실. 윤서진은 가슴에 붕대를 감았고 얼굴의 절반도 미라처럼 붕대로 동여매었다. 갈비뼈 두 개에 금이 갔으며 얼굴 타박상까지 합쳐 전치 2개월은 될 것이라는 응급실 의사의 말이었다. 가해자는 최종태. 5층 입원실 환자 오미연의 남편으로 일단 경찰에 넘겼지만 피해자 윤서진이 고발하지 않아서 신분을 확인한 후에 귀가시킨 상태라고 했다. 윤성재의 시선을 받은 윤서진이 울먹이며 말했다.

"엄마는 고발하라고 했지만 안했어."

코를 들이마신 윤서진이 말을 잇는다.

"오빠한테 맡기려구 안했어."

그때 뒤에 서 있던 조광수가 바짝 다가붙었다. 그러고는 윤성재와 윤서진을 번갈아 본다. 무슨 뜻이냐고 묻는 표정이다. 윤성재가 윤서진의 손을 감싸쥐었다. 그리고 어느덧 눈물이 가득 고인 윤서진의 눈을 내려다보았다.
"그리도 엄마가 그립더냐?"
낮게 묻자 윤서진의 눈꼬리를 타고 눈물이 귀 밑으로 떨어졌다.
"응."
그러나 목소리는 또렷하다.
"너 맞으려고 일부러 시비 걸었지?"
윤성재가 또 묻자 윤서진도 거침없이 대답한다.
"응."
"오빠 끌어들이려고, 그렇지?"
"응."
대충 내막을 알아챈 조광수가 한걸음 물러섰다.

휴대폰 발신자 번호를 본 오혜원이 머리를 한쪽으로 기울였다가 귀에 붙인다. 오전 9시 반. 윤미를 유아원에 보내고 돌아와 어머니와 함께 아침을 먹고 난 참이었다.
"여보세요."
"나, 윤성재올시다."
굵은 목소리. 오혜원이 방으로 들어가 등 뒤의 문을 닫으며 묻는다.
"웬일이세요?"
"사업 이야긴데, 괜찮습니까?"
그러자 소리죽여 숨을 들이켠 오혜원이 침대 끝에 앉았다.
"네, 말씀하세요."

"다음 주 화요일부터 시간 있습니까?"

엉겁결에 벽에 붙여 놓은 달력으로 시선을 돌렸던 오혜원이 휴대폰을 고쳐 쥐었다. 다음 주 스케줄은 없다.

"꽉 찼는데, 어쩌죠?"

"깎아 달라고 안할 테니까…."

"그래두요, 편의를 봐드리고 싶지만 예약이 되어 있네요."

"두 배 내도 안 될까요?"

그러자 오혜원이 피식 웃는다.

"무리하시는 거 아녜요?"

"가끔은 그럴 때도 있지요."

"그럼 제가 스케줄 조정할 수 있는지 알아보고 연락드릴게요."

"부탁합니다."

"참, 며칠 일정이죠?"

"4박5일 잡고 있습니다."

"그럼 5일 기준으로 계산하셔야 돼요."

"알겠습니다."

"두 배구요. 맞죠?"

"맞습니다."

"그럼."

윤성재의 대답도 기다리지 않고 오혜원은 휴대폰 덮개를 닫았다.

일요일에 아이들이 집안에서 꼬물거리는 것이 싫은 최종배는 추우나 비가 오나 밖으로 내보냈다. 동네에 독서실이 있었기 때문에 가서 공부하라는 구실을 붙였지만 제가 편하려고 그런다. 4년 전에 20년간 다니던 회사에서 과장 직위를 끝으로 명퇴를 당한 후에 지금까지는 퇴직금을 까먹고 살았다. 그렇지만 이제 통장 잔고는 3백만 원도 되지 않는다. 나이도 50대 중반인데다 전문 기술도 없고 보니 살 길이 막막했다. 그래서 유일한 재산인 30평 아파트를 처분해서 시골로 내려갈까 궁리 중이었다. 30평 아파트를 팔면 최소한 5억은 나올 것이었다. 고향인 충북 보은의 시골 마을로 돌아가면 빈집도 얼마든지 있으니 거기서 자리잡는 것이다. 7촌뻘 되는 친척 동생이 국도에 3억을 들여 차린 주유소가 장사가 제법 된다고 들었는데 그쯤은 차릴 수 있겠다.

그리고 가장 안심이 되는 것은 마누라가 바람을 피지 못하는 일이었다. 시골에 박아놓으면 어디로 가는지 뻔하게 보일 것이고 만날 인간도 드물다. 근처에는 노인뿐이다. 지금처럼 아침부터 밤까지 신경을 곤두세우지 않아도 된다.

벨이 울렸으므로 라면을 삶으려고 물을 끓이던 최종배가 벽시계를 보았다. 오후 1시 반. 아이들이 돌아올 시간이 아니다. 문 쪽으로 다가간 최종배가 소리쳐 묻는다.

"누구시요?"

"가스공사에서 나왔습니다."

문의 방범창으로 내다보았더니 사내 하나가 현황판 같은 것을 들고 서 있다.

"무슨 일입니까?"

최종배가 다시 묻자 사내가 웃음 띤 얼굴로 대답한다.

"방송 못 들으셨습니까? 가스 체크합니다."

병원을 자주 다니느라 못 들은 것이다.

최종배가 문을 열었을 때 사내가 들어서며 다시 웃는다.

"혼자 계십니까?"

대답하려고 입을 벌렸던 최종배는 눈을 치켜떴다. 사내 뒤로 쏟아지듯 사내들이 들어섰기 때문이다.

"아."

하고 입을 딱 벌린 최종배의 입에서는 더 이상 말이 나오지 않았다. 사내 하나가 최종배의 입만 전담했는지 입을 손바닥으로 막더니 곧 테이프로 붙여 버렸기 때문이다. 순식간에 최종배는 사내들에게 손과 발을 결박당했다. 그러고 나서 곧 사내 하나가 손가방에서 주사기와 약을 꺼내더니 눈을 휘둥그렇게 뜨고 있는 최종배의 팔목에 주사를 놓았다. 최종배가 죽을힘을 다해 몸부림을 쳤지만 허사였다. 이윽고 5분도 되지 않았을 때 최종배의 의식이 끊겼다.

"자, 휠체어 가져와."

사내 하나가 최종배의 상태를 확인하더니 다른 사내에게 지시했다. 그러고는 최종배의 묶인 것을 풀면서 가스공사원이라고 사칭한 사내에게 말했다.

"염려하지 마십시오. 차에 태우고 나면 다시 묶을 테니까요."

그러고는 덧붙인다.

"치료소에 가면 하루종일 묶어 놓습니다. 거기서 딱 두 달만 지나면 꼭."

머리를 든 사내가 누런 치아를 드러내며 웃는다.

"길 잘든 개가 되지요. 눈만 크게 떠도 오줌을 질질 쌉니다."

그때 집 안으로 휠체어가 들어왔으므로 늘어져 있는 최종배가 실려졌다. 사내들이 휠체어를 둘러싸고 밖으로 나간다.

아파트 복도에 선 조광수가 휴대폰을 귀에 붙이고 말한다.

"형, 지금 앰뷸런스에 탔어."

바로 아래쪽 아파트 마당에 세워진 앰뷸런스 뒤쪽 문이 마악 닫치고 있다.

"지금 출발해."

사내들과 최종배를 태운 앰뷸런스가 아파트 정문을 향해 다가간다. 저 앰뷸런스는 전라남도 장흥 근처의 산속 정신병자 요양소까지 달려갈 것이었다. 정문을 나간 앰뷸런스가 보이지 않자 조광수는 아직도 옆구리에 끼고 있던 현황판을 구석으로 던졌다. 현황판에 끼워진 종이는 백지였다.

휴대폰을 귀에서 뗀 윤서진이 머리를 돌려 오미연을 보았다. 둘 다 얼굴에서 붕대는 풀었지만 아직도 이곳저곳에 멍이 들었기 때문에 오미연은 모자를 깊게 눌러썼고 윤서진은 선글라스를 끼었다.

"엄마, 갔대. 병원으로 실려갔대."

윤서진이 말하자 오미연은 주르르 눈물을 쏟는다. 집 근처의 커피숍 안이다. 자리에서 일어선 윤서진이 재촉했다.

"엄마, 이제 집에 가. 애들은 마침 집에 없었다니까 가서 기다려야지."

최종배는 합법적 절차를 거쳤지만 마지막 처리 과정이 달라졌다. 배우자인 오미연과 담당의사로부터 격리 치료를 받아야 한다는 승인을 받고 나서 등록도 안 된 무허가 정신병자수용소에 보내진 것이다. 오미연은 물론이고 윤서진도 그 사실은 모른다. 이것 또한 윤성재와 조광수의 합작품이다. 마침내 오미연이 자리에서 일어선다.

화요일 오전 10시. 칭다오 사무실에 앉아 있던 윤성재가 전화를 받는다. 오혜원이었다.

"전데요, 중국 계시네요."

말이 끝났을 때 비음이 송화구 안에서도 약간 울렸다.

"아아, 예."

건성으로 대답한 윤성재의 귀에 오혜원의 말이 이어진다.

"그, 일정건요."

"아, 예."

"내일부터 비는데요."

"그렇습니까?"

"근데, 목적지는 어디죠?"

"발리."
"발리."
되풀이 말한 오혜원이 잠깐 가만 있더니 문득 묻는다.
"휴가 동반자인가요?"
"추가요금이 있습니까?"
"아뇨, 같아요."
"그럼 거기서 발리로 오실랍니까? 나도 여기서 갈 테니까."
"그러죠, 티켓만 보내주시면."
"그럼 곧 스케줄 알려드리죠."
통화를 끝낸 윤성재가 심호흡을 했을 때 앞쪽의 메리가 그에게로 몸을 돌렸다. 두 눈이 반짝이고 있다.
"윤, 여자죠?"
"들렸나?"
"아니, 윤 목소리로."
그러고는 메리가 지그시 윤성재를 보았다.
"이렇게 들뜬 윤 목소리는 첨 들어요."

욕실에서 나온 오혜원이 머리를 감싼 타월을 풀면서 말했다.
"나, 내일부터 5일간 출장이야."
"또?"
침대에 누워 있던 민기영이 이맛살을 찌푸렸다.
"지난주에도 갔었잖아?"

"일이 바빠."

침대 끝에 선 오혜원이 가운을 벗었으므로 금방 눈부신 알몸이 드러났다. 가운 밑에 아무것도 걸치지 않은 것이다. 순간 머릿속이 텅 비워진 민기영이 입안의 침을 삼켰다.

"오늘은 내가 위에서 할까?"

침대로 오르면서 오혜원이 말하자 민기영이 잠자코 시트를 걷어치운다. 어느새 민기영의 남성도 곤두 서 있다.

방 안에는 옅은 생선 비린내가 난다. 어린애의 입냄새 같기도 했다. 또 약간 쉰 우유 냄새. 더운 공기가 식어지면서 알몸의 땀이 차가워진다. 그러나 둘의 숨결은 아직도 거칠다. 반듯이 천정을 향하고 누운 둘은 똑같이 천정을 본다. 아직 오후 5시밖에 되지 않아서 창밖은 환하다.

"저기 말야."

천정을 향한 채 민기영이 먼저 입을 열었다.

"나, 민화 집으로 청혼 들어간 거 알고 있지?"

오혜원은 가만 있었고 민기영이 말을 이었다.

"조금 기다려 달라는 거야. 집안일을 봐주는 역술인이 그랬다는군."

그리고 민기영이 쓴웃음을 짓는다.

"걔 어머니는 일진 나쁜 날은 외출도 안한다니까."

"걔가 그랬어."

불쑥 오혜원이 천정을 향하고 말했다. 그러나 목소리에는 웃음기가 섞여 있다.

"그럭저럭 살기 싫다고."

"그게 무슨 말인데?"

손을 뻗쳐 탁자 위에 놓인 담뱃갑을 집으면서 민기영이 묻는다.

"공주병이 또 도진 건가?"

"그러지 마, 앞에서는 설설 기면서."

오혜원이 차갑게 말하자 민기영이 팔꿈치를 딛고는 상반신을 15도쯤 일으켰다.

"우리, 결혼한 후에도 만나자."

민기영이 오혜원을 정색하고 내려다보았다.

"난 널 놓치기 싫어."

"……."

"내가 결혼하고 회사 경영을 맡게 되면 너도 책임질게. 그땐 넌 직장 나가지 않아도 돼."

"……."

"중국이나 일본에 네 생활 기반이 될 사업체를 만들어주고 딴 살림을 차리는 거야. 얼마든지 가능해."

"……."

"일 년쯤만 기다리면 돼, 혜원아,"

민기영이 그때까지 쥐고 있던 담뱃갑에서 담배 두 개피를 빼내더니 불을 붙였다. 그러고는 오혜원의 입에 한 개피를 물려주고 나서 말한다.
"내가 사랑하는 여자는 너야."

윤성재가 여행사에 맡겨놓은 발리행 티켓은 일등석이었다. 지금까지 수십 번이 넘게 동반자 여행을 다녔지만 일등석에 탄 적은 오직 두 번, 그것도 두 시간 안팎인 일본과 베이징까지였다. 그래서 티켓을 받아든 오혜원은 잠깐 놀랐다가 곧 웃었다. 윤성재의 허세가 느껴졌기 때문이다. 요금을 두 배 준다고 했을 때부터 감잡았었다. 윤성재가 자신을 좋아하고 있다는 것은 이미 처음 만났던 순간부터 알고 있었던 오혜원이다. 오혜원은 곧 이 대우를 당연한 것처럼 받아들였다.

오혜원이 붉은색 카펫이 깔린 일등석 카운터에 들어가 티켓을 받아들었을 때의 분위기는 압권이었다. 길게 줄을 서 기다리던 일반석 승객들의 시선을 한몸에 받으며 혼자 일등석용 탑승구를 향해 걷는 오혜원은 가슴이 뛰었다. 더욱이 혼자인 것이다. 비행기 입구에 도열해 서 있던 사무장과 일등석 전용 스튜어디스들이 오혜원을 맞는다.
"어서오세요, 오혜원 씨."
이미 이름을 외워 둔 스튜어디스가 자리로 안내하더니 상냥하게 묻는다.
"이륙하기 전에 마실 걸 드릴까요?"

"아뇨, 고맙습니다."

침대만한 사이즈의 의자에 앉은 오혜원이 소리죽여 길게 숨을 뱉는다. 그 순간 민기영의 얼굴이 떠올랐다. 그가 내 옆자리에 어울릴 인물일까? 그러고는 머리를 돌려 빈 옆자리를 보았다. 일등석은 삼분지 일도 차지 않았는데 자리에 앉은 남녀는 거의 노년이다. 민기영 또래의 남자는 없다. 오혜원은 다시 숨을 뱉는다. 그러나 티켓을 준 윤성재의 얼굴은 떠오르지 않았다.

비행기가 발리 덴파사 공항에 도착했을 때는 오후 2시경이었다. 짐이래야 손에 쥔 옷가방 하나뿐이었으므로 오혜원은 곧장 입국 수속을 마치고 승객 중 제일 먼저 입국장으로 들어섰다. 그때 입국자들을 맞는 수백 명의 군중 속에서 윤성재가 불쑥 튀어나왔다. 눈에 띄었다는 표현이 맞을 것이다. 윤성재는 연두색 바탕에 커다란 붉은색 꽃무늬가 찍힌 남방셔츠에 흰색 바지를 입고 있었는데 활짝 웃고 있었다. 공항 분위기에 잘 어울렸고 웃음 띤 모습도 자연스러워서 오혜원의 얼굴에도 저절로 웃음이 떠올랐다.

"눈에 확 띄는군요."

윤성재의 첫말이 그랬다. 오혜원의 가방을 받아쥔 윤성재가 출구로 안내하며 말을 잇는다.

"보세요, 사람들의 시선을. 모두 혜원 씨를 보고 나서 날 봅니다."

"그만하세요."

오혜원이 찡그려 보였지만 곧 웃었다. 어느덧 분위기에 휩쓸려 있는 것이다. 공항 건물 앞에는 흰색 대형 리무진이 주차되어 있었는데 차 옆에 서 있던 제복 차림의 운전사가 둘을 보더니 서둘러 뒤쪽 문을 열어주었다. 가방을 넘겨준 윤성재가 오혜원의 옆자리에 앉는다. 잠깐 더위를 느꼈던 오혜원은 차 문이 닫치자 다시 온몸이 서늘해졌다. 차가 출발했을 때 오혜원이 머리를 돌려 윤성재를 보았다.

"오늘부터 일정이 어떻게 되죠?"

"일정 말이죠?"

오혜원의 시선을 받은 윤성재가 정색했다. 그러더니 잠깐 생각하고 나서 입을 열었다.

"호텔에 가면 안내인이 3개 스케줄을 설명해 줄 겁니다. 그 중 하나를 혜원 씨가 선택하면 됩니다."

"어떤 스케줄인데요?"

"관광."

"꼭 그렇게 따라다녀야 돼요?"

"그럼 가고 싶은 곳만 찍어도 됩니다."

그리고 윤성재가 빙긋 웃는다.

"하루종일 바닷가에서 빈둥거리고 싶다면 그렇게 해드리죠."

"나 혼자서요?"

"내가 거추장스럽다면 그래도 됩니다."

"어디 그럴 수 있어요? 그쪽이 고용잔데 그쪽에서 싫다고 할 때까지 옆에 붙어 있어야죠."

스쳐 지나는 창밖 풍경을 보면서 오혜원이 말을 잇는다.

"이렇게 무리 안 하셔도 되는데, 너무 오버하시는 것 같아서 미안해요."

"원, 천만에요."

머리를 돌린 오혜원이 윤성재를 정색하고 보았다.

"여행 동반자를 찾는 목적은 다 섹스 파트너를 찾는 거거든요."

"……."

"일단 일당을 받고 계약을 했으니까 다른 조건은 무시해도 돼요. 그저 밤에 같이 잘 방만 있으면 되죠. 섹스 할 방요."

"……."

"대부분 일 때문에 나가는 사람들이라 날 호텔방에 남겨두고 저녁때 돌아와서 밤에 섹스만 하죠."

"……."

"가끔 낮에 쇼핑이나 하라고 몇백 불씩 주고 가는 사람도 있지만 같이 밥 먹은 적도 드물었어요."

"……."

"기내식 빼구요."

그리고 오혜원이 웃었지만 시선을 받은 윤성재가 외면했다. 발리인 운전사가 힐끗 백미러를 보더니 음악을 틀었다가 볼륨을 낮추었다. 그러다 또 백미러를 보고 나서 음악을 꺼버렸다. 그때 윤성재가 입을 열었다. 시선이 운전사의 뒤통수를 향하고 있다.

"좋습니다. 참고하지요."

호텔은 바닷가에 위치한 빌라식 구조로 각각 한 채씩 따로 떨어져 별장처럼 운용되었는데 메이드가 어떤 요리라도 만들어 준다. 베란다 문만 열면 눈앞이 모래사장이고 바다였다. 이곳은 호텔 부지여서 일반인 출입이 허가되지 않았기 때문에 빌라에 앉아 있으면 앞쪽 모래사장과 바다까지 제것으로 빌린 것처럼 느껴졌다. 빌라로 들어섰을 때부터 눈을 크게 뜨고 두리번거리던 오혜원이 마침내 둘이 되었을 때 베란다 문을 열면서 탄성을 뱉는다.

"이렇게 멋진 곳이 있는 줄 몰랐어."

뒤에 서 있던 윤성재의 얼굴에 만족한 웃음이 떠올랐다. 열린 베란다 문을 통해 바람이 몰려와 흰 커튼이 펄럭였고 바다 냄새가 맡아졌다. 마른 소금 냄새, 거기에 풀 냄새도 섞여 있다. 베란다로 나간 오혜원이 나무 흔들의자에 앉더니 깔깔 웃었다.

"너무 좋아. 내가 공주 같애."

그때 현지인 메이드가 다가오더니 윤성재에게 메뉴판을 내밀며 저녁 준비를 물었다. 윤성재가 메뉴판 하나를 오혜원에게 건네주었다.

"시장하면 일찍 저녁 먹읍시다."

오후 3시 반이 되어 가고 있다. 메뉴판을 본 오혜원이 눈을 둥그렇게 떴다. 세계 각국의 수백 가지 요리가 적혀 있었기 때문이다. 한국식 김치찌개, 된장찌개는 물론이고 아구찜도 있다. 오혜원이 영어로 메이드에게 묻는다.

"바닷가재 요리가 먹고 싶었는데, 아주 큰 것으로."

"요리해 드리지요, 사모님."

메이드가 두 손을 모으고 대답한다.

"거기에다 볶음밥에 생굴."

오혜원이 손끝으로 메뉴판을 가리키며 말하자 메이드가 서둘러 적는다.

"여기, 송아지 다리 요리, 그리고 김치."

서너 가지를 더 주문한 오혜원이 메뉴판을 접더니 윤성재를 보았다.

"윤성재 씨는?"

"나도 같이."

윤성재가 웃음 띤 얼굴로 2인분을 주문하고는 베란다의 나무 받침을 두 손으로 잡고 섰다.

"바닷가로 나가시지 않을 겁니까?"

"수영복밖에 가져오지 않았는데."

그러더니 오혜원이 메이드를 향해 묻는다.

"이 근처에 해변용 가운이나 셔츠, 샌들 살 곳이 있나요?"

"예, 바로 호텔 프런트 앞에 유명 브랜드 매장이 있습니다, 사모님."

주방에 있던 메이드가 대답했다. 그러자 윤성재가 오혜원에게 다가가더니 주머니에서 봉투 하나를 꺼내 앞쪽 탁자 위에 놓았다.

"일당과는 별도로 쇼핑비 드리는 거요. 3천 불인데, 모자라면 또

드리죠."

밤바람에 묻힌 바다 냄새가 더 짙어졌다. 낮에는 열대의 뜨거운 볕에 말라 익은 소금 냄새를 풍기다가 밤이 되더니 비린내가 살아났다. 풀과 땅 냄새도 더 짙어졌다. 베란다로 나온 윤성재와 오혜원은 바다를 향해 나란히 앉아 와인을 마신다. 메이드의 요리 솜씨도 뛰어난 데다 원료 또한 싱싱해서 둘은 포식을 했다. 기분좋은 포식이다. 이제 시중들던 메이드는 돌아갔고 빌라에는 둘이 남았다.

빌라는 옆쪽 빌라와 30여 미터쯤 떨어져 있는데다 각각 구조가 달라 사각이 많다. 지금 둘이 앉은 베란다는 앞으로 돌출되어 있어서 어느 곳의 시선도 받지 않는 것이다. 넓은 응접실과 욕실, 주방과 침실로 이루어진 단층 빌라는 베란다까지 포함해서 50평쯤 되고 옆쪽에는 20미터 길이의 전용 풀장도 있다. 거기에다 전용차와 운전사가 24시간 대기중이고 안내원과 의사는 부르기만 하면 온다. 비치용 의자에 길게 다리를 뻗고 앉은 오혜원이 수평선을 바라보고 있다. 이미 검은 하늘과 맞닿은 수평선은 오직 몇 개의 불빛으로 존재를 확인할 수 있을 뿐이다. 배의 불빛이다.

앞쪽 모래사장은 텅 비었다. 빌라에서 비친 불빛으로 모래사장 위로 밀려오는 파도의 흰 거품이 드러났다. 윤성재에게는 파도소리가 마치 대밭을 훑고 지나는 바람소리처럼 들린다. 그때 오혜원이 입을 열었다.

"꼭 이렇게 하고 싶었어요?"

머리를 든 윤성재가 오혜원의 옆모습을 보았다. 오혜원은 여전히 보이지 않는 수평선에 시선을 주고 있었기 때문이다. 윤성재가 가볍게 대답했다.

"그럼요."

한 모금 와인을 삼킨 윤성재가 말을 잇는다.

"거절당할까 봐 얼마나 가슴을 졸였는지 모릅니다."

"거짓말."

머리를 돌린 오혜원이 웃음 띤 얼굴로 윤성재를 보았다.

"근데 그날 밤에는 왜 그냥 가셨죠?"

"언제 말입니까?"

했지만 윤성재는 묻는 도중에 오혜원의 말뜻을 알아차렸다. 그래서 바로 대답을 한다. 조광수를 묻고 온 날이겠다.

"그럴 기분이 아니었으니까."

"하긴 그래요. 저도 그때 그럴 기분은 아니었죠. 하지만 대가를 드리고 싶어서."

했다가 오혜원이 정색하고 윤성재를 보았다.

"그럼 이번 여행의 일당은 그때 드리지 못했던 보상으로 때우죠. 이번 4박 5일 일당은 안 받을게요."

그러더니 흰 이를 드러내고 웃는다.

"이미 일등석 티켓에다 호텔비, 저한테 주신 쇼핑비만 해도 엄청 쓰셨을 테니까."

"아니, 됐습니다."

했을 때 한 모금 와인을 삼킨 오혜원이 다시 정색했다.

"이제 오혜원의 정체에 대해서 가장 많이 아는 사람은 윤성재 씨죠."

"그런가요?"

"제가 왜 다 털어놓고 그런 일까지 부탁했는지 그 이유를 아시죠?"

"압니다."

"그런데도 저한테 미련이 있으세요?"

"미련보다도."

술잔을 내려놓은 윤성재가 두 손을 무릎 위에 올려놓더니 똑바로 오혜원을 본다.

"당신을 좋아하기 때문입니다."

오혜원은 가만 있었다. 머리만 조금 옆으로 비틀고 시선을 주는 것이 답이 맞나 안 맞나 검토하는 선생님 같은 표정이었다. 그러나 윤성재는 차분한 표정 그대로 말을 잇는다.

"이상하죠. 당신의 어떤 행위도, 어떤 과거도 전혀 장애물이 되지 않아요. 그렇다고 반작용도 아닙니다. 내가 날 잘 알거든요. 질투나 반발 따위가 아니란 말입니다."

윤성재가 어깨를 부풀렸다가 내리고는 길게 숨을 뱉았다.

"나는 혜원 씨를 좋아합니다."

나는, 할 때 윤성재는 손끝으로 제 콧등을 가리켰고 혜원 씨를, 할 때 오혜원의 얼굴을 가리켰으므로 한 음절씩 말이 끊겼다. 그러고는 윤성재가 시선을 떨구었을 때 오혜원이 웃었다. 이만 드러낸 웃음이다.

"열병이죠."

불쑥 말을 뱉은 오혜원이 이제는 정색하고 한 마디씩 잇는다.

"말라리아. 아마 열병 떨어지면 귀신 떼어진 것처럼 홀가분해지실 거예요."

"……."

"그러고는 뒤를 돌아보고 몸서리를 칠지 몰라요. 내가 그랬었나, 하고."

그러나 침대에서 오혜원은 열병에 걸린 사람처럼 뜨겁게 몸부림을 쳤다. 먼저 윤성재의 입술을 찾았으며 몸 위로 올라왔다. 열어놓은 베란다 창으로 밤바람이 닥치면서 커튼이 펄럭였다. 대숲이 요동치는 것 같은 파도 소리에 섞여 둘의 탄성과 외침이 끝없이 이어지고 있다. 발리의 밤이 깊어졌다. 엉킨 두 남녀의 몸에서도 바다 냄새가 났다. 뜨겁고 거친 바다 위에 둘이 떠 있는 것 같았다.

"싫어."

머리를 든 박민화가 어머니 서주연을 보았다. 시선이 곧고 입술은 꾹 닫쳐졌다. 상반신까지 반듯이 세운 박민화가 말을 잇는다.

"지금 분명히 말할게. 안할 거야."

"좋아."

서주연도 이제는 정색하고 박민화를 마주 보았다. 50대 초반의 나이였지만 10년은 젊어 보이는 서주연이다. 본래 칼 대는 것을 싫어해서 그 흔한 쌍커풀 수술도 안했지만 피부 미용은 매일 받는다. 서주연이 한 마디씩 분명하게 발음하며 묻는다.

"그럼 네 새 남자를 대."

"누가 새 남자를 댄다고 했어? 민기영하고는 결혼 안한다고 했지."

"아니."

서주연의 입가에 웃음기가 떠올랐다.

"지난번에 네가 말했어. 민기영이하고 결말을 낼 때 엄마한테 새 남자에 대해서 알려주겠다고."

"그건 아직…."

"말해."

박민화의 말이 끝나기도 전에 서주연이 다그쳤다.

"더 이상 끌지 마. 그럼 엄마 화낼 거야."

오늘은 어머니가 회사에 찾아와 둘이 회사 근처 일식당 방에서 마악 점심 식사를 마친 참이다. 서주연의 시선을 받은 박민화가 마침내 입을 열었다.

"있어."

"그래, 있는 건 알아. 네가 말했어."

"엄마가 날 도와줘야 돼."

"날 똑바로 보고 말해."

그러자 시선을 든 박민화가 짜증을 냈다.

"아유, 뭐야! 날 심문하는 거야!"

"어영부영 마, 지금 심각하니까. 저쪽에선 청혼해 와서 날짜 정하려는 판이야. 네 농간에 집안 망신이 되는 거야."

"무슨 망신! 저희들이 멋대로."

"몇 달 전까지만 해도 넌 민기영이하고 다 되는 것으로 믿었어. 그래서 엄마도 겨우겨우 맞춰 가는 중이었어. 알지?"

"……."

"누가 민기영이 따위하고 하라든? 다 네가 좋다면서 밀어붙였던 거야. 그런데 뭐라구? 지금 와서 안해? 그리고 새 남자를 보여주겠다더니."

그러더니 서주연이 상반신을 똑바로 세우고는 묻는다.

"자, 말해. 엄마 실망시키지 말고."

"메리, 오늘 저녁에 시간 있어?"

하고 조광수가 영어로 물었으므로 미미는 생긋 웃었다. 사무실에는 조광수와 미미 둘뿐이다. 마오는 아침에 웨이하이 공장으로 출장을 갔으니 내일쯤에야 돌아올 것이었다.

"아뇨, 없어요, 조."

미미가 또렷하게 말하자 조광수의 얼굴이 대번에 실망으로 어두워졌다.

"왜?"

"바빠서요."

"몇 시에 끝나는데?"

"6시에 끝나지만."

팔목시계를 가리키며 식스를 강조한 미미가 정색하고 영어로 말을 잇는다.

"내 애인을 만나러 가야 하거든요."

"애인?"

분명히 알아들은 조광수가 눈을 크게 떴다. 그러나 한국말이라면 모를까 조광수에게 영어로 더 이상 길게 말을 잇기는 불가능했다. 더욱이 애인을 만난다고 하지 않는가? 어깨를 늘어뜨린 조광수가 길게 숨을 뱉는다. 칭다오에 온 지 오늘로 사흘째, 용의주도한 성품의 조광수여서 입출국 기록을 남기지 않겠다고 용모가 비슷한 먼 친척 이름으로 여권을 발급 받아 출국에 성공했는데 여권 이름은 조기철이다.

윤성재는 회사에서 일을 배우라고 했지만 도무지 어디에서부터 시작해야 할지 엄두도 나지 않고, 미미나 마오가 바쁘다 보니 말걸기도 미안했다. 그래서 빈둥거리다가 낮에는 안마소에 가서 안마를 받고 어젯밤에는 마오와 함께 룸살롱에 가서 놀았다.

"젠장, 오늘밤에도 룸살롱에나 가야겠군."

한국말로 투덜거린 조광수가 다시 미미에게 영어로 묻는다.

"메리, 내가 도울 일 없어?"

"저기."

미미가 조광수의 말이 떨어지자마자 턱으로 구석에 놓인 쓰레기

봉투를 가리켰다.

"저것 좀 버려 주세요."

커피숍 안으로 들어선 민기영은 곧 이쪽을 향하고 앉은 서주연을 보았다. 오후 2시. 서주연이 회사 근처의 커피숍에서 불러낸 것이다.

"어머님, 그동안 안녕하셨습니까?"

다가선 민기영이 허리를 꺾고 인사를 했다. 서주연과는 여러 번 만났다. 저택에도 세 번인가 찾아가 저녁까지 먹었다.

"오랜만이야."

서주연이 웃음 띤 얼굴로 인사를 받았지만 민기영은 긴장하고 있다. 이곳까지 서주연이 찾아온 적이 없다. 게다가 한 시간쯤 전에 서주연의 전화를 받고 나서 바로 박민화에게 연락을 했지만 전화를 받지 않았던 것이다. 회사에도 전화를 했지만 외출중이라고 했다. 민기영이 앞쪽에 앉았을 때 종업원이 다가왔으므로 서주연이 먼저 커피를 시켰다. 같은 것을 시킨 민기영이 종업원의 뒷모습에 시선을 주었을 때 서주연이 말했다.

"내가 불쑥 찾아와 놀랬지?"

"아닙니다."

했다가 민기영이 곧 쓴웃음을 짓는다.

"예, 좀 놀라서 민화한테 연락을 했더니 받지 않네요."

"그럴 거야."

서주연이 웃음 띤 얼굴로 민기영을 본다. 시선을 받은 민기영은 얼마 견디지 못하고 외면했다. 민기영에게는 서주연이 남편 박석호보다 어렵다. 박석호는 호인풍의 사내였지만 서주연은 깔끔했고 예민했다. 거기에다 강남에서 빌딩 임대업을 하는 부동산 재벌이다. 내색하지는 않았지만 은근히 이쪽을 깔보는 분위기도 느껴왔다. 그때 서주연이 입을 열었다.

"윤성재라는 친구 있지?"

"네?"

놀란 듯 민기영이 눈을 크게 떴다가 곧 머리를 끄덕였다.

"네, 고등학교 동창입니다. 그런데 무슨."

"친하다면서?"

"네? 네."

했지만 민기영의 표정이 어두워졌다. 민기영이 정색하고 묻는다.

"어머님, 그 친구하고 무슨 일 있습니까?"

"글쎄, 일이라면 큰일이지."

쓴웃음을 지은 서주연이 의자에 등을 붙였다. 그때 종업원이 커피를 가져왔으므로 둘은 종업원의 동작에 시선을 주었다. 이윽고 종업원이 떠났을 때 서주연이 다시 입을 열었다.

"내가 알아보았더니 동생하고 둘이 사는 것 같던데. 부모는 오래 전에 이혼했고. 그렇지?"

"예, 그건."

"몇 년 전에 부친이 돌아가셨고, 모친은 재혼해서 따로 산다고 하더군."

"……."

"본인은 중국 칭다오에서 오퍼상을 한다던데, 알고 있지?"

"예, 그런데 무슨 일이신데요?"

다시 민기영이 물었을 때 서주연이 똑바로 시선을 주었다.

"다 자네 잘못이야."

"무슨 말씀이신지."

"자네가 책임을 져야 한다구."

서주연이 눈을 치켜뜨고 말을 잇는다.

"민화가 그 윤성재하고 결혼하겠다네. 세상에 이런 난데없는."

"……."

"전화번호도 알려주지 않아서 내가 민화 핸폰에 메모된 윤성재 전번을 알아내어 심부름센타에다 부탁한 거야."

"……."

"민화는 윤성재하고 아직 어떤 약속도 하지 않았지만 결혼은 꼭 하겠다는 거야."

"……."

"그러니 자네가 나서줘야겠어."

그러고는 서주연의 표정이 굳어졌다.

"절대로 윤성재와의 결혼은 용납 못해."

나흘째 되는 날 아침, 침대에서 일어난 오혜원이 두 손을 한껏 위로 뻗으며 기지개를 켠다. 몸에는 실오라기 하나 걸치지 않았다. 그래서 시트에 가려진 아랫배 한쪽만 제외하고 미끈한 몸매가 다 드러났다. 기지개를 켠 순간에 발가락 끝이 안으로 잔뜩 굽혀졌다. 창밖은 이미 환한 햇살이 쏟아지는 오전 8시경, 열린 베란다 창을 통해 신선한 대기가 맡아졌다. 그때 옆쪽 문으로 윤성재가 들어섰다. 윤성재는 반바지만 입었고 상반신은 벗었다. 근육질의 몸매가 다 드러났고 활기찬 표정이다.

"지금 일어났어?"

웃음 띤 얼굴로 다가서는 윤성재에게 오혜원이 두 손을 내밀었다. 일으켜 달라는 시늉이다.

"응, 어디 갔다 오는데?"

"바닷가."

"부지런도 하셔."

상반신이 일으켜진 오혜원이 그 반동을 이용해서 윤성재의 목을 두 팔로 감아 안았다. 이제 알몸이 다 드러났다.

"아침에 한 번만 더 하자."

오혜원이 말하자 윤성재가 허리를 감아 안았다.

"사라가 아침 거의 다 만들었어."

윤성재가 오혜원의 엉덩이를 손바닥으로 가볍게 두드리며 달래듯이 말한다.

"아침 먹고 사라 내보낸 다음에."

바지 주머니에 넣은 휴대폰의 진동을 느낀 윤성재가 꺼내 보았다. 발신자 번호가 길었지만 끝자리가 눈에 익다. 박민화다. 오전 11시 반, 오혜원은 풀장 비치 의자에 알몸인 채 엎드려 선탠을 하는 중이고, 윤성재는 마실 것을 가지러 빌라 안으로 들어온 참이었다. 윤성재가 베란다 난간으로 나와 서서 휴대폰을 귀에 붙였다.

"여보세요."

"거기 어디야?"

박민화가 대뜸 묻는 바람에 윤성재는 저도 모르게 주위를 둘러보았다. 앞쪽 모래사장 위로 서양 남녀 한 쌍이 지나고 있다. 서로 허리를 껴안아 몸을 밀착시키고는 천천히 걷는다.

"여기 상하이, 그런데 왜?"

되묻자 박민화는 5초쯤 가만 있었다. 윤성재도 잠자코 기다린다. 그러나 시간이 지날수록 가슴이 무거워졌다. 그때 박민화가 말했다.

"나, 어제 자기 이야기 했어."

"내 이야기? 그게 뭔데?"

윤성재의 눈썹이 모아졌다. 평소와는 다르게 박민화의 목소리는 긴장되어 있다. 그때 박민화가 말을 잇는다.

"엄마한테 자기 이야기 했단 말야."

"……."

"기영 씨하고 안하려면 마음에 둔 남자를 밝히라고 해서."

"자기가 기영 씨 친구이고 고등학교 동창이라고만 했어. 물론 아직 결혼 이야기는 한 적 없다고 했지만."

"……."

"그런데 어머니가 어제 기영 씨를 찾아가 이야기를 했다는 거야."

"……."

"기영 씨한테서 여러 번 전화가 왔지만 받지 않았어. 난 안 만날 거야."

"……."

"혹시 기영 씨한테 연락 안 왔어?"

"아니."

입안이 마른 느낌이 들었으므로 윤성재는 침을 삼켰다. 그러고는 억양 없는 목소리로 묻는다.

"인마, 너 왜 그래?"

"싫어."

"뭐가?"

"민기영이."

입맛을 다신 윤성재가 심호흡을 했다. 그러고는 말을 이었다.

"엄마 입장이 되어 봐라. 이건 진짜 꿩 대신 닭이 아니라 돈 좀 있는 어디 원님 아들도 양에 안 차서 병조판서나 이조판서 같은 돈 많고 직위 높은 대감댁 자제를 내심 바랬는데 딸내미가 난데없이 부모도 없고 돈도 없는 쌍놈 자식하고 결혼하겠다는 꼴이나 같단 말이다."

"하하하."

하고 그야말로 난데없이 송화구에서 웃음소리가 터졌으므로 윤성재는 휴대폰을 얼른 귀에서 떼었다. 찡그린 채 손에 쥔 휴대폰을 내려다보았을 때도 웃음소리가 들렸다. 윤성재가 다시 휴대폰을 귀에 붙이자 박민화가 말한다.

"아유, 이제 좀 스트레스가 풀리네."

박민화의 목소리는 이제 밝다.

"자기 왜 이렇게 웃겨? 뭐? 병조판서? 민기영은 원님 자식이고? 으하하."

"시끄러."

"난 이제 통보했으니까 됐어. 민기영이 안 만나."

"야, 정신차려."

"참, 내 정신 좀 봐."

하더니 박민화가 웃음기가 가신 목소리로 말을 잇는다.

"곧 민기영 씨 전화가 올 거야. 그것에 대비하라고 전화한 건데, 나 참, 자기야, 내가 믿지만 차분하게 상대해. 뒤에는 내가 있으니까. 알았지?"

그러더니 윤성재가 끼어들 틈도 주지 않고 덧붙인다.

"합심해서 이 난국을 헤쳐나가자구."

그날 밤 침대에 누워 있던 오혜원이 천정을 향한 채 묻는다.

"몇 시야?"

"오전 2시."

탁자에 부착된 디지털 시계를 본 윤성재가 대답하더니 침대에서 일어나 베란다로 나간다. 그러자 오혜원도 따라 일어섰다. 알몸 위에 가운만 걸친 오혜원이 베란다로 나와 바다 쪽으로 놓인 의자에 윤성재와 나란히 앉는다.

"하루쯤 더 놀까?"

오혜원이 문득 묻더니 윤성재의 시선을 받고는 눈웃음을 쳤다.

"돌아가는 길에 방콕이나 홍콩에서."

그러고는 덧붙였다.

"텍스 프리, 차지 프리."

이제 오늘 오전 10시 비행기로 발리를 떠나는 것이다. 4박5일 일정이 눈 깜박하는 사이에 지난 것 같았으므로 윤성재는 쓴웃음을 짓는다.

"됐어, 이번 여행은."

"자주 이용해 주세요."

안내원처럼 목소리를 높인 오혜원이 두 다리를 쭈욱 뻗고 심호흡을 한다.

"아아, 너무 좋았어, 발리."

"혜원아."

윤성재가 부르자 오혜원이 시선을 들었다. 방 안 스탠드 불빛이 베란다로 뻗어 나와 오혜원의 얼굴 한쪽에 그늘을 만들었다. 오혜원의 시선을 받은 윤성재가 숨을 들이켰다.

"응? 왜?"

오혜원이 물었을 때 윤성재는 길게 숨을 뱉았다.

"아냐."

"날 사랑한다고 말하려다 만 거지?"

불끈 눈썹을 치켜올렸던 윤성재가 오혜원의 정색한 표정을 보더니 쓴웃음을 짓는다.

"그래."

"그럼 말해, 그렇게."

"널 사랑해."

"나도 이렇게 멋지고 강력한 섹스는 처음이야. 자기 멋있어."

"……."

"칭찬이야. 기운을 내, 자기야."

"……."

"앞으로 내가 필요하면 언제든지 연락해. 다 캔슬하고 자기 만날게."

"……."

"돈 안 받을 수는 없으니까 자기한테는 오십 프로 디시 해줄게."

그러더니 오혜원이 손을 뻗쳐 윤성재의 손을 쥐었다. 말랑하고 따뜻한 손이었다.

"자기야, 사랑해."

이번에도 윤성재는 대답하지 않는다.

인천공항에 도착했을 때는 오후 6시 반이다. 공항버스로 서교동에서 내린 둘은 일식당 방에 들어가 마주 앉는다. 윤성재가 저녁 먹고 헤어지자고 했기 때문이다. 오혜원의 표정은 밝다. 윤성재가 저녁 같이 먹자고 했을 때도 또 그 생각이 나면 근처 호텔에 따라가 줄 용의가 있다면서 빙글거렸다. 음식을 시킨 윤성재가 물수건으로 손을 닦으면서 문득 묻는다.

"일 또 나갈 거야?"

그러자 오혜원이 눈을 크게 떴다.

"응? 왜?"

"아니, 그냥 물어본 거야."

"5일 잘 놀았으니까 일해야지."

그러더니 눈을 가늘게 뜨고 웃는다.

"괜히 공짜로 서비스 받았다고 미안해할 것 없어. 지난번 작업에 대한 보상을 한 것이니까."

그러더니 정색하고 묻는다.

"왕복 퍼스트 클래스에 하루 2천 불짜리 호텔, 기타 경비까지 합하면 4박5일에 2천5백만 원은 썼지?"

윤성재는 대답하지 않고 딴전을 보았지만 오혜원의 계산이 정확했다. 백여만 원 차이밖에 되지 않는다. 오혜원이 말을 잇는다.

"내 인생에서 가장 멋진 여행 중의 하나가 될 거야. 그리고 섹스도 가장 훌륭했고 말야."

"넌 목표가 뭐야?"

윤성재가 불쑥 물었으므로 오혜원이 시선을 모았다. 머리가 한쪽으로 약간 기울어져 있다.

"목표? 어떤 목표?"

"네 꿈. 뭘 하고 싶다든가, 또는 어떻게 살면 좋겠다는 생각, 그런 거."

"모르겠어."

윤성재의 말이 끝나자마자 오혜원이 머리를 젓는다. 차분한 표정이다. 물잔을 든 오혜원이 윤성재의 시선을 받더니 말을 잇는다.

"전에는 있었던 것 같은데 다 잊었어. 쫓기듯 살다 보니까 앞뒤를 볼 여유도 없어."

오혜원이 초점이 긴 시선으로 윤성재를 보았다. 그때 윤성재가 손가방을 열더니 안에서 봉투 하나를 꺼냈다. 그러고는 안에 든 내용물을 집어 오혜원 앞에 놓았다. 종이 5장, 1억짜리 CD 5장이다. 오혜원이 무심히 CD를 내려다보았을 때 윤성재가 말했다.

"너 주려고 여행 떠날 때부터 가져왔어."

여전히 CD만 내려다보는 오혜원을 향해 윤성재가 말을 이었다.

"이것 가지고 당분간 일 안할 수 없니?"

그러더니 좋은 수가 생각난 것처럼 목소리를 높였다.

"일당 백만 원씩 치면 5백 일이야. 5백 일 동안 일당 받은 셈치고 일하지 마."

오혜원의 표정이 더 굳어진 것 같다.

제7장

"어, 한국에 있구나."

수화구에서 들리는 민기영의 목소리는 차분했다. 오전 9시경, 집에서 모처럼 윤서진이 챙겨준 아침을 먹고 외출 준비를 하던 참이다.

"나, 잠깐 만날 수 있지?"

하고 민기영이 물었으므로 윤성재는 소리죽여 심호흡을 한다.

"좋아, 만나자."

박민화 이야기일 것이다. 민기영의 성격으로 보면 연락이 오리라고 생각은 했다.

"오빠, 늦어?"

가을 학기에 복학한 윤서진의 표정은 요즘 들어 맑고 밝다. 그 이유를 알고 있었지만 이것 또한 캐고 들면 복잡하다. 윤서진의 시선을 피한 윤성재가 건성으로 대답한다.

"모르겠다. 늦으면 연락할게."

윤서진이 가만 있는 것을 보면 할 말이 있는 것 같았으나 윤성재는 등을 돌린 채 집을 나왔다. 어머니 이야기일 것이다.

민기영은 호텔 라운지 중앙 부근에 앉아 있었다. 콘티넨탈호텔 라운지는 언제나 붐빈다. 특급 호텔 중에서도 외국 국가원수가 묵는 등급이라 라운지로 들어서면 위압감마저 느껴진다. 첫째로 요금. 이곳 커피 한잔 값은 시중 일반 호텔의 두 배, 커피숍의 다섯 배 수준이다. 윤성재가 다가갔을 때 시선을 마주친 민기영이 한손을 들더니 슬쩍 웃는다. 웃음에 그늘이 끼었다. 그리고 시선을 마주치려고 하지 않는다. 고등학교 시절부터 저놈은 그랬다. 언짢으면 시선을 주지 않는다. 그리고 오래 끌었다. 제가 원하는 것을 얻을 때까지.

앞쪽 자리에 앉은 윤성재가 똑바로 민기영을 보았다. 외면하고 있었으니 이쪽만 시선을 준 것이다.

"그래, 무슨 이야기냐?"

윤성재가 묻자 민기영이 외면한 채 말했다.

"민화 문제."

그 순간 윤성재는 마음을 굳혔다. 윤성재가 눈을 크게 뜨고 목소리를 조금 높인다.

"민화 문제라니? 무슨 일인데?"

모른 척하기로 마음먹은 것이다. 질질 끌겠다. 그래서 민기영의 입에서 다 토해 낼 때까지 기다리겠다. 그때 민기영의 시선이 힐끗 이쪽을 스치고 지나간다.

"너 몰라?"

"인마, 답답하잖아? 박민화는 네가 결혼할 여자지 내가 뭘 안단 말야?"

한 마디씩 힘주어서 말하자 민기영의 얼굴이 달아올랐다. 그러더니 윤성재를 똑바로 본다. 3초가 지났을 때 시선이 떨어졌지만 대단한 도전이다. 지금까지 이런 적은 없었다. 비록 윤성재가 심부름을 도맡았고 보디가드 역할을 했어도 그렇다. 시선을 내린 민기영이 입을 열었다.

"민화한테서 연락 없었어?"

"민화가 왜 나한테 연락을 해?"

"너하고 결혼하겠다고 했다는데."

"누가?"

"박민화가 제 어머니한테."

그러자 의자에 등을 붙인 윤성재가 길게 숨을 뱉는다.

"그래서? 계속해라."

"정말 넌 모른단 말이지?"

"지금 넌 나한테 뭘 알고 싶은데?"

"그것이."

이를 악물었다가 푼 민기영이 다시 시선을 들어 윤성재를 보았다.

"난 널 알아, 윤성재."

"뭘 안다는 거야?"

"넌 내 걸 가로챌 인간이 아냐. 설령 네가 좋아했어도 다 나한테 넘겼어."

"흐흐."

마침내 윤성재가 얼굴을 일그러뜨리며 웃는다. 지나던 종업원이 시선을 주었으므로 윤성재가 웃음을 그치고 커피를 시켰다. 민기영이 건성으로 따라 시켰을 때 윤성재가 말했다.

"내용은 알겠는데 네가 나한테 하고 싶은 말을 해."

"민화한테서 손을 떼줘."

민기영이 다시 똑바로 윤성재를 보았다.

"네가 다가선 것이 아니라는 건 분명해. 민화가 접근했어. 개 성격을 내가 알아."

"……."

"네가 말려줘, 부탁이다."

"이게 말려서 될 일 같으냐?"

불쑥 윤성재가 묻자 민기영이 당황했다. 눈동자가 흔들리더니 곧 굳어진 얼굴로 말했다.

"네가 물러나면 되지 않을까?"

"옳지, 대가를 주겠다는 말이군."

그 순간 민기영이 퍼뜩 시선을 들더니 몸이 굳어졌다. 시선 끝도 멀다. 그러더니 어깨를 늘어뜨리면서 길게 숨을 뱉는다.

"그래, 지금까지 우린 그래 왔잖아?"

"박민화는 무남독녀라 부모가 상속해줄 재산이 1조가 넘을걸?"

"먼저 금액을 합의하고 나서 내가 결혼 후에 지급한다는 각서를 쓰면 안 될까?"

"너, 민화 재산보고 결혼하는 거지?"

그러자 민기영의 얼굴에 희미한 웃음기가 떠올랐다가 금방 지워졌다. 그러고는 윤성재에게 되묻는다.

"너는 안 그래?"

그러더니 혼잣소리를 했다.

"민화도 마찬가지야. 저도 제 가치를 안다구. 계산 안하는 인간은 없어."

박민화는 윤성재가 발리에 있을 때 전화를 한 후로 다시 연락해오지 않았다. 윤성재로서는 난데없다는 생각이 들긴 했어도 박민화에게 화가 나지는 않았다. 그렇다고 민기영에게 죄책감을 느낀 것도 아니었다. 갑자기 논란의 중심이 된 자신이 부담스러워서 이 사건이 빨리 해결되기만을 바랐다. 수동적인 자세였던 것이다.

하지만 민기영을 만나고 돌아가는 길에 윤성재는 마음을 바꿨다. 그래서 박민화의 휴대폰으로 연락을 했지만 연결이 되지 않았다. 전화를 받지 않은 것이다. 박민화에게 확실한 입장을 밝히지 않은 것이 이 사단의 원인이 되었을 수도 있다. 휴대폰을 내려놓은 윤성재가 택시 차창 밖으로 스쳐가는 거리를 우두커니 바라보고 있을 때였다. 손에 쥐고 있는 휴대폰이 진동을 했다. 시선을 내린 윤성재는 발신자 번호를 보았다. 박민화였다.

"내가 전화를 안 받거든."

윤성재가 응답했을 때 박민화가 대뜸 그렇게 말하더니 목소리가 부드러워졌다.

"나 지금 휴가중이야. 자기 전화는 특별히 받는 거야."

"너, 지금 어디야?"

"여기로 올래?"

박민화가 묻더니 곧 말을 잇는다.

"여긴 강릉 경포대야. 대한호텔 1002호실. 자기한테만 알려주는 거야. 가명으로 투숙했거든."

그러더니 소근대며 말한다.

"일루 와. 안 잡아먹을게."

"왔어?"

호텔 현관 앞에 서서 기다리던 박민화가 주차장까지 달려와 소리쳐 맞는다. 박민화가 차에서 내린 윤성재 앞으로 바짝 다가섰다. 얼굴에 웃음이 가득 번져 있다.

"한번 안아주라."

하면서 박민화가 두 팔로 윤성재의 허리를 감아 안았다. 오후 5시 반. 주위에 남녀 서너 명이 있었지만 박민화는 개의치 않는다. 쓴웃음을 지은 윤성재가 박민화의 몸을 안아 돌려 세우면서 팔을 풀었다.

"나, 기영이 만나고 오는 길이야."

호텔 현관을 향해 나란히 걸으면서 윤성재가 말했지만 박민화는 태연했다.

"예상하고 있었어."

한 팔로 윤성재의 허리를 감아 안은 박민화가 말을 잇는다.

"곧 우리 엄마도 나타날걸?"

"너, 왜 그래?"

정색한 윤성재가 묻자 박민화가 머리를 들었다. 이제는 차분한 표정이다.

"널 사랑하니까."

한 자씩 또박또박 말한 박민화가 현관 회전문에 들어서면서 떨어졌다. 로비로 들어선 둘은 이제 나란히 걷는다. 박민화는 시치미를 딱 뗀 얼굴이었지만 윤성재의 표정은 굳어져 있다. 엘리베이터 앞으로 다가가 선 박민화가 머리를 돌려 윤성재를 보았다.

"방에서 이야기해."

박민화는 특실을 썼다. 바다가 한눈에 내려다보이는 특실은 응접실과 침실이 구분되어 있고 베란다도 넓었다. 응접실 소파에서도 바다가 보였는데 파도가 거칠었다. 해변의 바위를 파도가 칠 때마다 우레 소리가 났다. 박민화가 윤성재 앞에 오렌지주스 잔을 내려놓더니 앞쪽에 앉는다. 이제 박민화는 차분한 표정이다. 그러고 보니 얼굴에 화장기가 없다. 퍼머한 머리를 뒤에서 묶었기 때문에 목이 길어진 느낌이 든다. 윤성재의 시선을 받은 박민화가 손바닥으로 얼굴을 쓸면서 슬쩍 웃는다.

"5일째야, 이곳에 숨어 있는지."

"계속 숨어 있지는 못할 텐데."

"그동안 정리가 되기를 쬐금 기대했는데."

박민화가 어깨를 들썩이며 코웃음을 쳤다.

"내 위주의 안이한 생각이었지, 그래."

시선을 든 박민화가 윤성재를 보았다.

"민기영을 만났다구? 뭐라고 그래?"

그러더니 제 말에 제가 대답했다.

"날 놓지 못하겠다고 그러지? 깜도 안 되는 자기는 물러나라고. 그렇지?"

"내가 무슨 타이틀 매치를 하냐?"

그러자 박민화가 눈을 치켜떴다.

"비겁한 수작 말어. 넌 어쨌든 링 위에 올라가게 된 거야. 난 끌려왔을 뿐이라고 도망 나갈래?"

"그러지 마."

윤성재가 천천히 머리를 저으면서 심호흡을 했다. 그리고 굳은 얼굴로 박민화를 바라보았다.

"넌 이해하지 못하겠지만."

박민화의 시선을 받은 윤성재가 얼굴을 일그러뜨리며 웃었다.

"난 오혜원이를 좋아해."

"그럴 줄 알았어."

머리를 끄덕인 박민화의 표정도 가라앉아 있다.

"아마 처음 만났을 때부터지, 그렇지?"

"그거야 어떻든."

"오혜원이도 자길 좋아하고?"

"그건."

"아닐걸?"

소파에 등을 붙인 박민화가 베란다 쪽으로 머리를 돌리며 말을 잇는다.

"내가 걔를 좀 알지. 걘 자기 같은 거지를 좋아하지 않아."

"……."

"걔한테는 첫째 돈이 있어야 돼."

"……."

"민기영이 딱 맞는 상대인데, 아마 내가 없었다면 대시했을 거야."

박민화가 윤성재의 시선을 잡더니 천천히 머리를 젓는다.

"자기야, 헛수고 하지 마. 내 충고 들어."

"……."

"내가 이런 말 안하려고 했지만 걔가 지금까지 만난 남자들은 다 상처받았어. 걔 욕심을 채워 줄 남자는 없어."

"그래도 좋아."

윤성재가 입술만 달싹이며 낮게 말했지만 박민화는 알아들었다. 퍼뜩 눈을 치켜떴던 박민화가 이를 악문 듯 볼 근육이 팽팽해지더니 곧 주르르 눈물이 흘러내렸다. 놀란 윤성재가 숨을 삼켰을 때 박민화가 손등으로 눈물을 닦는다.

"도대체 이게 무슨 꼴이야?"

눈물을 닦던 박민화가 두 손으로 얼굴을 덮으면서 말했다.

"자기야, 그만 나가줄래?"

목소리는 또렷했다.

카페 안으로 들어선 오혜원이 주위를 두리번거리자 종업원이 다가왔다.

"누굴 찾으세요?"

"민기영 씨."

"아, 여기로."

반색을 한 종업원이 안쪽을 가리키더니 앞장을 섰다. 서초동의 룸카페 로미오는 회원제로 운영되어서 뜨내기 손님이 없다. 어두운 홀을 지나 복도 안쪽 방 앞으로 안내한 종업원이 노크를 하더니 문을 열고 비껴섰다. 방으로 들어선 오혜원은 이쪽을 향해 앉은 민기영을 보았다. 테이블에는 술병과 안주가 놓여 있었는데 민기영의 얼굴은 창백했다. 오혜원을 바라보는 두 눈은 붉게 충혈되었다.

"많이 마셨네."

옆쪽에 앉은 오혜원이 위스키 병을 들어 보면서 말했다. 병은 반쯤 비워져 있다.

"대낮에 이게 뭐야? 무슨 일 있어?"

오혜원의 표정은 밝다. 팔을 뻗쳐 민기영의 허벅지를 손바닥으로 누르던 오혜원이 민기영을 보았다. 눈웃음을 치는 얼굴이 교태를 내뿜고 있다.

"나한테 화난 건 아니지?"

그때 민기영이 빈 잔에 술을 따르면서 말했다.

"아냐."

"출장 가서 고생했어. 열심히 일하고 온 사람한테 짜증내면 벌받아, 알지?"

"안다니까?"

"그럼 무슨 일야? 왜 혼자서 이렇게 술을 마시고 있어?"

"너, 민화 언제 만났어?"

"글쎄."

머리를 한쪽으로 기울였던 오혜원이 곧 대답했다.

"한 열흘 되었나 봐. 내가 출장 간 닷새까지 합해서. 그런데 왜?"

그러자 한 모금에 양주를 삼킨 민기영이 충혈된 눈으로 오혜원을 보았다.

"민화가 윤성재하고 결혼하겠다고 제 어머니한테 말했단다."

"……."

"민화 어머니가 나한테 와서 말해 준 거야. 이런 개 같은 일이…."

"……."

"내가 꼭 집에서 기르던 개한테 물린 기분이다."

"……."

"민화는 전화도 안 받고 회사에는 휴가를 내고 잠적해 버렸는데, 기가 막힌 건 민화 어머니도 마찬가지인 것 같더만."

"……."

"윤성재에 대해서 다 조사를 하고는 나한테 이런 일이 있느냐면서 펄펄 뛰더라니까."

그때 오혜원이 제 잔에 술을 따르고는 외면한 채 마셨다. 옆모습만 보이는 오혜원의 얼굴이 이제는 굳어져 있다. 그때 민기영의 말이 이어졌다.

"어제 윤성재를 불러 물어보았더니."

눈을 치켜뜬 민기영이 앞쪽의 벽을 노려보았다.

"대가를 달라는군."

"……."

"물러나는 대신 대가를 달라는 거야."

"설마."

했다가 민기영의 시선을 받은 오혜원이 주춤했다. 민기영의 얼굴이 험악하게 일그러져 있었기 때문이다.

"이렇게 되면 다 부숴져. 윤성재 그놈이 화근이라구."

"……."

"나는 물론이고 너한테도."

그 순간 오혜원이 눈을 가늘게 떴다. 그러고는 손끝으로 제 얼굴을 가리킨다.

"나? 나는 왜?"

둘은 서로를 마주 보며 한동안 움직이지 않았다. 시선을 마주쳤지만 끝이 멀어서 제각기 딴 곳을 보는 것 같다.

"니들이 여기까지 왔지만 소용없어."

조광수가 망원렌즈에 눈을 붙이고는 혼잣소리를 했다. 파주 교외의 모텔 방안이 렌즈 안에 가득 들어차 있다. 그리고 방안 침대 위에 엉켜 있는 두 남녀는 바로 민기영과 오혜원이다.

"뛰는 년 위에 나는 놈 있어, 이것아."

그림을 확대하자 두 남녀의 얼굴이 선명하게 드러났고 조광수는 계속해서 셔터를 누른다. 오후 3시 반이었으니 아직 한낮이다. 셔터를 누르면서 조광수가 혼잣말을 계속한다.

"참 이상하지. 저런 찐한 장면을 봐도 전혀 내 물건에 이상이 없으니까 말야. 어이구, 이젠 또 저년이 위로 올라갔군."

조광수가 쪼그리고 앉아 있는 곳은 직선거리로 50미터쯤 떨어진 뒤쪽 산 중턱이다. 모텔 베란다는 모두 이쪽으로 향해 있었는데 대부분 문을 열어 놓아서 내부가 다 드러났다.

"옳지, 이젠 싸겠다. 넌 위로 올라가야 홍콩에 가니까."

얼마 남지 않았다는 것을 다 아는 터라 조광수가 다시 열심히 셔터를 누른다. 오늘도 오혜원을 미행하였다가 대박을 잡은 것이다. 그러나 윤성재한테 들키면 경을 치게 될 테니 혼자 즐기는 수밖에 없다. 윤성재한테 약속을 했으면서도 이러는 건 워낙 사무친 한이 있기 때문이다. 그날 밤, 산에 묻히기 전에 삽으로 자신을 내려치면서 죽여 묻으라고 소리치던 오혜원의 모습을 떠올리면 지금도 저절로 이가 갈리는 것이다.

"어, 쌌어?"

셔터를 누르면서 조광수가 말을 잇는다.

"에이그, 자식아, 여자는 아직 안 쌌잖아? 빙신."

저녁을 먹던 윤서진이 문득 머리를 들고 윤성재에게 물었다.

"오빠, 나 책값하고 가을 여행비 줄 수 있어? 150만 원쯤 되는데."

"그럼."

했다가 윤성재가 수저를 내려놓고 윤서진을 보았다.

"너 지난달 내가 얼마 주었지?"

"으응."

잠깐 눈을 깜박이며 생각하던 윤서진이 대답했다.

"생활비로 150만 원 정도."

"책값, 용돈까지 합쳐서 3백 주었어. 너 가계부에 꼼꼼하게 쓰잖아?"

"으응."

"생활비로 150만 원 정도라니, 너답지 않은 대답인데."

"……."

"너, 가계부 좀 보여줄래?"

그러자 윤서진이 머리를 떨구고는 움직이지 않았다. 물잔을 든 윤성재가 길게 숨을 뱉는다. 그러고는 자리에서 일어나 뒤쪽 소파에 앉았다.

"그 여자한테 돈 주는 거냐?"

윤성재가 불쑥 물었지만 윤서진은 대답하지 않는다. 그러나 대답하지 않는 것이 바로 긍정이나 같다. 입맛을 다신 윤성재가 탁자 밑에서 담배와 재떨이를 꺼내 올려놓는다. 담배에 불을 붙이고는 힘껏 빨아들였다가 내뿜었다.

담배는 피우지만 하루에 한 개피 또는 일주일 동안 안 피울 때도 있다. 많이 피울 때는 하루 서너 개피. 마음만 먹으면 얼마든지 끊을 수 있어서 작년에는 딱 일 년을 끊었다. 그러나 끊는다는 결심 따위도 부질없게 느껴져서 그냥 생각나면 입에 문다. 그때 윤서진이 머리를 들고 윤성재를 보았다.

"엄마가 돈이 없어서 애들 학원비도 못 내고 있어."

"……."

"전에는 그 남자가 어디서 애들 학원비는 가져왔대. 생활비는 적금에서 까먹었는데 그것도 지난달에 다 바닥났구."

"……."

"그래서 식당 알바를 나흘 다니다가 일 못한다고 쫓겨났대."

"……."

"아파트는 알고 봤더니 은행에 저당잡혀서 융자를 받을 수도 없대."

"그래서 네가 어떻게 하겠다는 거냐?"

윤성재가 묻자 윤서진이 정색하고 말한다.

"오빠, 우리가 용서해주면 좋겠어."

"성씨가 다른 두 동생까지 끌어안고 말이지?"

"엄마는 내 도움을 받지 않으려고 해. 내가 학원비 내주니까 펑펑 울었어."

"너, 아버지 생각을 해봐."

눈을 치켜뜬 윤성재가 일어나 윤서진 앞으로 다가가 섰다.

"한때 제 와이프였던 여자가 딴놈하고 결혼해서 애새끼를 연달아 뽑고 같은 서울 바닥에서 살고 있다면 속이 편하겠니?"

이제는 윤서진이 입을 다물었고 윤성재의 말이 이어졌다.

"집 나가서 재혼했을 때 다 끝난 거야. 다시 만날 이유가 없었던 거란 말이다. 이젠 제발 그 여자 사연은 그만 듣고 싶구나."

"근데 마오가 너한테 부탁한 일이 있다던데, 보내준 거야?"

윤성재가 묻자 조광수는 퍼뜩 머리를 들었다.

"아아."

"아아, 라니?"

그러자 조광수는 차의 속력을 줄이더니 힐끗 윤성재를 보았다.

"남대문에서 샘플 구해 달라는 건데, 오늘 저녁에 갈 거야."

조광수가 운전하는 벤츠는 승차감이 좋았다. 비싼 차값을 하는 것이다. 차는 지금 한남대교를 건너 강남대로로 들어서는 중이다.

"며칠 지난 것 같은데, 너 요즘 뭐하고 지낸 거야?"

다시 윤성재가 묻자 조광수는 헛기침을 했다.

"바빴어."

"뭐가? 또 사기치려고?"

"형, 나 이제 손뗐거든?"

조광수가 정색하고 윤성재를 보았다. 그러고는 굳은 옆모습을 보이며 말을 잇는다.

"난 오히려 형이 더 걱정 돼."

"뭐? 내가?"

쓴웃음을 지은 윤성재가 왼손으로 조광수의 어깨를 툭 쳤다.

"인마, 말 돌리지 마. 마오가 샘플 급하다니까 오늘 꼭 구해서 내일 보내."

"형, 도대체…."

힐끗 시선을 주었던 조광수가 신호가 바뀌었으므로 서둘러 차를 세웠다. 브레이크를 세게 밟는 바람에 윤성재의 몸이 좀 기울어졌다.

"야, 조심해. 보험은 들었어?"

윤성재가 투덜거렸을 때 조광수가 묻는다.

"형, 어떻게 할 작정이야?"

"뭘?"

"오혜원."

한 자씩 끊어서 말한 조광수가 정색하고 윤성재를 보았다.

"형이 때리면 맞겠어. 하지만 내가 이야기 안할 수가 없어."

"……."

"형도 수렁에 빠진 거야?"

"야, 시끄러."

"둘이 발리 갔다 온 것도 알아."

윤성재의 시선을 받고서도 조광수는 피하지 않는다. 얼굴이 단단하게 굳어 있다. 조광수가 잇사이로 말한다.

"날 죽이라고 소리친 그년을 난 잊을 수 없어, 도저히. 삽으로 날 치던 그년의 눈도 내가 죽기 전에는 못 잊어."

"이 새끼."

"걔 공항 출국 체크했더니 발리행 퍼스트 클래스로 떠났더구만. 올 적에는 형하고 같이. 4박 5일이었지?"

"……."

"형, 나 질투하는 거 아냐, 절대로. 형 생각해서 이러는 거야."

그때 신호가 풀렸으므로 조광수가 차를 발진시키면서 말한다.

"형, 어제 찍은 사진 뒷좌석 봉투에 있어. 오후 3시 10분에서 4시 40분까지 파주 그린 모텔에서 찍은 사진이야."

"누구세요?"

문 앞으로 다가선 오미연이 조심스럽게 묻는다. 그러고는 렌즈를 통해 밖을 내다본 순간 소스라쳤다. 윤성재였기 때문이다. 문에 걸린 고리를 푸는 오미연의 손이 떨려서 쇠사슬이 철렁거리는 소리를 냈다.

“엄마, 누구야?”

뒤에서 막내 정미가 물었으므로 오미연은 또 한번 소스라쳤다. 정미가 오늘 학원에 안 가고 방에 있다는 것을 깜박 잊고 있었던 것이다. 그때는 이미 반쯤 문이 열려서 윤성재의 모습이 다 드러났다. 정미가 달려와 오미연의 옆에 섰다. 그러고는 윤성재를 똑바로 보았다. 윤성재의 시선이 오미연에게서 정미에게로 옮겨졌다. 시선이 차겁다. 그때 오미연이 비껴서며 말했다.

“들어와.”

윤성재가 잠자코 들어선다. 현관에서 신발을 벗는 윤성재에게 정미가 묻는다.

“아저씬 누구세요?”

그때 오미연이 정색하고 정미에게 말했다.

“방에 들어가 있어!”

오미연의 기세에 놀란 정미가 눈을 동그랗게 뜨고는 방으로 들어가 문을 닫는다. 소파로 다가가 앉은 윤성재에게 오미연이 옆으로 다가가 물었다.

“뭐 마실 것 줄까?”

“아니, 됐습니다.”

표정 없는 얼굴로 말한 윤성재가 눈으로 앞쪽을 가리켰다.

“잠깐 앉으시죠. 5분이면 됩니다.”

어깨를 늘어뜨린 오미연이 저도 모르게 벽시계를 보았다가 쓴웃음을 짓는다. 오후 4시 반. 이쪽은 급한 것이 하나도 없다. 성재는 용건만 말하겠다는 뜻이다.

자리에 앉은 오미연은 외면한다. 제 배로 낳은 자식이지만 어렵다. 어릴 때 자식을 버리고 나온 년이 무슨 권리로 폐를 끼친단 말인가? 낯뜨겁다. 숨고 싶다. 그때 윤성재가 말했다.

"아버지가 언젠가 나한테 말씀하셨습니다. 내가 네 엄마를 배신하지 않았다고."

놀란 듯 오미연이 몸을 굳혔고 윤성재의 말이 이어졌다.

"딴 여자를 만난 건 사실이지만 네 엄마를 배신하지 않았다고 분명히 말씀하시더군요."

윤성재가 외면하고 오미연을 향해 손바닥을 내밀어 보였다.

"이해하실 필요도 없고 이미 아버지는 가셨으니까 따질 수도 없습니다. 하지만…."

머리를 든 윤성재가 오미연을 똑바로 보았다.

"난 아버지 아들답게 아버지를 이해할 수가 있습니다. 누가 몸뚱이를 어떻게 굴리든 간에 난 그 대상을 사랑하고 책임져 줄 작정이니깐요."

그리고 윤성재는 가슴 주머니에서 봉투를 꺼내 오미연 앞에 놓았다.

"이건 아버지가 드린다고 생각하시지요. 아버지는 틀림없이 이렇게 하셨을 테니까요. 아버지 성의를 거절하면 두 번 모욕을 주시는 겁니다."

그리고는 윤성재가 자리에서 일어섰다. 오미연은 그 자리에 꼼짝 않고 앉아 숨도 쉬는 것 같지도 않다. 신발을 다 신은 윤성재가 허리를 펴고 말했다.

"아까 방에 들어간 애, 서진이 닮은 것 같네요."

"너 그동안 어디 있었어?"

다가온 박민화를 향해 오혜원이 눈을 둥그렇게 뜨고 묻는다. 청담동 커피숍 '진'은 분위기가 좋아서 둘이 단골로 들르는 장소 중의 하나였다. 앞쪽에 앉은 박민화가 먼저 쓴웃음을 지어 보였다.

"응, 좀 쉬었어."

"아니, 그런다고 내 전화도 안 받니?"

정색한 오혜원이 박민화를 노려보았다.

"닷새 동안이나 말야."

"오늘까지 8일째가 되었네."

"세상에."

다가온 종업원에게 주문을 마친 오혜원이 다시 묻는다.

"무슨 일 있었어? 쉰다고 내 전화를 안 받는 건 이번이 처음이야."

"그런가?"

"그것도 오늘까지 8일이라며?"

그러자 의자에 등을 붙인 박민화가 오혜원을 보았다. 초점이 좀 멀다.

"너 그동안 윤성재 씨 안 만났어?"

"내가?"
했다가 오혜원이 쓴웃음을 짓는다.
"내가 왜 그 사람 만나? 만나야 되는 거니?"
박민화의 시선을 받은 오혜원의 얼굴에서 차츰 웃음기가 지워졌다. 그러고는 머리를 젓는다.
"안 만났어."
그때 종업원이 차를 내려놓고 돌아갔으므로 둘 사이에 잠깐 정적이 흐른다. 커피잔을 쥔 박민화가 오혜원을 보았다.
"너, 그 사람 어떻게 생각해?"
"누구?"
하더니 오혜원이 커피잔을 쥔다. 그리고 다시 시선을 들고 박민화에게 말했다.
"괜찮은 남자야."
그때 오혜원은 박민화의 눈동자가 흔들리는 것을 보았다. 박민화가 왜 윤성재에 대해서 묻는가를 아는 오혜원이다. 민기영한테서 다 들었다. 만일 그런 사건이 없었다면 윤성재에 대해서 함부로 말했겠지만 지금 그랬다면 박민화가 상처를 받는다. 더구나 4박 5일 동반자 여행에 5억을 받은 영향도 있다. 힐끗 박민화의 옆모습을 본 오혜원의 가슴에 짜릿한 만족감이 스치고 지나간다. 지금까지 박민화에게 품고 있었던 열등의식이 이 순간에는 해소되는 것 같다. 나는 윤성재는 물론이고 민기영까지 두 사내를 휘어잡고 있는 것이다. 정적이 답답하게 느껴진 오혜원이 먼저 입을 연다.

"윤성재 씨, 지금 중국에 가 있는 것 같던데. 이틀 전쯤 전화가 왔어."

"……."

"바쁜 모양이더라, 일이."

윤성재는 한 달여 동안 중국에만 머물렀다. 정확하게 날짜를 계산하면 35일. 일이 바쁘기도 했지만 일부러 한국에 가지 않았다. 대신 한국에서 처리해야 할 일은 조광수가 맡았다. 그래서 조광수는 일주일에 절반은 중국, 절반은 한국에서 지냈는데 일이 제 적성에 맞다고 했다. 한 시간이면 날아갈 수 있으니 서울에서 수원 가는 것이나 같다. 그동안 서울의 오혜원이 일주일에 한두 번씩 윤성재에게 전화를 해왔지만 민기영과 박민화는 연락을 딱 끊었다. 그러나 잠잠해진 걸 보면 분란 당사자인 박민화가 나서서 수습을 한 것이 분명했다. 불을 끌 사람은 박민화밖에 없는 것이다. 그리고 그 진압 방법은 뻔하다. 윤성재 이름을 지우는 것으로 끝난다.

"조형이 도착했어."

휴대폰을 귀에서 뗀 마오가 윤성재를 돌아보며 말했다. 오늘은 미미가 공장 출장을 가서 사무실에 남자 둘이 남았다. 마오가 다가와 윤성재의 책상에 두 손을 짚고 묻는다.

"윤, 내일 우에다분 선적을 시키면 바쁜 건 다 끝나니까 좀 쉬지 그래?"

"그러지."

머리를 끄덕인 윤성재가 빙긋 웃는다.
"너도 쉬겠다는 말이지?"
"미미가 먼저 휴가 갈 거야."
그러더니 마오가 은근하게 웃는다.
"미미하고 조형하고 좋은 사이가 된 것 윤형은 알아?"
"미미하고?"
놀란 윤성재가 눈을 크게 떴다가 심호흡을 했다. 그러고는 정색했다.
"정말이야?"
"미미한테 들은 거라구. 지금도 미미가 공장 간다는 핑계를 대고 공항으로 조형 마중 나간 것 같아."
"……."
"미미가 차고 다니는 시계, 귀걸이, 휴대폰, 화장품까지 모두 한국산이야. 조형이 선물 준 거라구. 몰랐어?"
"으음."
헛기침을 한 윤성재가 한국어로 혼잣소리를 했다.
"이 망할자식이 어쩌려고."

그래서 그날 저녁 둘이 칭다오 시내 한식당에서 식사에 곁들여 소주를 마실 때 윤성재가 불쑥 물었다.
"너 어쩌려고 그래?"
"뭘?"

했다가 눈치빠른 조광수가 어깨를 부풀렸다 내리면서 대답했다.
"결혼할 거야."
"누구하고?"
"미미하고."
"너, 또 미국 박사네 호텔 사장 아들이네 하고 공갈친 건 아니지?"
"그럴 리가."
이맛살을 찌푸린 조광수가 머리를 젓는다.
"전문대졸에 아버지가 알코올중독으로 돌아갔다는 것까지 다 털어놓았어."
"……."
"내가 난 딸이 하나 있다는 것도. 거기에다 그 창녀를 형이 좋아하고 있다는 것까지 다 말했어."
"이 새끼가."
윤성재가 눈을 부릅뜨자 조광수는 어깨를 늘어뜨린다.
"그건 공갈이고."
"너, 미미 울리면 죽을 줄 알어."
"다음 주에 미미 부모님 만나기로 했어."
윤성재의 시선을 받은 조광수가 얼굴을 펴고 웃는다.
"형이 준 돈 안 쓰고 다 모아놨어. 그 돈으로 중국에 집도 사고 가게도 알아볼 거야. 미미하고 열심히 살 거라구."
"……."

"난 중국말 배우고 미미는 한국말 배우고 있어. 형 모르고 있었지?"

"……."

"미미 착해, 독립심도 강하고. 번듯한 대학도 나와서 나보다 수준이 높아."

그러더니 얼굴을 일그러뜨렸다.

"오혜원이하고는 품성이 다르지."

그 순간 윤성재가 눈을 치켜떴으므로 조광수는 외면했다. 그러나 말은 잇는다.

"엊그제 한국에서 체크해 보니까 오혜원이 또 3박4일 동반자 여행을 떠났더구만. 지금 한아무개란 놈하고 베이징에 있을 거야."

이제는 윤성재가 외면했고 조광수가 가라앉은 목소리로 말했다.

"그놈하고도 계속 만나. 일주일에 한 번 꼴로 말야."

그놈이란 민기영이다. 윤성재는 잠자코 소주잔을 들었다.

"이제 정리는 좀 된 거야?"

민기영이 묻자 박민화는 피식 웃는다.

"뭐, 책상 정리 말하는 거야?"

"그러지 마. 장난 아니다."

"나도 그럴 여유는 없어."

술잔을 든 박민화가 주위를 둘러보는 시늉을 한다. 렉스호텔 스카이라운지 안이다. 창가 좌석이어서 한남대교와 건너편 강남의

야경이 휘황하게 펼쳐져 있다. 사태는 일주일간 종적을 감췄던 박민화가 돌아오면서부터 수습되기 시작했다. 박민화가 어머니 서주연에게 윤성재와의 결혼은 없었던 일로 치자고 말한 것이다. 서주연은 그 말만으로도 감지덕지했는지 더 이상 결혼에 대해서는 언급하지 않았다. 그리고 오늘 박민화와 민기영은 그 사건 이후로 처음 만난다. 그동안 민기영은 서주연한테서 상황을 들었지만 오늘 본인을 만나자 그때의 감정이 다시 살아난 것 같다. 박민화가 한 모금 위스키를 삼키더니 민기영을 보았다.

"그래, 용건이 뭐야?"

"용건이라니?"

되물었던 민기영이 입맛을 다셨다.

"우리, 시간 여유를 좀 갖기로 하자. 내가 너무 서둔 것 같아서."

"보류야, 아님 포기를 전제로 한 거야?"

"아무렇게나 생각해도 돼."

"고마워."

잔에 남은 위스키를 마저 삼킨 박민화가 그때서야 희미하게 웃는다.

"이제야 내가 사과를 할 여유를 만들어 주네."

"네가 사과할 이유가 없지."

잔에 술을 채운 민기영이 쓴웃음을 짓는다.

"그 말 들으니까 부끄러워진다, 야."

"민기영은 착한 남자야."

"아이구."

손을 저은 민기영이 정색했다.

"이제 그런 이야기는 그만."

집으로 돌아가는 택시 안에서 민기영이 휴대폰의 버튼을 누른다. 밤 10시 반이다. 신호음이 두 번 울렸을 때 곧 오혜원이 응답했다. 오혜원의 목소리는 밝다.

"응, 나야."

"갑자기 네 생각이 나서 전화했어."

"그래?"

웃음 띤 목소리를 듣자 민기영은 길게 숨을 뱉는다.

"네가 보고싶다."

"그럼 일루 와."

"아냐, 참아야지."

"지금 어딘데?"

"집으로 돌아가는 길이야."

"저녁은 먹었어?"

"응."

"술 마신 거야?"

"응, 민화하고."

오혜원은 순간 대답을 멈췄고 민기영이 말을 잇는다.

"다시 원점으로 돌아왔어."

"……."

"걘 못 벗어나."

"……."

"이젠 너하고 내 이야기가 남았어."

그때 민기영은 오혜원의 낮음 웃음소리를 듣는다. 부드럽고 잔잔한 울림이 있는 웃음소리. 저도 모르게 민기영이 숨을 죽였을 때 오혜원이 말했다.

"자긴 너무 바쁜 것 같애."

박민화의 전화가 왔을 때는 윤성재가 오랜만에 한국에 온 지 이틀째 되는 날 오후였다. 거래선과 점심을 마치고 헤어진 윤성재는 택시 안에서 전화를 받는다.

"서울에 와 있네?"

윤성재가 응답했을 때 박민화는 마치 어제도 통화한 사이처럼 자연스럽게 묻는다. 그러나 40일 만이다. 그동안 윤성재는 아무도 만나지 않았다. 오직 오혜원과 일주일에 한두 번 통화를 했지만 주로 받는 전화였다. 오혜원이 요즘 들어 세 번 중 두 번 비율로 연락을 해오고 있다. 윤성재는 가만 있었고 박민화는 한 마디씩 차분하게 말했다.

"말해 주는 것이 도리일 것 같아서. 나 민기영 씨하고 내년 초에 결혼하기로 했어."

창밖으로 시선을 준 채 윤성재는 대답하지 않았지만 박민화의 말이 이어졌다.

"내가 화근이었어. 나만 욕심을 줄이면 다 행복해질 수도 있다는 생각이 들더라구. 내가 분란을 일으킨 거야."

"……."

"다 제자리로 돌아가는 거야. 자긴 오혜원이한테 더 정성을 쏟게 될 것이고, 물론 민기영은 나겠지?"

그리고 박민화가 낮게 웃는다.

"사는 게 좀 단순한 것 같지? 덧셈 뺄셈만으로 가능한 세상을 내가 괜히 미적분까지 응용시킨 것 같아."

그때 윤성재가 말했다.

"오늘 저녁에 나 좀 만나자."

놀란 듯 이번에는 박민화가 입을 다물었고 윤성재는 어금니를 물었다가 풀었다.

"나도 널 만나는 게 도리일 것 같다."

영등포시장 뒷골목은 언제나 붐빈다. IMF때 이곳 식당들이 더 장사가 잘 되었다는 전설도 전해져 온다. 다양하고 값싼 메뉴가 많은 때문일 것이다. 오후 8시경이 되자 영등포 경찰서 근방 거리까지 행인이 가득 찼고 식당은 거의 만원이다. 그러나 카페, 룸살롱, 단란주점에 손님이 차려면 조금 기다려야 한다. 단란주점 '마돈나' 도 그렇다. 방 7개에 아가씨 열둘을 보유한 임유진 사장은 아직 방 하나밖에 채우지 못했다.

8시 5분, 가게 안으로 손님 한 명이 들어섰다.

"어서 오세요."

마담 역할까지 맡은 임유진이 웃음 띤 얼굴로 손님을 맞는다. 손님은 여자. 눈이 번쩍 뜨일 만큼 귀티가 나는 미모의 여자. 척 보면 몸에 걸친 장식이 짝퉁인지 아닌지 아는 임유진이다. 다 명품을 걸친 여자. 이 골목에는 어울리지 않는 여자다.

"손님 찾아오셨죠?"

다가선 임유진이 바로 그렇게 묻더니 머리만 끄덕이는 여자를 안쪽 방으로 안내한다. 박민화다. 이런 분위기가 처음인 박민화는 주위를 둘러보지만 싫은 표정은 아니다. 방문 앞에 선 임유진이 노크를 하더니 문을 열고는 비껴섰다.

"뭐 필요하시면 벨 누르세요."

사근사근 말한 임유진이 박민화가 방으로 들어서자 밖에서 문을 닫는다. 안의 손님은 이미 양주에 안주까지 60만 원 매상을 올려주었다. 방 하나 값은 뽑았다. 둘이 뭘 하건 살인만 안 일어나면 된다.

앞쪽 자리에 앉은 박민화가 주위를 돌아보는 시늉을 하더니 그때서야 이맛살을 찌푸리고 윤성재에게 묻는다.

"꼭 이런 데로 장소를 정해야 했어?"

"왜? 여기가 어때서?"

시치미를 뗀 윤성재가 눈을 크게 떠 보였다.

"너도 익숙해져 봐, 괜찮아."

"싸구려로 논다고 과시하는 거야, 뭐야?"

"야, 쥔 들으면 덤벼들겠다. 여긴 이 근방에서 특급으로 쳐."

"딴 여자한테는 이런 짓 마. 말 들어."

"비밀 보장, 신변 보장이야. 방에서 불이 나지 않는 한 여긴 아무도 못 들어와."

그러자 박민화가 쓴웃음을 짓는다.

"왜? 여기서 덤비려구?"

의자에 등을 붙인 박민화가 정색하고 윤성재를 보았다.

"42일 만에 나한테 연락한 용건을 대."

"42일?"

되물은 윤성재도 박민화를 본다.

"날짜 세었니?"

"네 얼굴 본 지가 42일 8시간 35분."

그러더니 박민화는 팔짱을 꼈다. 두 다리도 꼭 붙였고 등은 의자에 밀착시켜서 단단한 방어자세를 갖췄다. 박민화와 시선을 맞춘 윤성재가 천천히 머리를 끄덕였다.

"넌 참 좋은 여자야."

"됐어."

"착해."

"됐네요."

이제는 박민화의 표정이 굳어졌다. 눈을 크게 뜬 박민화가 윤성재를 보았다.

"자, 말해. 날 보자는 이유."

그러자 윤성재가 옆에 내려놓은 서류봉투를 들더니 안에서 한 뭉치의 사진을 꺼내 내밀었다.

"사진을 봐."

박민화가 사진을 받아들더니 첫번 그림을 본 순간에 눈을 크게 떴다. 대번에 얼굴이 하얗게 굳어졌다. 민기영과 오혜원의 갖가지 장면이 찍힌 사진이다.

박민화가 한 장씩 차분하게 사진을 보고 나서 옆에 놓는다. 비뚤어지게 놓인 사진은 다시 손끝으로 정리까지 한다. 굳어졌던 얼굴도 시간이 지날수록 풀어지고 있다. 열 몇 장쯤 넘기고 나서는 입가에 희미한 웃음기까지 떠올랐다. 그러나 방 안에는 숨소리도 들리지 않는다. 그래서 바깥의 희미한 소음이 들려오고 있다. 사진은 50장쯤 되었다. 모두 조광수가 공을 들인 작품이다. 박민화가 사진을 절반쯤 넘겼을 때 윤성재가 입을 열었다.

"이 사진은 오혜원과 관계가 있었던 어떤 남자가 찍은 거야. 내가 시킨 게 아냐."

박민화는 열심히 사진만 보았고 윤성재의 말이 이어졌다.

"지금도 일주일에 한 번꼴로 만나고 있다는구나. 그래서 너한테 알려줘야겠다고 마음먹었어."

"……."

"난 안 지 꽤 됐어. 네가 소동을 일으키기 전부터."

"……."

"이런 상태에서 네가 민기영이하고 결혼하면 안돼."

이제는 시선을 내린 윤성재가 천천히 머리를 젓는다.

"부탁이다. 이 일은 우리 둘만 알자. 그리고."

이를 악물었다가 푼 윤성재가 말을 이었다.

"오혜원이는 나한테 맡겨줘."

그때 머리를 든 박민화가 묻는다.

"어떻게 하려고?"

쓴웃음을 짓고 있었지만 박민화의 목소리는 떨렸다.

"그래도 이 요물한테 미련이 남았어?"

박민화의 두 눈이 번들거렸다. 얼굴도 상기되는 중이다. 윤성재는 이윽고 시선을 내렸다. 그러나 입을 열지는 않았다.

제8장

오혜원한테서 전화가 왔을 때 윤성재는 조광수와 회의중이었다. 발신자 번호를 보고 나서 자리에서 일어선 윤성재가 창가로 다가가 섰다. 다른 때 같으면 제 할 일을 계속했을 조광수가 오늘따라 윤성재한테서 시선을 떼지 않는다. 입맛을 다신 윤성재가 괜히 팔목시계를 보고 나서 휴대폰을 열었다. 오후 4시 반이다.

"여보세요."

"바빠?"

비음 섞인 조금 높은 목소리. 그래서 여운이 있다. 윤성재는 저도 모르게 숨을 들이킨다. 박민화를 만나 민기영과 오혜원의 생생한 그림을 전해 준 다음날 중국으로 왔다. 그리고 어느덧 3주일이 지난 것이다. 그동안 오혜원은 서너 차례 전화 연락을 해왔지만 지난 10일간은 목소리를 못 들었다. 이번에는 윤성재가 먼저 전화를 한 적이 없는 것이다.

"아니, 별로."

그렇게 대답을 하고 나서 다시 윤성재는 조광수에게 시선을 주었다. 이제 조광수는 컴퓨터 자판을 두드리는 중이다. 그때 오혜원이 말했다.

"나, 거기루 가도 돼?"

"아니, 갑자기 왜?"

긴장한 윤성재가 휴대폰을 고쳐 쥐었다.

"내가 가는 게 싫어?"

"인마, 그렇게 물으면 어떡해?"

목소리를 낮추고 말하던 윤성재가 마침내 사무실 문을 열고 밖으로 나온다.

베란다에 선 윤성재가 칭다오 거리를 내려다보면서 묻는다.

"그래, 언제 올 건데?"

"안 바빠?"

"네가 온다면 며칠 쉬어야지. 별로 바쁘지 않아."

"그럼 사흘만."

그러더니 얼른 덧붙였다.

"프리 어브 차지."

"여기로 오지 말고 베이징으로 와. 내가 마중 나갈 테니까."

"정말?"

오혜원의 목소리가 밝아졌다. 다시 울림이 강해진 오혜원의 목소리가 이어졌다.

"그럼 내일 갈게. 비행기 시간은 좀 있다 알려줄게."

"내일 아침에 베이징 출장이야."

저녁을 먹으면서 윤성재가 말했을 때 조광수가 머리를 들었다.

"형, 나, 미미 부모를 만나기로 했어."

"응?"

놀란 윤성재가 씹던 것을 삼키고는 조광수를 똑바로 보았다.

"언제?"

"모레."

"상견례냐?"

"그런 셈이지. 친척들까지 몇 명 더 온다고 했으니까."

"국제결혼이네."

"요즘 누가 그런 거 신경쓰나?"

턱을 든 조광수가 말했을 때 윤성재가 정색했다.

"얀마, 이번에는 정신 똑바로 차리고 해. 잘못하면 너 여기서 뒈져."

"젠장."

눈을 흘기는 시늉을 하며 조광수가 혼잣소리처럼 말한다.

"누가 할 소릴."

"뭐라고?"

"난 형이 걱정야."

"이 새끼가 도대체."

"오늘도 그년한테서 전화 온 거지?"

"뭐?"

했지만 윤성재가 외면했다. 눈치는 조광수를 따라가지 못한다. 말을 잇는 조광수의 목소리는 가라앉았다.

"내가 지난주까지 서울에 머문 열흘 동안 그년은 남자하고 3박4일짜리 일본여행을 다녀왔고 민기영이를 한 번 만났어. 도저히 구제불능이야."

"……."

"1억짜리 외제차도 뽑았어. 그건 형이 준 돈이지?"

"……."

"나한테 가져간 그 5억, 그년 줬지?"

그러더니 소리 내어 길게 숨을 뱉는다.

"난 처음에는 윤미를 위해서라도 형이 그년하고 결합했으면 좋겠다는 생각이 들었어. 형 인간성을 알기 때문에 말야. 그런데 시간이 지나고 바뀌었어."

"……."

"형을 생각하는 비중이 많아진 거야. 형은 안돼. 그년하고 결합하면 불행해져. 형이 희생을 할 값어치가 없는 년야."

"너, 자꾸 년자 붙일래?"

수저를 내려놓은 윤성재가 조광수를 노려보았다.

"한 번만 더 그랬다가는 입을 미싱으로 박아 버릴 테다."

"미안, 형."

선선히 사과한 조광수가 헛기침을 하더니 조심스럽게 묻는다.

"형, 오후에 그 윤미 엄마한테서 전화 온 거지?"

윤성재의 시선을 받은 조광수가 작심한 듯 말을 이었다.

"형, 가소롭겠지만 들어. 혹시 형의 그 감정은 사랑이라기보다 집착 또는 변형된 질투 아닐까?"

휴대폰이 있으면 아무리 공항이 넓고 사람이 많아도 쉽게 찾는다. 다음날 오전 11시경, 베이징공항 입국장으로 들어서는 오혜원이 한손으로 휴대폰을 귀에 붙이고 있다.

"나, 나왔어. 어디야?"

"응, 나, 너 보고 있어."

하고 수화구에서 윤성재의 목소리가 울렸으므로 오혜원은 피식 웃는다.

"어디야, 어디?"

주위를 둘러보는 시늉을 하면서 걸어나오는 오혜원에게 시선이 모아졌다. 가방 하나만 든 오혜원의 용모는 그야말로 군계일학이다. 멀리서도 눈에 띄었다. 윤성재가 앞으로 다가서자 오혜원이 이제는 활짝 웃는다. 흰 이가 드러났고 눈이 가늘어졌다. 다가온 오혜원이 윤성재의 목을 두 팔로 감아 안았다. 거침없는 동작이어서 윤성재가 질색을 했지만 이미 늦었다. 오혜원이 윤성재의 입술에 입을 맞추더니 떨어졌다. 주위에서 짧은 웃음. 휘파람 소리가 잠깐 들렸다.

"이게 무슨 짓이야!"

눈을 치켜뜬 윤성재가 나무랐다가 곧 오혜원의 가방을 받아 쥐었다. 오혜원의 행동은 과장되었지만 싫지는 않다. 언젠가 한 번은 하고 싶었던 장면이 머릿속에 묻혀졌다가 끄집어내진 기분이다. 공항 건물 밖으로 나와 택시를 탔을 때 윤성재가 물었다.

"갑자기 웬 바람이 분 거야?"

"보고 싶어서."

불쑥 대답했던 오혜원이 제가 들어도 어색한지 피식 웃는다. 그러더니 창쪽을 바라보며 말했다.

"자기하고 같이 있으면 편해."

"……."

"고향집에 온 느낌이 이런 걸 거야. 아늑하고 기쁘면서 그냥 눕고만 싶고 가슴이 뭔가로 가득 찬 느낌…."

"야, 그만."

손바닥까지 펴보인 윤성재가 입맛을 다셨다.

"네가 그럴수록 난 시어미 맞는 며느리 느낌이 든다."

"어라?"

눈을 둥그렇게 뜬 오혜원이 윤성재를 보았다. 검은 눈동자 안에 자신의 얼굴이 볼록렌즈에 박힌 꼴로 찍혀 있는 것을 보고 윤성재는 침을 삼켰다. 그때 오혜원이 머리를 돌리면서 말한다.

"난 처음으로 겪는 감정이란 말야. 세상에서 자기한테서만 느끼는 감정."

오혜원의 옆모습에 시선을 준 채 윤성재는 숨을 참았다. 갑자기 목이 메었고 눈이 화끈거렸기 때문이다. 그래서 이까지 악물고 뭔가 터져 나오려는 감정을 참는다. 그것이 무엇인지는 알 수 없었지만 이 순간이 기쁜 것만은 부정할 수가 없다.

욕실에서 샤워를 하고 나온 오혜원이 가운 차림으로 소파에 앉는다. 퍼머한 머리가 가운에 닿았고 맨 얼굴은 유리 표면처럼 매끄럽다. 맨 다리를 꼬아 앉아서 발끝에 걸린 슬리퍼가 대롱거렸다.

"커피 줄까?"

커피 포트를 들고 다가온 윤성재가 묻자 오혜원이 웃었다.

"고마워."

"너, 그동안 더 예뻐졌다."

커피를 따르며 말하는 윤성재의 엉덩이를 오혜원이 손바닥으로 쓸었다.

"자기도 더 섹시해졌어."

"그게 칭찬이냐?"

"그럼."

오혜원이 앞쪽에 앉는 윤성재를 정색하고 보면서 말을 잇는다.

"우리한테는 너 말랐다는 말이 칭찬야."

"너희들이 굶어봐야지."

"그게 소원이라는 애들도 있어. 제발 없어서 못 먹게 되기를, 그래야 살이 빠지니까."

한 모금 커피를 삼킨 오혜원이 소파에 등을 묻더니 길게 숨을 뱉는다.

"아, 편안해."

그러더니 눈을 가늘게 뜨고 윤성재를 보았다.

"자기야, 한번 안아줄래?"

오혜원이 발을 흔들어 슬리퍼를 떨어뜨렸다. 그러자 미끈한 맨 발가락이 드러났다. 발가락 끝을 안쪽으로 오무려 보인 오혜원이 반들거리는 눈으로 윤성재를 보았다.

"응? 비행기 안에서부터 하고 싶었어."

알몸인 상반신을 다 드러낸 채 오혜원은 잠이 들었다. 머리칼이 한쪽 볼을 덮었지만 얼굴 옆선이 그림으로 그린 것처럼 곱다. 방안은 아직 열기가 식지 않았다. 함께 배출된 냄새도 지워지지 않았다. 상반신을 일으킨 윤성재가 시트를 당겨 오혜원의 탐스러운 가슴을 덮어 주었다. 오혜원의 고른 숨소리가 들린다. 방안은 밝다. 아직 오후 2시밖에 되지 않았다. 옷을 걸친 윤성재가 침대로 다가가 잠이 든 오혜원을 내려다보았다.

이마 위로 흩어진 머리칼 몇 올을 걷어준 윤성재는 몸을 돌려 호텔방을 나간다. 문이 닫히는 소리가 났을 때 누워 있던 오혜원이 눈을 떴다. 눈이 맑다. 잠에서 깨어난 눈이 아니다.

호텔 로비로 내려온 윤성재가 기둥 옆으로 다가가면서 휴대폰의 버튼을 누른다. 그러고는 귀에 붙였을 때 곧 발신음이 울리더니 응답소리가 들렸다.

"여보세요."

박민화. 지난번 서울에서 사진 묶음을 주고 나서 처음 목소리를 듣는다.

"응, 나야."

윤성재가 말했을 때 박민화는 잠깐 머뭇거리는 것 같더니 입을 열었다.

"갑자기 웬일야?"

"궁금해서."

"결과를 알고 싶어서?"

윤성재가 대답하지 않았으므로 다시 둘 사이에 말이 끊겼다. 옆으로 지나는 사람들의 발자국 소리가 신경에 거슬렸으므로 윤성재는 더 안쪽으로 자리를 옮겼다. 그때 박민화가 말했다.

"나, 정식으로 저쪽에 결혼 못하겠다는 통보 했어."

"……."

"물론 어머니한테도 양해를 얻었고, 어머니는 자기하고 결혼하지 않는다는 조건을 달았지만."

"당연하지."

하고 윤성재가 가볍게 말을 받았더니 박민화는 또 잠깐 말을 끊었다가 잇는다.

"민기영이한테는 그냥 싫다고 했어. 자꾸 이유를 묻길래 앞으로 남은 인생을 네 옆에서 지낼 걸 생각하니까 지겨워진다고 했지. 그랬더니 더 이상 아무 말 않더라구."

"……."

"나두 말야."

박민화의 목소리가 갑자기 밝아지는 느낌이 들었으므로 윤성재는 오히려 긴장했다. 그때 박민화가 말을 잇는다.

"나두 자기한테 그 그림 받은 다음날부터 007처럼 걔들 뒷조사를 시키지 않았겠어? 돈을 달라는 대로 줬더니 전화녹음에다 비디오도 만들어 오더라구."

얼굴이 굳어진 느낌이 왔으므로 윤성재는 손바닥으로 얼굴을 쓸었다. 그때 박민화의 말이 이어졌다.

"그것들 웃겨. 나한테 통보를 받기 전에도 두 번, 내가 끝내자는 말을 한 후로는 사흘에 한 번 꼴로 만나더구만. 그리고 걔는 지금까지 뭘 하고 먹고 살았는지 알아?"

"……."

"여행 동반자, 여행 갈 때 섹스 파트너로 따라가는 직업이야. 내가 시킨 남자애하고 같이 일본에도 다녀왔어. 3박4일로 말야. 비행기값까지 천만 원 들었지."

"……."

"꽤 비싸게 받아. 3박4일이면 150만 원씩 4일 값 줘야 돼. 6백이야."

"……."

"자기는 알고 있었지?"

"……."

"민기영이만 모르고 있었구만. 그 쪼다."

"……."

"내가 결혼 없는 것으로 하자고 했더니 둘이 호텔방에서 그 짓 하면서 상의를 하대. 그걸 듣고 소름이 끼쳤어."

"……."

"나하고 결혼하고 나서 오혜원이한테는 딴살림을 차려주려고 했던 거야. 일본이나 홍콩에 사업체를 만들어주고 말야."

박민화의 말에 열기가 더해졌다.

"아마 결혼하고 날 죽였을지도 몰라. 내가 가져간 유산 다 차지하려고 말야."

그러더니 말이 뚝 끊겼으므로 윤성재는 전화기를 귀에 더 붙였다가 흔들어 보기까지 했다.

"여보세요."

윤성재가 참다 못해 불렀을 때 박민화가 말했다. 잔뜩 가라앉은 목소리인 것이 운 것 같았다.

"그래도 넌 그 애 따라갈 거지?"

그렇게 물었던 박민화가 짧게 웃는다.

"난 개가 부럽다."

"어디 갔다 온 거야?"

방으로 들어선 윤성재에게 물었던 오혜원이 곧 손에 쥔 쇼핑백을 보았다. 그러더니 금방 얼굴이 환해졌다.

"쇼핑했어?"

"응, 네 옷하고 신발."

윤성재가 쇼핑백을 내밀자 오혜원이 서둘러 받아든다. 오혜원은 다시 가운 차림이다.

"와아."

쇼핑백을 풀어헤친 오혜원이 탄성을 질렀다. 얼굴을 활짝 펴고 웃는다. 백 안에는 오혜원의 청바지에 셔츠에다 양말, 운동화와 팬티류까지 가득 들어 있었기 때문이다.

"내 사이즈 알아?"

바지를 허리에 붙이면서 묻던 오혜원이 가운을 벗어던졌다. 그러자 알몸이 드러났지만 오혜원은 윤성재의 눈앞에서 팬티와 청바지를 차례로 입는다. 청바지는 맞춤처럼 딱 맞았으므로 오혜원은 다시 활짝 웃는다.

"이거 짝퉁 아니지?"

했다가 청바지의 상표를 확인한 오혜원이 상반신은 알몸인 채 다가와 윤성재의 목을 두 팔로 감아 안았다. 그러고는 입술을 내밀면서 눈을 감는다.

"키스해줘, 아주 오래."

다음날 오후 만리장성 위를 나란히 걷던 오혜원이 문득 손을 뻗어 윤성재의 손을 잡았다. 오후의 햇살을 받은 오혜원의 얼굴은 밝고 환하다. 장성 위는 관광객들로 혼잡했다. 그 사이에도 어깨를 부딪치고 손에 걸려 둘은 나란히 서기도 했다. 갖가지 언어가 뒤섞여 들린다. 영어, 독일어, 일어, 중국어, 한국어도 들린다. 그때 오혜원이 소리치듯 말했다.

"자기야, 나하고 결혼할래?"

주위에는 마침 서양인 무리가 에워싸고 있어서 무심한 표정들이다. 오혜원이 윤성재의 손을 힘주어 잡았다.

"나를 데리고 가지 않을래?"

다시 오혜원이 소리쳐 물었을 때 윤성재가 머리를 끄덕였다. 그러고는 걸음을 멈추고 오혜원의 허리를 당겨 안는다. 오혜원이 윤성재의 목을 두 팔로 감아 안으면서 말한다.

"사랑해."

그 순간 윤성재는 어금니를 물었다. 그리고 입을 연 순간이었다. 갑자기 눈물이 흘러내렸으므로 윤성재는 당황했다. 그래서 저도 모르게 오혜원의 입술에 키스했다. 오혜원은 눈을 크게 뜬 채로 윤성재의 입술을 받았다. 그러더니 목을 감은 팔을 더 뻗쳐 손가락 끝으로 윤성재의 눈물을 닦았다. 눈을 감은 윤성재의 눈에서는 한동안 눈물이 그치지 않았다. 지나던 외국인 서넛이서 탄성과 함께 휘파람을 불었다. 웃음소리도 났다.

그러나 둘은 감싸안은 채 한동안 떨어지지 않았다.

윤성재와 오혜원의 결혼식은 석 달 후인 12월 중순경에 경기도 고양시 외곽의 한옥에서 열렸다. 넓은 잔디밭과 옆쪽에는 작은 개울이 흐르는 경치 좋은 곳이었는데 한옥은 식당이어서 하루 임대를 한 것이다. 양가 가족과 친지 30여 명만 참석해서 오붓하게 거행되었지만 결혼식 내내 신부의 표정이 밝았다. 그래서 윤성재의 회사 대표로 참석한 마오는 오혜원의 웃음 짓는 모습에 홀린 듯 시선을 떼지 못했다. 신랑 친구 자격으로 참석한 민기영은 둘러리를 섰는데 박민화의 모습은 보이지 않았다. 두 달 전에 파리로 3년 과정의 디자인 공부를 하러 떠났기 때문이다. 박민화가 운영하던 카프리 디자인은 그동안 어머니 서주연이 맡기로 했다.

"야, 부럽다, 야."

결혼식이 끝나고 양가 가족과 친지가 뿔뿔이 흩어질 때 둘 옆으로 다가온 민기영이 술기운에 붉어진 얼굴로 말했다. 둘은 이제 신혼여행을 떠나려고 대문 앞에 주차된 승용차로 다가가는 중이다. 윤성재의 시선을 받은 민기영이 얼굴을 부풀리며 웃는다.

"결국은 네놈이 먼저 골인했구만."

차에 타려는 둘의 머리 위로 꽃가루와 인조 꽃까지 떨어졌다. 금박 뭉치가 뿌려졌으므로 윤성재는 화를 내었다. 그러자 웃음소리와 함께 쌀이 쏟아졌다. 둘이 차 안으로 들어설 때 친구들의 갖가지 외침이 쏟아졌는데 윤성재는 가깝게 선 민기영의 목소리를 맨 마지막으로 들었다.

"야! 잘 다녀와! 너무 힘 빼지 마!"

차에 탄 윤성재가 머리를 돌려 오혜원을 보았다. 그 순간 윤성재는 숨을 멈춘다. 오혜원의 눈에서 눈물이 흘러내리고 있었기 때문이다. 차는 이제 식장 앞 도로를 꺾어 국도로 들어서는 중이다. 윤성재의 시선을 의식한 오혜원이 가방에서 손수건을 꺼내더니 얼굴을 조심스럽게 닦았다. 결혼식 내내 밝게 웃던 모습이 순식간에 변해 있었다. 그때 윤성재가 팔을 뻗어 오혜원의 어깨를 감아 안았다.

"내가 노력할 테니까."

윤성재가 앞쪽을 보면서 한 마디씩 또박또박 말했다.

"네가 행복해지도록 말야."

"고마워."

손수건으로 코를 푼 오혜원이 머리를 윤성재의 어깨에 기대었다.

"자기는 참 좋은 남자야."

"너한테는."

불쑥 말한 윤성재가 소리 없이 웃는다.

"아무리 미인이래두."

불쑥 말을 뱉고 난 오미연이 입을 꾹 다물었으므로 윤서진이 시선을 준다. 집으로 돌아가는 차 안이다. 택시 뒷자리에 나란히 앉은 모녀 사이에는 잠시 정적이 흘렀다. 오미연은 조금 전까지만 해도 분위기가 밝았다. 결혼식에 신랑 어머니로 참석한 터여서 윤성재한테서도 깍듯하게 어머니 대접을 받은 것이 그 이유가 될 것이다. 결혼식 자체는 별 의미가 없었다는 것이 조금 전의 몇 마디 말로 드러났다. 그때 참지 못한 듯 오미연이 말을 잇는다.

"애 딸린 이혼녀라니, 성재가 너무 과분한 상대다."

윤서진이 잠자코 있는 것을 오미연은 동조하는 것으로 느낀 것 같다. 오미연의 목소리가 점점 격해졌다.

"내가 이런 처지가 아니었다면 결혼에 반대했을 거다. 그게 서럽다."

"엄마, 어떡해, 이미 끝났는데. 그리고…."

심호흡을 한 윤서진이 말을 잇는다.

"오빠가 올케를 좋아하는 것 같아. 그럼 됐지 뭐."

"그거야 그렇지만."

힐끗 택시 운전사의 뒤통수에 시선을 준 오미연이 말을 이었다.

"걔, 내내 웃음을 보이는 것이 카메라 앞에 선 탤런트 같았어. 네 오빠가 여자는 잘 모르는 것 같다."

다시 차 안에 정적이 흘렀다. 윤서진이 손을 뻗어 오미연의 손을 쥐었다. 그러자 오미연도 마주 잡은 손에 와락 힘을 주었다. 두 달 전부터 오미연과 두 자식, 그리고 윤서진까지 네 식구는 한집에 산다. 물론 윤성재의 허락을 받은 것이다. 대신 윤성재는 자주 연락을 해오는 대신 그동안 넷이 사는 새 아파트에 한 번밖에 다녀가지 않았다. 그 한 번도 집 안에 머문 시간이 30분밖에 되지 않았다. 이윽고 오미연이 길게 숨을 뱉고 나서 말했다.

"나 같은 여자가 아니었으면 좋겠구나, 걔가."

신혼여행은 일주일간 이집트에서 지내다 돌아올 예정이었다. 둘 다 주마간산 유형의 여행을 싫어하는 성격인데다 특히 단체로 묻어다니는 것은 질색이었기 때문이다. 카이로에 도착한 두 사람이 나일강변에 위치한 힐튼호텔 특실에 투숙한 것은 오후 4시경이었다. 긴 여행에 지친 오혜원이 저녁 먹을 때까지 자겠다면서 침대에 눕는 바람에 윤성재는 혼자 로비로 내려왔다. 안쪽의 매장을 어슬렁거리던 윤성재가 휴대폰의 진동을 느끼고는 꺼내 들었다. 발신자는 조광수였다. 심호흡을 한 윤성재가 전화기를 귀에 붙인다. 기다리고 있었던 것이다.

"응, 나다."

"형, 괜찮아?"

먼저 조광수가 그렇게 묻는 바람에 윤성재는 쓴웃음을 짓는다.

"응, 호텔 로비야."

"윤미 엄마는?"

"피곤하다면서 방에 누워 있다."

그러자 수화구에서 혀 차는 소리가 들리더니 조광수가 말을 잇는다.

"형, 축하해. 진심이야."

"고맙다."

시선을 앞쪽에 둔 윤성재의 표정이 일그러졌다. 윤성재가 오혜원과 결혼한다는 사실을 알렸을 때 조광수는 놀라지 않았다. 예상하고 있었던 것 같았다. 조광수도 다음 달에 미미와 중국에서 결혼할 것이다. 미미와 조광수는 공동 명의로 아파트를 구입했고 거기에다 250평 규모의 한식당이 다음 주면 영업을 시작한다. 이제 조광수는 중국에서 살아갈 것이었다. 조광수가 말을 잇는다.

"내가 형한테 꼭 축하한다는 전화를 해야겠다는 생각이 들어서."

"그래서 나도 네가 전화를 할까 봐 로비로 내려와 있었다."

웃음 띤 얼굴로 윤성재가 말했다.

"거긴 밤 10시가 넘었겠구나."

"응, 미미하고 같이 있어."

"잘 살아라."

"형."

조광수가 억양 없는 목소리로 부르더니 잠깐 머뭇거렸다. 지난주부터 조광수와 미미는 사무실을 떠난 것이다. 조광수가 오혜원을 만나는 일이 생기면 안 되기 때문이기도 하다. 오혜원에게 조광수는 산에 묻혀 있는 인간인 것이다. 조광수가 말을 잇는다.

"형한테 내가 이런 이야기 하는 게 참 부끄럽지만."

"말해."

"형."

"말하라니까?"

"윤미를 부탁해."

그러더니 수화구에서 콧물 마시는 소리가 났다. 윤성재는 숨을 죽였고 조광수가 다시 말한다.

"걔, 내가 아빠 노릇도 못하고 지 엄마는 엄마대로…."

"……."

"참 불쌍한 애야, 형."

"……."

"형이 있으니까 얼마나 든든한지 몰라. 형, 이런 말 하는 것이 부끄러워서."

"마, 됐다."

"형."

"얀마, 전화 끊자."

"형, 축하해."

"이 새끼, 죽은 놈이 웬 말이 이렇게 많아?"

그러고는 윤성재가 생각난 듯 덧붙인다.

"윤미 걱정은 마라, 내가 키울 테니까."

카이로에서 서쪽으로 10여 킬로 떨어진 기제(Gizeh)의 사막에 3기의 피라미드와 스핑크스가 있다. 오늘도 세 개 피라미드 중 가장 큰 쿠푸왕의 피라미드 주위에는 관광객이 들끓었다. 안으로 들어가려는 긴 줄이 개미떼의 행렬 같다.

"더워."

낙타 등에 탄 오혜원이 소리쳐 말했지만 웃음기 머금은 표정이다. 짙은 선글라스 밑의 입술이 벌어져 있다. 윤성재가 탄 낙타와 나란히 사막 위를 걷고 있는데 태양빛에 대지가 금방 말라 부서질 것 같은 느낌이 든다. 그러나 두 마리의 낙타는 각각 주인에게 고

뻬를 잡힌 채 피라미드를 왼쪽으로 두고 터벅터벅 사막을 걷는 중이다. 주위에는 아무도 없고 피라미드의 주위에 모인 관광객들이 점점 더 작아지고 있다. 오혜원이 마른 대기 속으로 다시 소리치듯 묻는다.

"자기야, 행복해?"

오혜원의 시선을 받은 윤성재가 이를 드러내고 환하게 웃는다. 그러고는 소리쳤다.

"그럼, 세상을 다 얻은 것 같아."

윤성재가 피라미드를 향해 두 팔을 벌려 보였다.

"저 피라미드를 세운 왕이 부럽지 않다, 혜원아."

"바보야, 저건 죽은 자를 위해 세운 거야."

웃으며 오혜원이 소리쳤지만 윤성재는 머리를 저었다.

"저만큼 쌓아 놓은 돈, 저만큼 높은 권력 따위도 너하고는 바꾸지 않겠다는 말이야, 이 바보야."

"내가 그렇게 좋아?"

선글라스에 덮인 눈은 볼 수 없었으므로 웃음 띤 입만 보인다. 그렇게 묻는 오혜원을 응시하며 윤성재가 소리쳤다.

"다 버리고 다 잊을 만큼."

이글거리는 태양열과 뜨겁게 달아오른 모래언덕의 열기 사이로 목소리가 힘차게 뻗어 나갔다.

"널 사랑한다, 혜원아."

오혜원이 피라미드와 모래언덕 그리고 윤성재를 번갈아 보았다. 한 번, 두 번, 세 번이나 보고 또 보았다. 이제는 입술이 꾹 닫혀져 있다. 그러나 선글라스가 너무 커서 표정이 잘 드러나지 않는다. 낙타는 한 걸음씩 지치지도 않고 걷는다.

밤. 열려진 베란다 문을 통해 나일강을 훑고 온 바람이 몰려왔다. 물 비린내. 습기를 띤 비린내에다 매운 땅 냄새가 섞여 있다. 방의 불은 꺼놓았지만 창밖에서 흘러들어온 반사광에 사물 윤곽이 선명하게 드러났다. 윤성재는 한쪽 팔로 감아 안고 누운 오혜원이 이제는 숨소리를 뱉는 것을 듣는다. 땀에 젖었던 오혜원의 피부가 서늘해져 가는 중이다. 천정에 매달린 샹들리에의 크리스털 장식이 흔들리면서 희미한 소리를 낸다. 창밖의 나일강 위를 지나는 화물선 엔진 소음도 들린다.

그때 오혜원이 몸을 뒤척이더니 윤성재 쪽으로 몸을 붙였다. 둘 다 알몸이어서 피부가 닿은 부분에 매끄러운 감촉이 느껴졌다. 그리고 차다. 조금 전에 끝낸 섹스의 여운이 아직도 남아 있는 터라 윤성재의 남성이 다시 꿈틀거렸다.

"어머, 또."

남성을 느낀 오혜원이 키득 웃더니 몸을 더 빈틈없이 밀착시켰다. 그러고는 윤성재의 가슴에 볼을 붙인 채로 말한다.

"민기영 씨 안됐어, 그치?"

윤성재가 퍼뜩 눈을 치켜떴지만 오혜원은 볼 수가 없다. 오혜원이 말을 잇는다.

"난 처음부터 민화가 자기한테 호감을 품고 있다는 걸 알았어."

"……."

"여자끼리는 알 수 있어. 아무리 위장을 해도 말야."

"……."

"민화는 항상 나하고 경쟁했지. 겉으로는 베푸는 것 같았지만 아냐. 날 질투하고 견제했어."

심호흡을 한 윤성재가 오혜원의 어깨를 끌어당겨 더 세게 안았다. 오혜원은 그것을 격려의 동작으로 받아들인 것 같다. 오혜원이 말을 잇는다.

"난 민화가 자기하고 결혼하고 싶다는 말을 들었을 때 놀라지 않았어. 올 것이 왔다는 생각이 들었지."

"……."

"그런데 다시 원점으로 돌렸다가 또 번복했을 때."

머리를 든 오혜원이 윤성재를 내려다보며 웃는다. 어둠 속에서 흰 이가 반짝였다.

"난 자기하고 민화가 결혼하기로 합의를 한 줄 알았어. 민화의 집념이 보통은 아니거든."

오혜원의 시선을 받은 윤성재가 따라 웃는다. 알고 있었던 것이다. 갑자기 중국으로 오혜원이 찾아왔을 때부터 뭔가 이상했었다. 그래서 베이징 호텔방에 오혜원을 놔두고 로비로 내려와 박민화에게 전화를 해보았던 것이다. 박민화가 다시 결혼 약속을 파기하자 오혜원은 당연히 그렇게 생각할 만했다. 박민화와 윤성재의 결혼 약속 외에는 다른 이유가 없을 것이었다. 그래서 중국으로 날아와 자신에게 결혼을 신청했다. 박민화에게 빼앗기지 않으려는 이유보다 민기영을 박민화와 맺어주려는 의도가 더 컸지 않았을까?

파리에 있는 박민화는 지금도 그렇게 믿고 있다. 박민화뿐만 아니다. 이제 네 남녀의 내막을 다 아는 조광수도 그렇게 믿는다.

그때 윤성재가 웃음 띤 얼굴로 말한다.

"그래서 갑자기 중국으로 날아왔던 거야?"

"응, 그래."

다시 윤성재의 가슴에 볼을 붙인 오혜원이 차분한 목소리로 말을 잇는다.

"확인해 보려고."

"나하고 박민화의 관계?"

"자기의 나에 대한 감정."

그러더니 오혜원이 몸을 들어 윤성재의 몸 위에 엎드렸다.

"그래서 이렇게 우리가 만들어졌지."

윤성재가 손을 뻗어 오혜원의 엉덩이를 움켜쥐었다. 아픈지 짧게 신음한 오혜원이 더운 숨을 뱉더니 문득 머리를 들고 윤성재를 보았다.

"어쨌든 민기영이 좀 안됐어."

"……."

"민화한테 휘둘리기만 했거든."

오혜원이 더운 숨결로 윤성재의 목을 훑고 내려가면서 말한다.

"하지만 또 기회가 있겠지."

신혼 살림집은 마포 서교동의 60평형 연립주택이었는데 전에 오혜원이 살던 집에서 가까웠다. 새로 지은 집인데다 구조상 두 가구가 살아도 불편하지 않도록 되어 있어서 오혜원의 어머니 정선주와 함께 살기에도 안성맞춤이었다. 정선주는 처음에 극력 사양했다. 윤성재한테 대놓고 말하기를 데리고 온 딸도 있는 판에 친정어머니까지 끼어 간다면 낯뜨거워서 얼굴도 못 들고 다니게 될 것이라고도 했다. 그러나 윤성재가 중국 회사일로 자주 집을 비우게 될 상황을 말하고 설득을 한 끝에 겨우 동거 허락을 받았다.

신혼여행에서 돌아온 윤성재는 집에서 사흘간 머문 후에 칭다오로 돌아왔다. 그동안 칭다오 사무실은 미미와 조광수가 나간 대신 남자 둘, 여자 한 명이 채용되었다. 오더가 늘어나면서 인원도 증원된 것이다.

"윤, 내가 그동안 얼마나 고생했는지 알아?"

마오가 눈을 부릅뜨고 말하더니 목소리를 낮췄다.

"요즘은 덜렁이 조까지 그립더라니까."

덜렁이 조는 조광수를 말한다. 잘난 척하고 덜렁대는 조광수를 마오는 좋아하지 않았다. 미미가 조광수하고 연인 관계가 되었을 때 가장 걱정했던 사람이 마오였다. 도무지 안심할 수가 없다면서 윤성재한테 대놓고 불평하던 마오가 그리워할 정도로 일손이 바빴다는 것이다. 새로 회사에 오면 한두 달은 헤매기 마련이다. 별

도움은 되지 않았을 것이다. 밀린 일이 많았으므로 윤성재는 이틀간 꼬박 사무실에서 숙식했다. 80평형 오피스텔을 개조한 새 사무실이라 안쪽에 숙식 시설이 있는 것이다.

박민화의 전화가 온 것은 오후 6시. 사무실로 전화를 해왔다.

"지금쯤 돌아와 있을 줄 알았지."

윤성재가 응답했을 때 박민화는 차분한 목소리로 말했다. 그러더니 윤성재가 미처 말을 내놓기도 전에 잇는다.

"어때? 행복해?"

"고마워."

동문서답이었지만 박민화에게만은 거짓말을 할 수가 없는 것이다. 행복하다고 해도 뒤가 걸렸으며 그렇지 않다고 하는 것은 말도 안 된다. 그러자 박민화가 짧게 웃는다. 사무실에는 지엔이라는 이름의 여직원 한 명뿐이었고 한국어는 모른다.

"정말 궁금해, 나는."

박민화가 웃음 띤 목소리로 말을 이었다.

"어떻게 그렇게 다 덮고 지날 수가 있지? 내가 자기를 떠올리면 어떤 그림이 그려지는 줄 알아?"

"……."

"어두운 방안, 꿈틀거리는 뱀과 함께 누워 있는 자기야. 무서워."

"……."

"사랑? 아냐, 아닐 거야. 가둬 두고 싶은 거지. 결혼이라는 굴레로. 그래서 겨우 그것으로 만족하려는 거야."

"……"

"나에 대한 열등감이 바닥에 깔려 있어 내가 오히려 평가절하 되었어. 내가 가진 재산에 대한 열등감. 그건 자기나 오혜원도 마찬가지야."

"……"

"오히려 민기영이 더 정직했지."

"거긴 몇 시야?"

불쑥 윤성재가 물었더니 박민화가 대뜸 대답한다.

"여긴 오전이야, 왜?"

"넌 시작하는구나. 난 끝나가는데."

"그건 무슨 수작이야?"

"사람마다 환경이 다른 거다. 네 기준에 맞추지 마."

"억지소리."

"난 여전해. 혜원이가 무슨 짓을 했건 간에 내 옆에만 있어 준다면 최선을 다할 거야. 그럴 자신도 있고."

이제는 박민화가 입을 다물었고 윤성재의 말이 이어진다.

"두고 봐라. 혜원이는 날 사랑하게 된다. 그 사랑이 어떤 유형인지는 모르겠어. 난 오혜원식의 사랑이고 희생이면 족하다. 난 오혜원이한테 맞추기로 한 거야."

그때 전화기에서 신호음이 울렸으므로 윤성재는 말을 멈춘다. 통화가 끊겨 있었던 것이다.

"오늘 시간 있니?"

민기영이 물었으므로 오혜원은 풀석 웃었다. 오후 6시 반. 세 식구가 마악 저녁을 마친 참이다. 어머니는 개수대에서 설거지를 하는 중이었고 오혜원은 윤미 옷을 갈아입히다가 전화를 받았다. 옷을 다 입은 윤미가 텔레비전을 보려고 소파로 갔고 오혜원은 휴대폰을 귀에 붙이고는 베란다 쪽 벽에 어깨를 기대고 선다. 여기서는 앞쪽 작은 동산이 보인다. 다듬어진 짙은 숲과 뾰족한 탑이 있는 교회가 마치 서양의 마을 같다.

그때 민기영이 다시 묻는다.

"바쁘지 않으면 한잔 해. 그 친구도 중국 가 있다면서?"

"술 싫어."

"그럼 섹스라도."

거침없이 말했던 민기영이 어색한지 목소리에 웃음기가 섞여졌다.

"이젠 간통이 되나?"

"시끄러워."

"보고 싶다. 만나자."

"이젠 안돼."

정색한 오혜원이 심호흡을 했다. 신혼여행에서 돌아온 후부터 계산하면 두 번째 걸려온 전화다. 첫 번째는 이틀 전, 윤성재가 중국으로 떠난 다음날이었는데 떠난 것을 아는 것처럼 거침없이 전화를 걸었다. 그때는 안부만 묻고 끊더니 오늘은 본색을 드러내었다.

그때 민기영이 물었다.

"오혜원이 그것밖에 안 되는 인간이었어?"

"쓸데없는 소리 마."

"나하고 약속한 건 다 빈말이었나?"

"시끄러."

"윤성재한테 맞춰 살겠다는 거야?"

"전화 끊을게."

오혜원이 휴대폰 덮개를 닫았다. 그때 개수대에 서 있던 정선주가 머리만 돌려 오혜원을 보았다.

"누구냐?"

"친구."

그러자 정선주가 몸을 돌리더니 오혜원을 똑바로 보았다.

"남자 아니지?"

"엄마는? 미쳤어?"

눈을 치켜뜬 오혜원을 향해 정선주가 어깨를 늘어뜨리며 길게 숨을 뱉는다.

"내가 네 에미야. 나만큼 널 아는 사람도 없지."

"그게 무슨 말야?"

"윤서방, 좋은 사람이야."

"엄마, 도대체 왜 그래?"

"윤서방 가슴 찢으면 안돼."

이제는 어깨만 부풀리고 선 오혜원을 향해 정선주가 말을 잇는다.

"윤미한테 윤서방만한 아빠가 없어. 내가 윤미를 대하는 윤서방을 봤어."

"……."

"남자 정리해."

"아니, 내가."

했지만 오혜원은 마침내 정선주의 시선을 받지 못하고 외면했다. 정선주가 한 마디씩 또박또박 말한다.

"더 이상 남자 가슴을 찢으면 너 벌 받는다. 엄마 말 명심해."

"웃겨."

오혜원이 코웃음을 치고 윤미 옆에 앉는다. 그때 텔레비전을 보던 윤미가 와락 웃었으므로 오혜원이 따라 웃었다. 금방 얼굴이 환해져 있다.

조광수와 미미의 결혼식은 칭다오에서 가장 큰 해산물 식당에서 열렸다. 해산물 식당은 바닷가에 있는데다 주위는 번화가였다. 윤성재의 결혼식과는 모든 것이 대조적이었다. 조광수는 석 달 가깝게 사귄 칭다오 주재 한국인들을 초대했는데 윤성재도 입이 벌어졌다. 대사관 영사에다 은행 지점장, 교민회장, 천주교 성당 신부님과 교회 목사님은 네 분이나 참석했다. 조광수는 어려서 부모를 잃은 독자였으므로 한국에서 친척 대여섯 분이 초대되었는데 모두 점잖았다. 수백 명의 하객들이 들끓는 식장은 화려했고 혼잡한데다 활기가 넘쳐 흘렀다. 신부측 가족은 모두 만족한 표정이었다. 그것을 본 신부 미미도 결혼식 내내 생글거렸기 때문에 놀림까지 받았다.

식이 다 끝나갈 무렵 하객들에게 인사를 다니던 조광수가 윤성재에게로 다가왔다. 조광수는 이곳저곳에서 얻어 마신 술로 조금 취한 상태였다.

"형, 다 형 덕분이야."

붉어진 얼굴로 조광수가 선 채로 윤성재의 잔에 백주를 따른다. 50도짜리 술이다. 윤성재는 마오와 회사 직원들과 함께 앉아서 잔을 받는다. 마오가 떠들썩한 목소리로 축하 인사를 했다. 물론 중국어였고 대충 알아들은 조광수가 고맙다는 인사와 함께 술을 따른다.

"인마, 술 많이 마시지 마. 친척 어른들도 계신데."

윤성재가 낮게 주의를 주자 조광수가 머리를 끄덕였다.

"신경쓰지 않아도 돼. 재들, 내가 일당 주고 고용한 조선족이야. 친척은 개뿔."

눈만 치켜뜬 윤성재의 귀에 대고 조광수가 말을 잇는다.

"내가 형 가정에 눈곱만큼이라도 피해를 주면 안 되지. 난 안산 외곽의 산기슭에 묻혀 있는 시체니까."

그리고 소리 없이 웃는다.

"그래서 한국에선 한 사람도 안 불렀어."

밤 10시 반. 숙소 소파에 앉아 텔레비전을 보던 윤성재가 머리를 돌려 탁자 위에 놓인 휴대폰을 보았다. 그러나 자리에서 일어나 창가로 다가가 선다. 창밖의 칭다오 시가지는 불빛이 휘황했다. 차도를 가득 메운 차량이 야광충 무리처럼 붉은 꽁무니를 내민 채 천천히 흘러가고 있다. 팔짱을 끼고 선 윤성재가 창밖으로 시선을 준 채 한동안 움직이지 않는다.

어느덧 봄이다. 결혼한 지 넉 달째가 되었다. 이제는 서로 더 익숙해져서 집에 같이 있어도 있는 듯 없는 듯한 상태가 되었다고 며칠 전에 오혜원이 말했다. 윤미는 오혜원보다 윤성재를 더 따른다. 그래서 중국으로 돌아올 때는 옷을 잡고 떼를 쓰기도 한다.

휴대폰이 벨 소리를 내고 있는 것을 텔레비전 소음 때문에 못 들었다. 우연히 안쪽을 보았다가 휴대폰이 반짝이고 있었던 것이다. 서둘러 다가간 윤성재가 휴대폰을 집어 발신자 번호부터 보았다. 모르는 번호지만 한국에서 걸려온 전화였으므로 윤성재는 전화기를 귀에 붙였다. 그러고는 리모컨으로 텔레비전 음소거를 한다.

"여보세요."

"윤 사장님이시죠?"

낮고 조심스런 사내의 목소리가 들렸다.

"예, 그런데요."

"늦은 시간에 죄송합니다. 여긴 한국입니다."

"그건 압니다. 그런데…."

"전 최우식이라고 합니다. 종합서비스센터를 운영하고 있지요."

"……."

"박 사장님께서 윤 사장님께 보고를 드리라고 하셔서요. 놀라게 해드린 것 같습니다."

"박 사장이라뇨?"

짚이긴 했지만 윤성재가 묻자 사내가 차분하게 대답했다.

"박민화 사장님입니다."

"……."

"저기, 지금 10시 40분 현재 오혜원 씨는 서교동 렉스호텔 707호실에서 민기영 씨와 같이 있습니다. 호텔방에 들어간 지는 에, 55분이 조금 지났습니다."

"……."

"파리의 박민화 씨께 보고했더니 바로 윤 사장님께도 말씀을 드리라고 해서요."

"……."

"지금 저희 직원이 방 안 장면을 녹화하고 있을 것입니다. 좀 힘이 들었지만 요즘은 기계가 발달해서요."

"……."

"저기, 오혜원 씨는 결혼 후에 20일이 지난 후부터 오늘 현재까지 민기영 씨와 8번 만났습니다. 모두 밤에 만났는데 날짜와 만난 시간, 장소, 그리고 현장사진을 빠짐없이 확보해 놓았습니다."

"……."

"저기, 놀라게 해드려서 죄송합니다. 고객의 지시여서 저도 어쩔 수가 없었습니다. 양해를…."

"됐습니다."

"이만 끊겠습니다. 안녕히…."

그리고 통화가 끊겼다. 말을 하다 보니 안녕히 계시라고 하기가 미안했을 것이다.

"나야."

박민화는 기다리고 있었던 것 같다. 신호음이 두 번 울리고 나서 전화를 받았는데 목소리가 담담했다. 파리의 박민화하고는 처음 통화를 한다. 거의 반년 만의 통화였다.

"너 왜 그래?"

대뜸 윤성재가 물었지만 이쪽 목소리도 가라앉았다. 소파에 등을 붙인 윤성재가 입에 문 담배에 불을 붙였다. 그러자 박민화가 물었다.

"눈 감고 살기로 했니?"

그러더니 대답을 듣지도 않고 잇는다.

"그게 사는 거야?"

담배연기를 길게 뿜은 윤성재의 귀에 박민화의 말이 이어졌다.

"나 너한테 이제 미련 없어. 하지만 네 꿈은 깨뜨려야만 속이 풀리겠다. 그 이유좀 물어줄래?"

"……."

"다 연관이 있기 때문야. 나, 너, 민기영 그리고 오혜원."

"……."

"그 중에서 누가 가장 나쁜지 아니?"

"……."

"바로 너야, 윤성재. 이 개새끼."

그러더니 박민화가 소리내어 웃는다. 이맛살을 찌푸린 윤성재가 휴대폰을 더 밀착시켜 유심히 들었지만 웃음소리는 맑고 밝다. 여운까지 있다. 박민화가 말을 잇는다.

"나머지 셋은 다 제 처지에 성실해. 열심히 간통을 하고 정직하게 상처받아서 내던져졌어. 그런데 넌 뭐니?"

"……."

"너 그 두 연놈의 불륜, 내 너덜거리는 상처 다 즐기고 있는 거지?"

"……."

"네가 우리 셋 위에서 내려다보고 있는 거지? 이 개자식."

그리고 전화가 끊겼으므로 윤성재는 손에 쥔 담배를 보고 나서 서둘러 입에 붙였다. 깊게 빨아들이자 꺼져가던 불씨가 살아났다. 연기를 앞으로 길게 내뿜은 윤성재가 머리를 들고 텔레비전을 본다. 소리를 죽였기 때문에 그림만 맹렬하게 움직이고 있다. 연속극이어서 여자가 울부짖고 있었지만 감동이 일어나지 않는다. 윤성재는 리모컨을 들어 화면을 껐다.

제9장

8월 말이 되었지만 더위는 물러나지 않는다. 올해는 유난히 덥고 가뭄이 계속되어서 해수욕장은 연일 사상 최고 인파를 경신했다.

"어때? 좀 늦었지만 우리 바닷가에 며칠 다녀올까?"

한국에 온 지 이틀째 되는 날 아침, 바이어와의 약속 때문에 외출 준비를 하던 윤성재가 묻는다.

"응? 어디?"

넥타이를 건네며 오혜원이 물었을 때 윤성재가 잠깐 생각하는 시늉을 한다.

"글쎄, 강릉이 어때?"

"거긴 너무 유명해서 사람이 많아."

대뜸 말을 받은 오혜원이 넥타이를 매는 윤성재를 거들었다. 보기 좋은 모습이었고 표정도 밝다.

"그럼 어디가 좋아?"

윤성재가 묻자 오혜원이 넥타이를 응시하면서 대답했다.

"여름 다 갔는데 가을 단풍이나 보러 가지 뭐."

"그럴까? 그래도 괜찮겠어?"

윤성재의 시선을 받은 오혜원이 피식 웃는다.

"누가 뭐래? 그렇게 신경 안 써도 된다네요. 열심히 회사일이나 하셔."

"현모양처로군."

쓴웃음을 지은 윤성재가 오혜원의 엉덩이를 손바닥으로 툭 쳤다.

"아야."

이맛살을 찡그린 오혜원이 한걸음 물러서자 윤성재가 저고리를 집으며 웃는다.

"엄살은."

"거기 건드리니까 충격이 앞으로 오잖아? 어젯밤 자극이 아직 남아 있단 말야."

"어이구, 이 색골."

"누가 할 말인데?"

저고리를 입은 윤성재에게 다가선 오혜원이 두 팔로 목을 감아 안으며 매달렸다. 방 안에는 둘뿐이었고 집안은 조용하다. 정선주는 윤미를 동네 유치원에 데려다 주러 간 것이다.

"키스해줘."

오혜원이 눈을 감으며 입술을 내민다. 화장기 없는 얼굴이지만 윤기가 났고 짙은 속눈썹이 비 오는 날 닫혀진 사립문 같다. 윤성재는 오혜원의 입술을 부드럽게 빤다. 그러고는 오혜원의 입술이 열리기 전에 몸을 떼었다.

그동안 베트남에 공장을 설립했기 때문에 마오가 공장 사장으로 옮겨갔고 칭다오 사무실 직원은 8명으로 늘어났다. 한중 합작회사 형식이었지만 한국인은 윤성재뿐이다. 그러나 동업자인 마오와 호흡이 맞아서 회사는 일취월장이었다. 불황이었지만 오더는 전년 대비 50% 가깝게 증가한 상황이다.

바이어 상담을 마친 윤성재가 소공동의 중식당 '화원'에 들어섰을 때는 저녁 6시 반이었다. 이미 예약을 한 터라 방으로 안내된 윤성재는 자리에서 일어서는 최우식을 보았다. 그동안 귀국할 때마다 만났으므로 최우식이 웃음 띤 얼굴로 윤성재를 맞는다. 30대 중반의 최우식은 말쑥한 외모에 인상도 좋다. 원탁에 마주 보며 앉았을 때 최우식이 쓴웃음을 지으며 말한다.

"난 처음에 윤 사장님을 만났을 때 어색했어요. 이상하기도 했고. 그리고…."

"변태 같다는 생각도 하셨겠지요. 그런 변태도 있다고 들었으니까."

말을 받은 윤성재가 마침 방으로 들어선 종업원에게 요리를 시켰다. 주문을 받은 종업원이 방을 나갔을 때 윤성재가 웃으면서 말을 잇는다.

"파리에 있는 사람은 내가 가장 나쁜놈이라고 하더군요. 셋의 상처를 위에서 내려다보면서 즐긴다고."

최우식은 종합서비스센터 사장으로 지금도 오혜원의 뒷조사를 하고 있는 것이다. 물론 의뢰자는 박민화였고 요금도 낸다. 물수건으로 손을 닦으면서 윤성재가 혼잣소리처럼 말한다.

"하지만 어떻게 합니까? 가로막을 수도 없는 노릇이고 사실을 알고 있다면서 추궁을 하면 백발백중 갈라서게 될 테니 그건 못하겠고."

머리를 든 윤성재가 최우식의 시선을 받고는 빙긋 웃는다.

"그리고 오혜원이도 저하고 같이 있는 동안은 나한테 집중하고 있는 것처럼 느껴지거든요."

"……."

"또 나는 외국에 회사가 있어서 한 달에 20일은 나가 있는 상황 아닙니까?"

"일주일 전에 오혜원 씨는 민기영이하고 강릉 경포대에 갔습니다. 2박3일간 놀고 왔죠."

불쑥 최우식이 말하자 윤성재가 쓴웃음을 짓는다.

"그래서 내가 아침에 강릉이나 가자고 했더니 거긴 너무 유명해서 싫다고 했구만."

"비디오도 찍어 놓았지만 그건 재미없으실 테고 이 녹음테이프나 들어 보실랍니까?"

그러더니 최우식이 손가방에서 소형 녹음기를 꺼내 식탁 위에 놓으며 말한다.

"중요한 부분만 편집했습니다."

최우식이 버튼을 누르자 곧 오혜원의 목소리가 방안에 울린다.

"올 때마다 피임약은 먹는데 그 친구는 은근히 애를 바라는 것 같아. 지난번에도 지나가는 말로 그 소식 없느냐고 묻더라니까?"

그러자 민기영이 웃음 띤 목소리로 말을 받는다.

"왜? 하나 낳지 그래?"

"진심이야?"

오혜원이 날카롭게 묻더니 곧 민기영의 비명, 웃음소리, 그리고 오혜원의 목소리가 이어졌다.

"그 친구 참 좋은 사람이긴 해. 어떤 때는 이러는 내가 밉기도 하고. 하지만 그렇게 살기는 싫어."

"그렇게 살다니? 그만하면 중상은 되지 않아? 성재는 베트남에 공장까지 차리고 점점 나아지던데."

"그게 그거지. 우물 안 개구리."

"넌 요물이야."

"맞아."

그러더니 목소리 분위기가 바뀌어졌다. 장소를 옮겼거나 시간이 조금 지난 것 같다. 오혜원이 말한다.

"올겨울이 되기 전에 끝내야겠어."

그 순간 최우식이 힐끗 윤성재의 눈치를 보았다. 그러나 윤성재는 태연했다. 그때 종업원이 요리 접시를 들고 들어섰으므로 최우식이 버튼을 눌러 녹음기를 껐다.

윤성재는 고기덮밥 그릇을 깨끗이 비웠다. 따로 시킨 해삼요리까지 서너 점이나 먹고 난 윤성재가 엽차 잔을 쥐고 최우식을 보았다. 최우식은 식사를 반도 못 먹고 깨작거리는 중이다.

"자, 계속합시다."

그러자 최우식이 손을 뻗어 녹음기의 버튼을 누른다. 먼저 민기영의 목소리. 밥 먹기 전의 오혜원이 한 말에 대한 대답일 것이다.

"갑자기 그러면 놀라지 않을까? 우리 관계를 의심할 수도 있고."

"그건 염려 마."

오혜원의 목소리는 가볍다. 잠자코 녹음기만 응시하는 윤성재의 표정은 담담하다. 최우식만 초조한 표정으로 엽차를 찔끔찔끔 마시고 있다. 오혜원이 말을 잇는다.

"끝장날 수밖에 없는 상황이 만들어지는 거야."

"어떻게?"

"그건 두고 보면 알게 돼."

"위자료 문제는? 그냥 나올 거야?"

"내가 미쳤어?"

오혜원의 목소리에 다시 웃음기가 섞여졌다. 방안에 오혜원의 목소리가 이어서 울린다.

"그 친구, 칭다오 회사와 베트남 공장 지분이 20억쯤 돼. 그걸 처분할 거야."

"처분하다니? 성재는 가만 있고?"

그러더니 민기영의 목소리가 조심스러워졌다.

"설마 성재를 어떻게 하는 건 아니겠지?"

그때 최우식이 버튼을 눌러 녹음기를 껐다. 그러고는 윤성재를 보았다.

"이것이 가장 최근인 지난주에 강릉 경포대 호텔에서 녹음된 내용입니다."

머리만 끄덕인 윤성재에게 최우식이 말을 잇는다.

"사태가 점점 심각하게 진전되는 것 같습니다. 뭔가 대책을 세우셔야 될 것 같은데요."

그날 밤 침대에 나란히 누운 윤성재에게 오혜원이 말한다.

"자기야, 민화가 다음달에 돌아오겠다고 했어. 파리에 간 지 1년 만에 오는 거야."

"그래?"

"민기영 씨 만나봤어?"

불쑥 오혜원이 물었으므로 윤성재는 천정을 향한 채 대답했다.

"아니, 요즘 바빠서."

"민기영 씨는 아직도 민화한테 미련이 있을까?"

"글쎄."

"자긴 어때?"

"내가 어떻다니?"

머리를 돌린 윤성재를 향해 오혜원이 흰 이를 드러내고 웃는다. 방의 불을 켜놓아서 오혜원의 벗은 상반신이 다 드러났다. 단단하지만 볼륨감이 있는 젖가슴에 진자주색 젖꼭지가 곤두서 있다. 윤성재의 시선을 받은 오혜원이 말을 잇는다.

"민화가 자기 좋아했잖아? 아마 민화는 지금도 그런 감정을 갖고 있을걸?"

"설령 그랬다고 해도 시간이 지나면 잊게 돼."

"자기도 날 잊을 수 있어?"

"아니."

기다렸다는 듯이 머리를 저은 윤성재가 천정을 보고 반듯이 누웠다. 그리고 한 마디씩 차분하게 말한다.

"넌 못 잊어, 절대로. 다른 건 다 잊어도 넌 안돼."

"그만큼 날 사랑한다는 거야?"

"사랑보다 몇 배, 몇십 배 더 가치 있는 거야. 내가 갖는 이 감정은."

"그게 뭔데?"

"때로는 너하고 같이 있는 순간에 죽었으면 좋겠다는 생각을 해."

오혜원이 입을 다물었고 윤성재가 말을 잇는다.

"나하고만 같이 있어준다면 다 감싸안아줄 수 있어."

"뭘?"

"모든 것을 다."

그때 오혜원이 몸을 비틀어 알몸을 딱 붙였다.

"내 결점까지, 내 잘못까지 다?"

"물론이지."

"내가 죽으면 어쩔건데?"

"그럴 리가."

팔을 뻗어 오혜원의 어깨를 감아 안은 윤성재가 길게 숨을 뱉는다.

"내가 먼저 갈 테니까 그런 생각 마."

박민화의 전화가 왔을 때 윤성재는 인천공항 출국 게이트에 앉아 탑승을 기다리는 중이었다. 오후 4시. 파리 시간으로는 오전 8시쯤 되었을 것이다.

"어디야?"

박민화의 전화는 지난 봄 이후 다섯 달 만이었다. 그러나 중간에 최우식이 끼어서 양쪽의 동향을 전해주는 역할을 했다. 윤성재는 그러지 않았지만 가끔 최우식이 박민화의 전갈을 보내주었던 것이다. 박민화는 계속해서 오혜원과 민기영을 감시시켰는데 오혜원에 대해서는 모두 윤성재에게 보고하도록 한 것이다. 그래서 윤성재는 결혼 후에 오혜원이 민기영과 몇 번 밀회했는가는 물론이고 동반자 여행을 여덟 번이나 간 것도 안다.

요즘 서너 달 동안은 자제하던 오혜원이 차츰 시간이 지나면서 한 달에 한두 번 동반자 여행을 다시 시작했던 것이다. 이것은 생활비가 부족했기 때문이 아니다. 윤성재는 장모 정선주의 용돈까지 포함해서 한 달에 7백만 원을 보냈으니 세 식구는 여유 있게 살 수가 있다.

휴대폰을 귀에 붙인 윤성재가 대답한다.

"지금 인천공항이야. 30분 후에 보딩해야 돼."

윤성재가 말하자 박민화의 밝은 목소리가 울린다.

"내가 귀국한다는 얘기 들었지?"

"응, 혜원이가 그러더만."

"혜원이가 끝장낸다는 보고도 받고?"

"그래."

"감상이 어때?"

"별로."

"최 사장이 뭔가 대책을 세우셔야 될 것 같다고 했다면서?"

"그랬어."

"세우셨어?"

"아직."

"독살시킬지도 몰라. 힘이 딸리니까 그 방법이 제일 나을 거야."

"장난 말어."

"자기나 장난으로 생각하지 마."

정색한 박민화의 목소리가 높아졌다.

"네가 장난으로 사는 거야. 그건 오혜원이한테도 모욕이다."

"오혜원이한테 맞춘 거야."

"그게 사랑이냐?"

그러더니 덧붙인다.

"차라리 여자를 돈 주고 사."

"네가 온다는 거 기영이도 알 텐데."

윤성재가 화제를 돌리자 박민화는 순순히 따라왔다.

"오혜원이가 진즉 말했겠지. 아마 너보다 먼저."

"……."

"그래서 어제도 어머니한테 찾아가 인사를 했다는 거야. 장미 100송이를 갖고."

"……."

"어머니는 민기영이하고 결혼했으면 좋겠다는 생각이야. 조금 지나면 밀어붙이겠지."

"그 이야기는 그만."

"자긴 칭다오에 있을 거야?"

"다음 주에 호치민으로 가. 거기서 열흘쯤 있어야 돼."

"그동안 오혜원이는 또 동반자 여행 뛰겠구만."

그러더니 박민화가 목소리를 낮춘다.

"알아? 개는 개야. 절대로 기린이나 코끼리가 못 돼."

시간이 조금 남은 김에 윤성재는 집으로 전화를 했다. 집이란 윤서진과 어머니 오미연, 그리고 동복 동생인 두 남매가 사는 사당동 아파트를 말한다. 네 식구는 석 달 전에 방 네 개짜리 48평형 아파트로 다시 옮겼다. 물론 연립주택은 윤성재의 명의로 되어 있다.

전화벨이 세 번 울렸을 때 응답자가 나왔다.

"여보세요."

어머니 오미연이다. 심호흡을 한 윤성재가 말했다.
"전데요. 서진이 있습니까?"
"성재구나."
놀란 듯 조금 높은 목소리로 대답한 오미연이 잠시 후에 말을 잇는다.
"서진이는 학교에서 돌아오지 않았는데."
"그래요?"
윤성재도 잠시 뜸을 들였다가 생각난 듯 묻는다.
"잘 계시죠?"
"네 덕분에."
그러더니 오미연이 주저하면서 묻는다.
"잘 지내지?"
"네, 어쨌든."
심호흡을 한 윤성재가 말을 이었다.
"와이프가 자꾸 인사를 가겠다고 하는 것을 차일피일 미루기만 했어요."
"아냐, 아냐."
놀란 듯 오미연이 목소리를 높였다.
"괜찮아. 여기 오면 부끄러. 애들도 있고."
"참, 애들 잘 지냅니까?"
"그럼. 서진이를 얼마나 따른다구."
"……."

"서진이도 참 이뻐해 주고."

윤성재는 이제 듣기만 한다. 서진은 결혼한 후에 윤성재가 귀국하면 한 달에 한 번꼴로 서교동 집으로 찾아왔다. 그러다 차츰 발길이 뜸해지더니 서너 달 전부터는 찾아오지 않는다. 바쁘다는 핑계를 대었으므로 윤성재는 깊게 생각하지 않았다. 윤성재가 다시 입을 열었다.

"다음에 한번 들를게요."

"응, 그래."

"저, 지금 비행기를 타야 해서."

"몸조심해라. 그리고…."

잠깐 망설이던 오미연이 서두르듯 말을 잇는다.

"전화 줘서 고맙다."

휴대폰을 귀에서 뗀 윤성재가 어깨를 늘어뜨렸다. 서진과 할 이야기가 있었다면 휴대폰으로 연락하면 되었다. 집으로 전화를 한 이유는 어머니하고 통화를 하려는 것이었다. 그때 탑승 안내 방송이 울렸으므로 윤성재는 자리에서 일어섰다.

어머니한테 전화를 한 이유도 있다. 지금까지 오혜원이 여러 번 어머니한테 인사를 가자는 말을 했지만 윤성재가 미루자 고집하지는 않았다. 그러고 보니 결혼 이후 오혜원은 한 번도 명색이 시어머니인 오미연을 만나지 않았다. 윤서진이 요즘 발을 끊은 이유도 혹시 그것 때문이 아닐까?

"이번은 보름간이야."

일식당 방에서 둘이 생선회를 먹으면서 오혜원이 말했다.

"칭다오에 있다가 호치민시 공장에서 일주일간 머문다고 했어."

"넌 그대로 사는 게 어때? 혼자 사는 것이나 같잖아? 한 달에 꼬박꼬박 생활비 보내주겠다."

"듣기 싫어."

눈을 치켜뜬 오혜원이 말을 자르더니 잔에 든 소주를 한 모금에 삼킨다.

"그렇게 살진 않을 거야."

"내가 민화하고 결혼하고 나서도 계속 만날 수 있는 거 아냐?"

정색한 민기영이 묻자 오혜원은 머리를 젓는다.

"내 역할은 다했으니까 난 이놈의 연극은 그만두겠다구."

"연극이라."

"그럼 연극이지 뭐야?"

둘뿐이었으므로 오혜원은 거침없이 말을 잇는다.

"윤성재를 무대에서 밀어내는 역할."

빈 잔에 소주를 채운 오혜원이 눈을 가늘게 뜨고 웃는다.

"나하고 결혼함으로써 윤성재는 무대에서 내려올 수밖에 없었지. 박민화의 부모는 윤성재를 결코 무대에 등장시키지 않을 테니까."

"하지만 그 자식은 너를 진심으로 사랑하는 것 같던데 뭐."

민기영이 시큰둥한 표정으로 말을 받는다.

"그 자식 입장으로는 소원을 이룬 거다."

"그럼 윈윈이야."

다시 소주를 삼킨 오혜원이 말을 잇는다.

"나하고 결혼해서 일 년 살았으니까 또 욕심 부리면 안 되지."

"그렇게도 성재가 싫어?"

"좋은 남자야. 하지만 나하고는 안 맞아."

그러더니 덧붙인다.

"내가 바라는 건 환경이야. 지위고 신분이라구. 사랑 따위는 거지도 갖고 있어."

다시 오혜원의 목소리가 높아졌다.

"사랑은 식어. 죽을 때까지 사랑한다는 말처럼 거짓과 위선으로 가득 찬 말은 없다고. 영원한 것은 없어. 나한테 자극과 생기를 주는 건 재물이야."

그리고 오혜원이 손을 권총처럼 만들어 민기영을 겨눴다. 치켜뜬 눈이 번들거리고 있다.

"자기는 나하고 그 바람이 같아. 내가 진즉 알아봤다니까."

"놀랬지?"

다가온 박민화가 웃음 띤 얼굴로 묻는다. 자리에서 일어선 윤성재도 끌린 듯이 따라 웃었다.

"나아, 참."

호시민시 사이공 호텔 로비에서 지금 둘은 마주 보며 서 있다. 오후 2시 반. 파리에서 방금 도착한 박민화의 뒤에는 짐가방을 든 포터가 우두커니 서 있다.

"여기서 꼼짝 말고 기다려."

박민화가 손가락으로 땅바닥을 가리키면서 말한다.

"내가 체크인 하고 올 테니까."

"같이 가자."

발을 떼면서 윤성재가 말하자 박민화가 나란히 따라 걷는다.

"어때? 놀라지 않았어?"

다시 박민화가 묻자 윤성재는 먼저 길게 숨부터 뱉는다. 박민화는 예고없이 호치민에 도착한 것이다. 그리고 공항에서 전화를 해온 바람에 호텔로 달려와 기다리던 참이었다.

"그래, 놀랐다."

윤성재가 박민화의 시선을 받으면서 대답한다. 얼굴에도 웃음기가 떠올라 있다.

"같은 방을 써도 되는데."

프런트로 다가가면서 박민화가 말했다. 크림색 슈트를 입은 박민화의 자태에 사람들의 시선이 모아졌다.

"방값도 절약되고 꽤 굶었을 테니까 욕망도 풀고 일석이조일 텐데 말야."

혼잣소리처럼 박민화가 말을 이었을 때 윤성재가 피식 웃는다.

"글쎄, 그건 너만 두 가지가 해당되는 것 같은데. 난 아냐."

"병신."

프런트 앞에 선 박민화가 손가방에서 여권을 꺼내면서 눈을 흘겼다.

"어디 오늘 밤 그냥 넘기나 보자. 그냥 넘어간다면 그거 떼어 내."

그날 저녁. 호텔 베트남 요리 식당에서 둘은 저녁식사를 한다. 안쪽 무대에서 화려한 의상을 입은 악사들이 전통음악을 연주했는데 음식 맛도 훌륭하고 서비스도 좋았다. 샴페인을 주문한 박민화가 환한 얼굴로 술잔을 들며 말한다. 두 눈이 반짝이고 있다.

"이 순간에 다 있네. 사랑하는 사람과 맛있는 음식. 황홀한 음악에다 멋진 분위기. 아, 시간이여, 멈춰라!"

뭔가 대답을 하려고 입을 벌리던 윤성재가 다시 입술을 붙이고는 술잔을 들었다. 박민화의 시선은 떼어지지 않는다.

"자, 건배."

술잔을 앞으로 내민 박민화가 제의했다.

"술잔을 들어, 이 바보야."

윤성재가 술잔을 들었을 때 박민화가 말한다.

"네 가지 색깔의 인생에 대해 건배."

눈을 치켜떴던 윤성재가 술잔만 조금 더 올려 보이고는 한 모금 샴페인을 삼켰다. 술을 삼킨 박민화가 술잔을 내려놓더니 묻는다.

"어때? 오혜원이 어떤 방법으로 끝장을 낼 것 같아? 독살? 교살? 청부살인?"

윤성재가 외면한 채 젓가락으로 해물요리를 뒤적이는 시늉을 하자 박민화가 쓴웃음을 짓는다.

"왜? 사랑하는 사람 손에 죽는 것도 행복이라는 생각이 드는 거야?"

이제는 윤성재가 한 모금 샴페인을 삼켰을 때 박민화는 말을 잇는다.

"참, 이 보고는 안 들었겠다. 자기가 이번에 떠나고 나서 오혜원이가 민기영이하고 만났는데 말야."

"……."

"그러니까 떠난 다음날 저녁 일식당 방에서 둘이 뭐라고 한 줄 알아?"

"……."

"오혜원의 목적이 진솔하게 표현되었어. 그 녹음테이프를 들었을 때 나는 처절한 내용의 연극을 보는 느낌이 들었어."

"……."

"테이프도 내 가방에 있지만 요약해서 말해줄게."

그러더니 박민화가 제 잔에 샴페인을 따른다. 정확한 손놀림이었고 잔에 오분지 이쯤 채우더니 산뜻하게 병을 제자리에 돌려놓는다. 박민화가 말을 이었다.

"오혜원의 역할은 넷이 선 무대에서 일단 윤성재와 함께 동반탈락하는 역할이었어. 결혼이라는 수단을 이용해서 말이지."

"……."

"그래야 민기영과 박민화가 남으니까. 민기영에게 기회를 주려는 것이었지. 그 의도가 내가 파리로 날아가는 바람에 실패했지만 말야."

한 모금 샴페인을 삼킨 박민화가 반짝이는 눈으로 윤성재를 보았다.

"이제 다시 시작이야. 그 기집애는 나하고 민기영이 맺어지기를 기대하고 있어. 그래야 내가 상속받은 재산을 나눠 쓸 수 있으니까."

"……."

"그 기집애가 민기영이한테 그랬어. 제가 바라는 건 환경이라구. 지위고 신분이라고 말야. 사랑 따위는 거지도 갖고 있다는 거야."

"……."

"사랑은 식는대. 영원한 것은 없다면서 죽을 때까지 사랑한다는 말처럼 거짓과 위선으로 가득 찬 말은 없다는 거야. 내가 다 외우고 있다니까."

"……."

"저한테 생기와 자극을 주는 건 재물뿐이라는 거야."

그때 윤성재가 시선을 들었으므로 박민화는 입을 다물었다. 그리고 숨을 들이켰다. 윤성재의 두 눈이 번들거리고 있었기 때문이다. 그러더니 차츰 눈빛이 흐려졌고 마침내 외면했다. 테이블 주위로 무겁고 거북한 정적이 흘렀다. 그때 박민화가 입술만 달싹이며 말했지만 분명하게 들렸다.

"병신."

윤성재가 방문 앞에 섰을 때 뒤쪽에 멈춰 선 박민화가 말했다.

"나, 여기 있어."

박민화의 방은 815호, 복도 끝이다. 키를 꽂은 윤성재의 뒤에서 다시 박민화가 말했다.

"나, 아직도 뒤에 서 있다구, 바보야."

문을 연 윤성재가 마침내 옆쪽으로 비껴서며 말했다.

"들어와."

"누가 잡아먹니?"

박민화가 윤성재 앞을 지나면서 눈을 흘겼다. 그러더니 손가방을 소파 위로 내동댕이쳤다.

"찝찝하면 섹스 끝내고 나한테 2백 불만 내. 파리에선 숏타임이 2백 불이라더라."

"술 마실래?"

문을 잠근 윤성재가 냉장고 쪽으로 다가가며 묻자 박민화는 털썩 소파에 앉는다.

"왜? 술이 좀 더 취해야 덤벼들 수 있겠어?"

아직 화가 덜 풀린 것 같은 표정이다. 선반에서 스카치 위스키와 잔을 꺼낸 윤성재가 탁자 위에 놓는다. 밤 11시가 되어가고 있다. 박민화가 슈트 재킷 단추를 풀더니 주위를 둘러보는 시늉을 했다.

"셔츠 하나 줘."

윤성재가 티셔츠를 찾아 건네자 박민화는 욕실로 들어서며 말한다.

"씻고 올 테니까 벗고 기다려."

그러나 씻고 나온 박민화는 그대로 소파에 앉아 있는 윤성재를 보더니 아무말도 하지 않았다. 박민화는 윤성재의 티셔츠 하나만 덜렁 걸친 차림이어서 맨 다리가 통째로 드러났다.

"어때? 내 다리 괜찮은 편이지?"

윤성재 앞으로 한쪽 다리를 쭉 뻗어 보인 박민화가 정색하고 묻더니 앞쪽에 앉는다. 앉는 순간 흰색 팬티가 슬쩍 드러났다. 윤성재는 잔에 위스키를 채워 박민화에게 내밀었다.

"오버 하지 마."

"천만에, 너나 굳어지지 마."

코웃음을 치고 말한 박민화가 문득 시선을 들어 윤성재를 보았다.

"이젠 더 이상 매달려 살 수는 없겠지?"

불쑥 물은 박민화가 윤성재의 시선을 마주치자 말을 잇는다.

"네가 싫더라도 오혜원 측에서 먼저 액션을 취할 테니까 말야."

윤성재가 잠자코 술잔을 들었으므로 박민화는 소파에 등을 붙이면서 길게 숨을 뱉는다.

"지금 연극이 끝나가고 있어."

"……."

"어떻게 할 거야? 놔 두고 당할래?"

"……."

"그럼 착한 놈으로 남겨질 것 같니?"

그러더니 박민화가 머리를 젓는다.

"아냐, 그렇다면 넌 지난번에도 말했지만 나쁜놈이야."

한 모금에 위스키를 삼킨 박민화가 선언하듯 말한다.

"가장 나쁜놈."

베란다 유리창에 네온사인의 불빛이 반사되고 있다. 방 안에는 더운 습기가 배어 숨을 쉴 때마다 비오는 날의 물 냄새가 맡아진다. 조용하다. 둘의 숨소리도 가라앉는 중이다. 섹스가 끝난 후의 이 정적이 어색했는지 박민화가 몸을 붙이며 말한다.

"내가 2백 불 내라는 말 안했다면 넌 가만 있었을 거야."

박민화가 천정을 향하고 누운 윤성재의 가슴을 손바닥으로 부드럽게 쓸었다.

"좋았어."

"……."

"남자는 이런 말 듣기 좋아한다며?"

"……."

"최고였어."

"……."

"내가 만난 남자 중에서 제일."

그때 머리를 돌린 윤성재가 박민화를 보았다. 어둠 속에서 눈의 흰창이 뚜렷하게 드러났다.

"넌 민기영이 밉니?"

"아니?"

윤성재가 묻자마자 대답한 박민화가 이를 하얗게 드러내며 웃는다.

"넌 혜원이가 밉겠다, 그지?"

"아니."

다시 천정으로 시선을 돌린 윤성재가 혼잣소리처럼 말한다.

"불쌍해."

"흐흐흐."

목안에서 웃음소리를 낸 박민화가 턱을 윤성재의 가슴에 붙이고는 물었다.

"여기 부처님 아니, 예수님이 재림하셨네. 그래, 그 이유를 듣자."

"그냥 그래."

윤성재가 건성으로 말했으나 박민화의 눈썹이 치켜올라갔다. 그러더니 또 묻는다.

"먹어도 먹어도 배고파서 악을 쓴다는 귀신, 아귀가 떠오르지 않니?"

그때 윤성재가 팔을 뻗어 박민화의 어깨를 안는다.

"그래, 네가 나한테 해준 말이 자꾸 머릿속에서 빙글빙글 돈다."

이제는 박민화가 눈만 크게 떴고 윤성재의 말이 이어졌다.

"내가 이렇게 견디어 내는 건 내가 강해서가 아닌 것 같아."

"……."

"더 치열하고 더 성실하지 않았기 때문에 그러는지도 몰라."

"그만둬."

가라앉은 목소리로 말한 박민화가 윤성재의 가슴에서 머리를 떼었다. 그리고 옆에 나란히 눕더니 천정을 향한 채로 말한다.

"억지로 짜맞추지 마. 냄새가 풀풀 나니까."

그러더니 코웃음 소리를 내고 나서 말을 잇는다.

"나쁜놈이 이젠 자학하는 시늉까지 내고 있어."

박민화의 귀국을 제일 반긴 사람을 꼽으라면 아무래도 어머니 서주연일 것이다. 서주연에게 박민화는 대리만족의 대상이기도 해서 자신이 나이 때문에 감당할 수 없는 온갖 호사를 시키는 버릇이 있다. 지금은 박민화의 반발로 많이 줄어들었지만 대학 시절에는 온갖 고급 브랜드 제품으로 치장하고 다녀야 했다. 말하자면 서주연 대신 입고 들고 신고 다닌 셈이었다. 덕분에 오혜원도 박민화한테서 많이 얻어 썼다.

귀국한 지 사흘째가 되는 날 저녁. 일 때문에 밤늦게 귀가한데다 아침 시간에는 서로 어긋나서 도착한 날 빼고 서주연과 저녁에는 처음 마주 앉는다. 응접실에 둘이 되었을 때 서주연이 불쑥 물었다.

"너, 민기영이한테 연락했니?"

"아니?"

의아한 표정을 지은 박민화가 서주연을 똑바로 보았다.

"왜?"

"왜라니?"

했다가 서주연이 가볍게 입맛을 다신다.

"걔가 서너 번 날 찾아왔다. 네가 온 줄도 알 텐데."

"응, 어제 두 번, 오늘도 두 번 나한테 회사로 핸폰으로 연락을 해왔지만 안 받았어."

차분하게 말한 박민화가 서주연을 보았다.

"엄마도 걔 만나지 마."

"내가 지난번 얼마나 속을 끓였는지 아니?"

이맛살을 찌푸린 서주연이 금방 손끝으로 이마를 누르더니 말했다.

"너만 좋다면 민기영보다 몇십 배 더 나은 재력가 아들을 소개시켜 줄 수도 있다구 했지 않았어?"

"그럼 민기영이 이야기 그만해."

"걔하고는 끝난 거야?"

"응, 아주."

그러자 서주연이 정색하고 박민화를 보았다.

"너 혹시 윤간가 뭔가 하는 놈한테 아직도 미련 있는 건 아니지?"

"엄마도 참."

"그놈 결혼해서 잘 산다든?"

"몰라."

"혜원이가 아깝지."

혀를 두드린 서주연이 말을 잇는다.

"민기영이 덕분에 이놈이 아주 고급으로만 놀았어. 거지 같은 놈이."

"그만해."

"애 좀 봐."

이번에는 서주연이 정색하고 박민화를 보았다. 오늘 저녁의 주제는 뻔했다. 윤성재를 확실하게 도륙을 내려는 것이다. 두 번 다시 화제에도 오르지 못하도록 하려는 의도였다. 오혜원과 결혼했더라도 아예 뿌리까지 죽이려는 것이다. 서주연의 눈빛을 본 박민화의 가슴이 서늘해졌다. 어머니는 저 모습으로 돈을 모았다. 임대인이 돈을 못 내면 가차없이 자른다. 현금이 얼마나 있는지 아버지한테도 알려주지 않는 어머니. 서주연이 다시 입을 열었다.

"내가 이런 이야기는 안하려고 했는데 윤가 그놈이 민기영이한테 뭐라고 했는지 알면 넌 기절할 거다."

"……."

"민기영이가 가져온 녹음테이프를 듣고 내가 분해서 아예 경찰에다 신고를 하려고까지 했어."

"……."

"글쎄 그놈이 민기영이한테 그러더구나. 박민화는 무남독녀라 부모 상속 재산이 1조가 넘을 거라고 말야."

"정말야?"

불쑥 박민화가 묻자 서주연이 커다랗게 머리를 끄덕였다.

"글쎄 그렇다니까. 그 테이프를 지금도 내가 갖고 있어."

"그리고 또?"

"그 말뿐이야. 나머지는 테이프가 지워졌대."

"흐응."

쓴웃음을 지은 박민화가 천천히 머리를 끄덕였다.

"알겠다. 딱 그 말을 잡고 나머지는 제가 소설을 써서 붙였구만, 개자식."

"그게 무슨 말야?"

다시 이맛살을 찌푸린 서주연을 향해 박민화가 길게 숨을 뱉고 나서 묻는다.

"엄마, 한 세 시간짜리 영화 볼래?"

"뭘 본다고?"

"이젠 보여줘도 되겠다."

자리에서 일어선 박민화가 서주연을 보았다.

"엄마, 내 방에 가서 비디오하고 생생한 녹음테이프 듣자. 시리즈물인데 한 30편쯤 돼. 아주 끝내줘."

임신 6개월째인 미미는 부른 배를 자랑스럽게 내밀고 다녔는데 귀여웠다. 그리고 한국어 반, 중국어 반을 섞어서 조광수와 제법 유창하게 대화를 하는 것도 우스웠다. 조광수는 미미와 한국식당을 개업했다가 석 달 만에 프리미엄을 받고 팔아서 재미를 본 후에 치킨 연쇄점 5개를 차렸는데 한 달 수입이 위엔화로 20만 원이라고 했다. 한화로 4천만 원이 넘는다. 성격상 절반을 부풀렸다고 해도 2천만 원인 것이다. 조광수가 사는 80평형 바닷가 2층 주택은 미미와 둘의 이름으로 명의가 되어 있다고 했다. 2층 응접실 소파에 앉은 윤성재가 바다를 보면서 감탄한다.

"야, 좋다. 그러고 보니 니가 제일 낫다."

"다 형 덕분이지."

앞쪽에 앉은 조광수가 의젓하게 대답했다. 베트남에서 칭다오 사무실로 돌아온 윤성재를 조광수가 집으로 초대한 것이다. 조광수가 힐끗 계단 쪽을 눈으로 가리키며 말을 잇는다.

"미미가 영리하고 잘해. 내가 마누라 잘 만났어."

했다가 우뚝 말을 멈추더니 시선을 내렸다. 그리고 얼굴을 일그러뜨리며 웃는다.

"이것 참, 형 앞에서 이런 말 하기가 쑥스럽구만."

"괜찮아, 네가 뻔뻔한 놈이라는 건 내가 제일 잘 알잖냐?"

"형, 윤미는 잘 크지?"

"날 많이 따른다."

다시 시선을 내린 조광수에게 윤성재가 말을 잇는다.

"이번에 중국 올 때도 따라가겠다고 떼를 쓰더라."

"형한테는 뭐라고 불러?"

"아저씨."

"엄마가 그렇게 부르라고 했나?"

"모르겠다."

"요즘도 그래?"

오혜원에 대해서 묻는 것이다. 윤성재가 못 들은 척 바닷가로 시선을 돌렸을 때 조광수가 다시 묻는다.

"형, 괜찮아?"

"글쎄."

"글쎄라니?"

정색한 조광수가 상반신을 곧게 세웠다.

"형답지 않게 그게 무슨 말야?"

"윤미가 걱정이다."

그 순간 조광수가 입을 다물었고 윤성재의 말이 이어졌다.

"아무래도 갈라서야 될 것 같다."

"그, 그러면 그년이 또."

"아냐."

머리를 저은 윤성재가 똑바로 조광수를 보았다.

"윤미 엄마가 헤어지려고 해."

"비, 빌어먹을. 그 개 같은."

잇사이로 말한 조광수가 윤성재의 시선을 받는다. 얼굴이 하얗게 굳어져 있다.

"왜?"

"이유야 뻔하지. 싫으니까."

"이혼하겠다고 했어?"

"아마 이번에 귀국하면 그러겠지."

그러더니 이제는 윤성재가 계단 쪽에 시선을 주고 나서 말한다.

"너는 잘 살아야 돼, 남보라는 듯이."

제10장

연립주택 아래쪽 공터에 꽤 시설이 좋은 어린이 놀이터가 세워져 있다. 본래 1개 동을 더 지으려고 했다가 부지가 좁아서 놀이터를 만든 것이다. 토요일 오전, 윤성재는 윤미와 함께 놀이터에 나와 있다. 윤미가 졸랐기 때문인데 오혜원은 머리가 아프다면서 둘만 내보냈다. 또한 윤미는 오혜원한테 같이 나가자고 하지도 않았다.

"아저씨는 아빠 알아?"

미끄럼대를 내려온 윤미가 불쑥 물었으므로 윤성재가 놀라 눈을 크게 떴다. 그 말을 그대로 풀이하면 조광수를 아느냐고 묻는 것이 된다.

"응? 누구?"

정색하고 되묻자 윤미가 다시 미끄럼대 계단을 오르면서 대답했다.

"아저씨 아빠 아느냐구."

이제는 윤성재의 아버지가 되었다. 윤미는 여섯 살, 할 말 다 하고 다 알아듣는다. 컴퓨터를 켜면 인터넷에 들어가 어린이용 게임도 능숙하게 한다.

“글쎄.”

어정쩡하게 대답한 윤성재를 향해 미끄럼대 위에 선 윤미가 커다랗게 말했다.

“윤미 아빠는 열 밤 자면 온다고 했어. 내 이가 다 빠지면.”

윤미가 미끄럼대를 타고 내려오면서 말을 잇는다.

“아저씨 아빠도 그래?”

“그래.”

팔짱을 끼고 선 윤성재가 머리를 끄덕였다. 윤미는 아빠란 존재에 대해서 물었다. 놀이터에는 초등학생으로 보이는 아이들 셋만 철봉대 근처에 있을 뿐이다. 이제는 시소로 다가가는 윤미 뒤를 따라가며 윤성재가 묻는다.

“누가 이 빠지면 아빠 온다고 했어?”

“할머니.”

“엄마는 뭐래?”

“몰라.”

물어도 대답하지 않았을 것이다. 시소에 앉은 윤미가 치켜올라간 반대쪽만 바라보고 있었으므로 윤성재가 앞쪽에 앉는다.

“윤미야, 아저씨 좋아?”

윤성재가 묻자 윤미는 커다랗게 머리를 끄덕였다.

“응, 아빠 다음으로.”

“윤미는 아빠가 좋아, 엄마가 좋아?”

“할머니.”

선뜻 그렇게 대답한 윤미가 검은 눈동자로 윤성재를 쏘아보았다.
"그 다음이 아빠."
그리고 손으로 윤성재를 가리켰다.
"그 다음이 아저씨."
"엄마는?"
"꼴등."
"왜?"
"맨날 윤미 떼어놓고 나가니까."
윤성재는 심호흡을 한다. 아이들은 예민하다. 서진이 윤미 또래였을 때 어머니는 뿌리치고 집을 나갔다. 그때 서진은 엄마를 얼마나 그리워했을 것인가? 매일 엄마를 찾으며 울던 서진의 모습이 떠올랐으므로 윤성재는 어금니를 물었다. 그때 윤미가 불쑥 묻는다.
"아저씨, 언제 가?"
"열 밤 자고."
윤미가 똘똘하지만 열 밤은 가장 긴 단위다. 그러자 윤미의 얼굴에 웃음이 떠올랐다.
"내가 아끼는 스티카 줄게."
11월 초여서 날씨가 싸늘했다. 한국에 온 지 오늘로 사흘째 되는 날이다. 윤성재가 시소 앞쪽에 떠 있는 윤미에게 묻는다.
"윤미야, 이제 집에 돌아갈까?"
"싫어."
대번에 거부한 윤미가 머리까지 젓는다.

"아저씨하고 놀 거야."

"너, 이제 안 만날 거야?"

오혜원이 갑자기 생각이 난 것처럼 불쑥 묻자 박민화가 머리를 들었다. 카프리 디자인 하우스 사장실이다. 오늘은 오혜원이 지나다 들렀다면서 회사로 찾아왔기 때문에 둘은 소파에 마주 보고 앉아 있다. 오후 2시 반, 박민화가 커피잔을 집더니 오혜원을 보았다. 차분한 표정이다. 오혜원의 두 눈을 똑바로 응시하고 있다.

"누구 말야?"

박민화가 묻자 오혜원의 시선이 비껴났다. 그러나 입 끝을 올리면서 웃음을 띤다.

"누군 누구야? 민기영 씨."

"난, 또."

하더니 박민화의 얼굴에도 웃음이 떠올랐다. 눈까지 가늘어진 환한 웃음이다.

"만나서 뭐해? 다 끝났는데."

"그래?"

이제는 이맛살을 찌푸린 오혜원이 어깨를 늘어뜨리면서 가늘고 긴 숨을 뱉는다. 그러더니 혼잣소리처럼 말한다.

"생각해 보면 안 됐어. 그래서 그래."

"……."

"그 사람, 피해자 아냐? 너하고 나, 그리고 윤성재 씨 사이에 낀."

"……."

"요즘 어떻게 지내는지 모르겠어. 넌 궁금하지도 않니?"

그때 다시 둘의 시선이 마주쳤고 잠시 후에 오혜원이 먼저 머리를 돌렸다.

"엄마한테 여러 번 찾아왔었다나봐."

한 모금 커피를 삼킨 박민화가 입을 열었다. 이제는 외면한 채 박민화가 말을 잇는다.

"그래, 네 말이 맞다. 내가 윤성재 씨와 결혼하겠다는 소동을 부린 덕분에 민기영이 뒤통수를 맞았지, 그지?"

하고 박민화가 되묻자 오혜원이 쓴웃음을 지어 보인다.

"내가 좀 미안해서 그래, 민기영 씨한테 말야."

그러더니 덧붙인다.

"윤성재 씨는 자신의 뜻을 이루었지만 민기영 씨는 뭐니? 네 말대로 졸지에 뒤통수나 맞고."

"윤성재 씨가 뜻을 이루었다니."

오혜원의 말꼬리를 잡은 박민화가 눈을 가늘게 뜨고 웃는다.

"남의 이야기 하는 것 같구나. 그 뜻의 목적인 넌 어때? 뜻을 받아들여서 행복한 거니?"

"글쎄, 모르겠어."

다시 외면한 오혜원이 혼잣소리처럼 말했다.

"행복해야겠지. 하지만."

"하지만 뭐?"

“가끔 무서워질 때가 있어.”

그러자 박민화가 정색하고 묻는다.

“뭐가?”

“윤성재 씨가.”

“왜?”

그러자 길게 숨을 뱉은 오혜원이 머리를 저으면서 말한다.

“모르겠어, 그 집념이랄까 순수성….”

“…….”

“목적을 위해서는 수단 방법을 가리지 않는 것 같은 모습이 든든하면서도 무서워.”

그러더니 머리를 들고 박민화를 보았다.

“우린 놔두고 너나 잘 되어야지. 민기영 씨도 말야.”

박민화는 오혜원의 얼굴에서 시선을 떼었다.

귀국한 지 한 달 반이 지났다. 처음 닷새쯤은 하루에 두어 번씩 통화를 시도했던 민기영은 이쪽 분위기를 눈치 챈 듯 이틀에 한 번 꼴로 줄어들더니 20일쯤 전부터는 손을 떼었다. 그동안 어머니한테도 대여섯 번 연락이 왔다고 했다.

그 비디오 시리즈물을 본 어머니는 졸도 상태가 여러 번 되었지만 끝까지 다 보았고 다 들었다. 덕분에 3시간짜리 상영시간이 다음날 아침까지 무려 12시간짜리가 되었다. 박민화가 신신당부를 하지 않았다면 어머니는 민기영을 무슨 방법으로든 요절을 내었을 것이다. 지금 눈앞에 앉아 있는 오혜원도 마찬가지. 만일 이 순간에 어머니가 나타난다면 오혜원은 걸어서 나가지 못했을 것이다. 어머니는 최대한의 인내심을 발휘하여 민기영의 전화를 받지 않는다고 했다. 만일 민기영의 목소리를 직접 듣게 된 순간에는 본인도 자제할 수 없을 것 같다고 했던 것이다.

이윽고 박민화가 다시 입을 열었다.

"내 걱정은 마. 그리고 넌 너나 네 남편 걱정이나 해. 민기영은 놔두고."

그리고 오혜원의 시선을 잡더니 얼굴을 펴고 웃는다.

"뒤통수를 맞은 것도 운명이야. 어쩔 수 없는 일 아니겠니?"

오혜원의 어머니 정선주는 음식 솜씨가 좋았다. 특히 겉절이 맛이 좋아서 윤성재가 잘 먹는 것을 보고는 통에 담아 중국으로 보내주기도 했다. 부지런하고 성실한 성품이어서 집안살림은 정선주가 도맡았다. 언제나 집안이 잘 정돈되어 있는 것도 정선주 덕분이다. 지금까지 일년 가까운 결혼생활 동안 물론 절반은 외국에 나가 있긴 해도 윤성재는 오혜원이 청소를 하거나 요리를 만드는 모습은 못 보았다. 윤성재가 집에 있을 때 저녁 준비를 하면 오혜원은 그릇이나 놓는 역할이다.

오늘도 정선주는 윤성재를 위해 서둘러 저녁상을 차린다. 윤성재가 일찍 귀가했기 때문인데 오혜원은 친구 동생 결혼식에 가서 아직 돌아오지 않았다. 집안에는 윤미까지 셋뿐이다.

"어머니, 저 천천히 먹어도 됩니다."

소파에 앉은 윤성재가 벽시계를 보면서 말한다. 오후 6시 반이다.

"윤미 엄마 들어오면 같이 먹죠, 뭐."

"걔 저녁 먹고 들어올 거네."

주방에서 등을 보인 채 정선주가 말했다.

"그리고 안 먹고 들어오면 내가 다시 차려주면 돼."

"아이 참, 두 번 일을."

"내가 윤서방 먹이려고 낮에 겉절이 담갔어. 오늘은 아주 매워."

"아, 그래요?"

저절로 입맛을 다신 윤성재의 목소리가 밝아졌다.

"그럼 주십쇼, 먹게요. 근데 윤미는 아직도 자나? 깨워야겠는데."

"놔두게. 유치원에서 운동하면 꼭 낮잠을 자. 7시면 일어날 거야."

몸을 돌린 정선주가 식탁을 마른 걸레로 닦으면서 윤성재를 보았다.

"윤서방, 고맙네."

"네?"

놀란 듯 윤성재가 눈을 크게 떴다.

"장모님, 그게 무슨 말씀입니까?"

"혜원이한테 자넨 과분한 신랑이야."

"그렇죠, 저한테 과분하죠."

윤성재가 말을 바꿔 버렸으므로 정선주가 입과 눈을 크게 벌렸다가 어깨를 늘어뜨리면서 긴 숨을 뱉는다.

"다 너그럽게 받아들여줘서 고맙기 짝이 없네, 윤서방."

농담으로 넘기려던 수작이 받아들여지지 않았다. 윤성재가 입맛만 다셨을 때 정선주가 말을 잇는다.

"혜원이는 고등학교 때부터 신이 들린 것처럼 떠 있었어. 눈이 항상 먼 곳을 보았고 집에 돌아오면 혼자 있었지. 욕심이 많고 지기 싫어하는 성품이라 공부는 잘했지만."

잠깐 숨을 가눈 정선주가 다시 개수대로 돌아가 등을 보였다. 그러고는 혼잣소리처럼 말한다.

"가난해서 제대로 입히지도, 용돈을 넉넉하게 줘 본 적이 없어. 난 그게 지금 생각해도 안쓰러."

그리고 덧붙였다.

"자네 덕분에 혜원이가 안정이 된 것 같아. 정말 고맙네."

"아이구, 장모님, 그러지 마십시오."

했지만 윤성재의 얼굴은 굳어져 있다. 말은 그렇게 했어도 어머니는 오혜원의 지금 상태가 별로 나아진 것이 없다는 것을 알고 있는 것 같았기 때문이다. 고맙다는 치사는 여러 종류다. 이번 치사는 너무 쓸쓸하다.

평일 오후 3시여서 남매는 학교에서 돌아오지 않았다. 사당동 아파트 안이다. 오늘은 미리 전화를 했기 때문에 집에는 어머니 오미연과 함께 윤서진이 기다리고 있다. 윤성재가 처음 집에 온 것이다. 싫다고 했어도 과일을 깎아오고 마실 것을 내놓느라 둘이 부산을 떨더니 마침내 앞에 앉는다. 금방 지쳐버린 표정들이 되었다. 그리고 둘 다 외면하고 있다. 윤서진은 그럴 이유가 없음에도 어머니에게 힘을 실어주려는 것 같다. 일단 윤성재를 함께 적으로 맞는 자세다. 둘의 옆모습을 번갈아 보던 윤성재가 입을 열었다.

"내가 서진이한테 줄 것이 있어서요."

옆에 내려놓은 손가방에서 서류봉투를 꺼낸 윤성재가 탁자 위에 놓았다.

"이 집 명의를 서진이 앞으로 바꿨습니다. 아무래도 서진이도 분가를 해 나가야 될 것이고…."

"오빠."

정색한 윤서진이 윤성재의 말을 자르더니 똑바로 시선을 주었다.

"갑자기 왜 그래? 누가 집 달랬어?"

"입 다물어."

눈을 치켜뜬 윤성재의 기세를 본 윤서진이 입을 다물었다. 윤성재가 평소에는 놔두지만 화를 내면 무서운 것이다. 그때 오미연이 말한다.

"잘했어. 고맙기도 하구. 내가 부끄럽구나."

"엄마는, 참."

이맛살을 찌푸린 윤서진이 다시 기운을 내었다. 윤서진이 윤성재를 노려보았다.

"오빠, 말해 봐. 나하고 엄마는 집 주고 뚝 떼어놓으려고 그러지?"

"나아, 참."

쓴웃음을 지은 윤성재가 외면하고 말했다.

"그럼 내가 어머니 보려고 여기 왔겠냐? 그러니까 삼류 대학에 들어가지."

"우리 대학이 왜."

했다가 화제가 돌려진 것을 깨달았을 때는 이미 김이 새나간 후다. 윤서진이 어깨를 늘어뜨리면서 말한다.

"난 결혼 안해. 그냥 엄마랑 둘이 살 거야."

"그건 네 맘대로 하고."

오미연에게 머리를 돌린 윤성재가 말했다.

"밥 있어요? 아침을 늦게 먹어서 점심을 걸렀더니…."

"응, 있어."

오미연이 말이 끝나기도 전에 일어섰고 윤서진도 덩달아 일어선다. 윤성재는 소파에 등을 붙이고는 길게 숨을 뱉는다. 점심을 두 번 먹게 되었다.

"어머니는?"

응접실을 지나면서 윤성재가 물었다. 오후 4시 반. 항상 윤성재를 맞아 주던 장모 정선주가 보이지 않았기 때문이다.

"참, 엄마는 윤미 데리고 시골 갔어. 윤미가 따라간다고 조르고 그래서."

"시골은 왜?"

방으로 들어서던 윤성재가 정색하고 오혜원을 돌아보았다.

"하나밖에 없는 이모가 몇 달 전부터 놀러오라고 했거든. 한 일주일 쉬다 오시라고 했어."

"아침에 말했으면 용돈이라도 드렸을 텐데."

저고리를 벗으며 말했을 때 문에서 벨소리가 났다.

"누구야?"

머리를 돌린 윤성재는 오혜원이 뒤에서 저고리를 떨어뜨리면서 방을 나가는 것을 보았다. 저고리를 집어든 윤성재가 옷걸이에 걸고 있을 때 발자국 소리가 어지럽게 들렸다. 그러더니 방 안으로 세 사내가 들어섰다. 모두 건장한 체격에 눈매가 매섭다.

"누구요?"

이맛살을 찌푸린 윤성재가 어깨를 세우고 묻는다.

"당신들 뭐야?"

"우린 강남경찰서에서 왔습니다."

앞장 선 사내가 점퍼 주머니에서 신분증을 꺼내 보이더니 다가와 섰다.

"윤성재 씨, 당신을 살인 혐의 용의자로 연행합니다. 여기 영장 있습니다."

그러자 왼쪽 사내가 귀찮은 표정으로 자신의 저고리 가슴을 손바닥으로 툭 쳐보였다. 사내가 말을 잇는다.

"당신은 묵비권을 행사할 권리가 있으며 변호사를 선임해도 좋습니다."

"수갑 채울까?"

옆으로 다가선 사내가 묻는 바람에 사내의 말이 끊겼다.

"응, 채워."

사내가 윤성재의 팔을 움켜쥐면서 말했다.

"음, 힘깨나 쓰겠는데?"

"옷부터 입혀야지?"

다른 사내가 말했고 윤성재는 옷장에서 두툼한 점퍼를 꺼내 셔츠 위에 입었다. 그러자 두 손에 수갑이 채워졌다. 방을 나가 응접실을 지나 현관으로 다가갈 때 윤성재가 집안을 둘러보았지만 오혜원은 보이지 않았다. 세 사내도 말이 없다. 신발을 신고 문 밖으로 나왔을 때 뒤를 따르던 사내 하나가 불쑥 말한다.

"무서운 세상이야."

"그래요, 다 제 잘못이에요."

오혜원의 진술이 계속되고 있다. 강남경찰서 강력반 사무실 안은 조용하다. 담당 수사관은 긴장한 표정으로 자판을 두드렸고 옆쪽 형사는 딴전을 피웠지만 이쪽에 귀를 세우고 있다. 오혜원은 지금 증인 진술서를 보완하려고 지난일을 밝히는 중이다. 다시 오혜원의 말이 이어졌다.

"제가 전 남편 이야기만 꺼내지 않았다면 그날 밤 일은 모르고 지났겠지요. 정말 무서워요."

오혜원의 두 눈에서 눈물이 흐른다. 자판을 두드리던 수사관이 휴지를 뽑아 건네면서 묻는다.

“그날 밤이 언제였죠?”

“2008년 2월 12일.”

휴지로 얼굴을 닦은 오혜원이 말을 잇는다.

“오후 8시쯤요.”

“힘드시겠지만 자세히 말해 보세요.”

휴지를 뭉쳐 쥔 오혜원이 충혈된 눈으로 수사관을 보았다. 오후 6시 반. 검정색 슈트를 걸치고 불안한 표정으로 앉은 오혜원의 모습은 쓰레기장에 피어난 검은 장미 같다. 이제 옆쪽 형사는 홀린 듯한 표정으로 오혜원을 보았다. 오혜원이 말을 잇는다.

“제 전남편은 실업자였죠. 그래서 가끔 저한테 돈을 타갔어요. 착한 사람이었지만 경제력이 없었기 때문에. 이혼한 것도 자신이 경제력이 없다면서 헤어지자고 한 거예요.”

“조광수라고 했죠?”

“네.”

“주민번호가 780214-140028. 맞지요?”

“맞는 것 같아요.”

그러자 수사관이 차분해진 시선으로 오혜원을 보았다.

“전과가 있는 사람입니다. 그걸 알고 결혼하셨나요? 학력 차이도 심한데.”

그러자 오혜원이 다시 손등으로 눈을 닦는다.

“몰랐어요.”

"전과를 보면 이혼하고 나서 돈을 그냥 타간 것 같지 않은데, 맞죠?"

오혜원이 머리를 숙였고 수사관의 말이 이어졌다.

"좋습니다. 계속하세요."

"제가 전 남편 이야기를 조금 했어요. 그랬더니 윤성재가 방금 수사관님이 말씀하신 것처럼 묻더군요. 부끄러웠어요. 윤성재 씨를 좋아했거든요. 전 남편에 대해서 윤성재 씨가 캐묻길래 솔직하게 말했죠. 가끔 돈을 빌리러 온다구요."

"빼앗으러 왔겠죠."

"그랬더니 윤성재 씨가 한번 만나게 해 달라고 하더군요. 제가 싫다고 해도 막무가내였어요. 그래서."

"그날이 2월 12일이었습니까?"

"네, 맞아요."

"그래서요?"

"셋이 만나 이야기했는데 분위기가 좋았어요. 전 남편도 이제 다시는 나타나지 않겠다고 하더군요. 그때 윤성재 씨가 셋이 드라이브나 가자고 했습니다."

"……."

"안산 근처의 산기슭이었던 것 같아요. 차에 술병이 있었는데 윤성재 씨가 차를 세우더니 조용한 이곳에서 술을 마시자고 했습니다."

수사관이 분위기를 깨뜨리지 않으려는지 머리만 끄덕였고 오혜원이 말을 잇는다.

"저는 싫다고 하니까 둘이 밖에서 마시자면서 나갔습니다. 둘이 옆쪽의 소나무 사이로 들어가더군요. 둘이 웃는 소리도 났습니다. 그땐 밤 12시가 넘어 있었기 때문에 전 차 안에서 잠이 들었어요."

"……."

"차가 흔들리는 기척에 눈을 떠보니 윤성재 씨가 운전을 하고 있었어요. 그런데 전 남편은 차에 없더군요. 윤성재 씨한테 물어 보니까 도중에 내렸다고 했어요."

"그런데."

수사관이 심호흡을 하고 나서 오혜원을 똑바로 보았다.

"윤성재 씨가 언제 이 사실을 말했습니까?"

"며칠 전, 그러니까 5일 전인 밤 11시쯤에 말했어요."

"죄송하지만 다시 한번 진술해 주실랍니까?"

"그날 밤 윤성재 씨가 술을 마시고 들어왔어요. 그런데 마침 그 날 낮에 슈퍼에 갔는데 꼭 누가 뒤에서 보는 기분이 들었어요."

이제는 수사관 앞쪽의 휴지를 직접 뽑은 오혜원이 눈을 닦으며 말을 잇는다.

"전 남편이 꼭 그렇게 나타났거든요. 연락도 하지 않고 불쑥 내 앞에 나타나 놀래켰지요."

"……."

"그래서 그 이야기를 윤성재 씨한테 했어요, 무섭다고. 그랬더니 윤성재 씨는 처음에는 웃기만 하더군요."

옆자리의 형사가 자리에서 일어서더니 수사관 옆으로 다가와 섰다. 그러고는 머리를 끄덕여 격려하는 시늉을 한다. 오혜원이 말을 이었다.

"제가 왜 웃느냐고 짜증을 부렸죠. 자기는 중국에 가 있으면 내가 무서워서 어떻게 견디느냐고. 그랬더니."

수사관의 시선을 받은 오혜원이 휴지로 코를 풀었다.

"전 남편은 땅속에 있다고 했어요. 지난번 산기슭 나무 사이로 쭉 들어가면 비탈진 곳이 있는데 그곳에 묻었다고 했어요."

그러더니 오혜원이 두 손으로 얼굴을 가리고 소리내어 울었다.

"무서워요. 무서워서 같이 못 있겠어요. 저 좀 도와주세요."

늦게 일어나 가정부가 차려준 아침식사를 하던 박민화가 이맛살을 찌푸렸다. 응접실의 텔레비전 볼륨이 너무 높아서 귀에 거슬렸기 때문이다. 어머니가 켜놓고 간 것이다. 아버지의 표현대로라면 동네가 떠나갈 듯한 소음이라는 것이다. 가정부를 시키려다 그만 둔 박민화는 우유잔을 들고 식탁에서 일어났다. 어제 직원들과 회식을 했기 때문에 아직 머리가 지끈거린다. 과음을 했기 때문이다.

응접실로 들어선 박민화는 텔레비전 화면보다 먼저 아나운서의 소리부터 들었다.

"따라서 현재 경찰은 용의자 윤모 씨가 암매장을 했다는 오모 씨의 전남편 조모 씨의 시신을 발굴할 예정입니다."

박민화는 우유잔을 든 채 텔레비전 정면에 놓인 소파에 앉는다.

화면에는 조사관 앞에 앉은 사내를 비치고 있었지만 점퍼를 머리 위로 뒤집어씌워서 누군지 알 수가 없다. 그러나 예감이 이상했다. 윤모, 오모, 라고 한 것이 꼭 누군가를 지칭하는 것 같다. 또 오모의 전 남편. 그때 아나운서의 말이 이어졌다. 그리고 화면이 사람들에 둘러싸여 나오는 한 여자를 비친다. 물론 여자 얼굴은 모자이크로 처리되었다.

"이 사건을 신고한 오모 씨는 현재 증인 신고를 한 후에 일체의 인터뷰를 거부한 채 있습니다. 장기석 기자."

하고 아나운서가 옆에 앉은 기자를 부르더니 묻는다.

"이 사건은 현 남편이 전 남편을 죽인 특이한 사건인데요. 그것을 또 아내가 고발했다는 것도 독특합니다. 사건 내용을 요약해 주시겠습니까?"

"예."

똘똘하게 생긴 기자가 이쪽을 정면으로 보더니 말을 잇는다.

"경찰은 증인의 진술이 정확한데다 살해된 것으로 추정된 전 남편 조모 씨의 흔적이 일체 발견되지 않고 있어서 용의자 윤모 씨의 범행에 대한 확신을 하고 있는 상황입니다. 이제 살해된 것으로 추정된 전 남편 조모 씨의 시신만 발굴하면 입증이 되겠습니다."

"끔찍하군요."

아나운서가 어두운 표정을 지으며 말을 잇는다.

"그 범행 사실을 최근에야 털어놓았다고 했죠?"

"네, 용의자 윤모 씨가 술에 취해서 털어놓았다고 합니다. 부인 오모 씨는 놀라서 바로 신고를 했구요. 용의자는 사업체가 중국에 있었기 때문에…."

그 순간 박민화가 벌떡 자리에서 일어섰다. 지금까지 얼굴이 하얗게 굳어져 가던 박민화의 치켜뜬 두 눈이 이글거렸다.

"드디어… 마침내…."

박민화가 아직도 들고 있던 우유잔을 텔레비전을 향해 던졌다. 유리잔이 깨지면서 벽걸이 텔레비전에 우유가 흰 피처럼 흘러내린다.

"자, 묵비권을 사용한다고 될 일이 아냐, 이 양반아."

조사관은 40대 후반쯤으로 보였는데 넓은 얼굴에 눈꼬리가 내려간 호인풍의 사내였다. 목소리도 낮고 어눌해서 이쪽의 귀를 세워야 알아듣는다. 의자에 등을 붙인 조사관이 지친 표정을 짓고 윤성재를 보았다.

"이렇게 시간을 끌어보려고 해도 소용없어. 저쪽 증인은 대질까지도 할 용의가 있다는 거야."

"……."

"당신이 그래도 증인이 암매장 장소를 똑똑히 알고 있는 터라 오늘 오후에 현장에 나갈 거야."

"……."

"가서 시신 파내오면 당신은 꼼짝 못해. 지금 이런 식의 비협조적인 행동은 당신한테 절대 불리해."

"……."

"사형 아니면 종신형이야. 요즘 사형 집행이 다시 시작될 것이라는 뉴스는 봤겠지?"

"……."

"포기해. 단념하라구. 이 사람아, 다 드러났는데 왜 이렇게 고집을 부리는 거야?"

그때 조사관은 이맛살을 찌푸린다. 머리를 숙이고만 있던 윤성재의 입술이 희미하게 움직였기 때문이다. 입술 끝이 조금 위로 치켜 올라갔다가 내려갔다. 이 사이코가 웃은 것 같다.

강력계 2반장 최동호 경위는 오혜원을 데려온 이태식 경사를 흘겨보았다.

"시발, 왜 이렇게 늦어?"

"아, 증인이 머리가 아프다고 해서요. 약국에 들렀다가."

그러고는 이태식이 힐끗 뒤쪽 승합차를 보았다. 승합차에는 오혜원이 타고 있는 것이다.

"지금 누워 있습니다, 반장님."

"시발, 데려와. 여긴 다 준비되었다구."

산기슭에는 소형 포크레인에다 의경 1개 소대, 과학수사관까지 다 모였고 언론사 기자들만 30명이 넘는다. 생전 처음 보는 언론사 마크를 붙인 카메라를 무작정 들이대는 통에 현장검증을 나오면 신경이 곤두서는 것이다.

"저기, 용의자는 어디 있습니까?"

몸을 돌리면서 이태식이 묻자 순경에서부터 어렵게 경위로 진급한 최동호가 시큰둥한 표정으로 대답한다.

"유치장에. 그 시발놈은 변호사가 붙었어. 아주 센 놈이야."

변호사 안수영은 고검장 출신으로 직접 경찰서에 찾아온 적이 지금까지 딱 세 번 있었다. 맨 처음은 재벌 총수인 유성그룹 박성보 회장의 부탁을 받고 막내아들의 마약흡입사건을 맡았을 때였고, 두 번째는 신원금융 최영태 회장이 사기혐의로 구속되었을 때, 그리고 세 번째가 지금이다. 안수영이 직접 방문할 상대가, 사건이 아니었다. 경찰서에 오기 전에 안수영이 대표로 있는 법무법인에서 손을 썼기 때문에 윤성재와의 면회는 즉각 수용되었다. 면회실에는 셋이 앉았다. 안수영과 보좌관격인 젊은 변호사 하나, 그리고 윤성재였다. 경찰이 배려를 해준 것이다. 안수영이 표정 없는 얼굴로 윤성재에게 묻는다.

"내가 누구 부탁을 받고 여기 왔는지 짐작은 하고 계시지?"

50대 후반의 안수영이 낮게 말했지만 목소리에는 권위가 묻어나왔다. 꼭 배 밑바닥에 붙은 조개껍데기 같다. 윤성재는 시선만 주었고 안수영이 제 말에 제가 대답했다.

"박민화야. 내가 박민화 모친 서여사의 자문역을 맡고 있어서 말이네."

"……."

"계속 묵비권을 행사하고 있다는데 그럴수록 자네 손해야. 지금 오혜원이가 현장검증에 나가 있는데 시신을 발굴해 오면 끝나네."

그때 윤성재가 머리를 저었으므로 안수영이 와락 긴장한다. 옆자리의 젊은 변호사는 눈까지 치켜떴다. 윤성재가 어깨를 늘어뜨리면서 길게 숨을 뱉더니 입을 열었다.

"시신 발굴 못할 겁니다."

"그, 그건 왜?"

갈라진 목소리로 안수영이 묻자 윤성재는 외면한 채 말한다.

"시신이 없거든요."

"그럼 다른 곳으로 옮겨 묻었나?"

그러자 윤성재가 얼굴을 일그러뜨리면서 웃는다. 그리고 다시 입을 꾹 닫았다.

"여기가 확실하다며?"

깊이가 2미터나 되게 파여진 구덩이를 가리키며 최동호가 오혜원에게 묻는다. 작업을 시작한 지 두 시간 반이 지났다. 산기슭에는 구덩이가 여섯 개나 파여져 있었는데 지금 최동호가 가리킨 구덩이는 폭이 사방 5미터나 된다. 오혜원이 이맛살을 찌푸리며 말했다.

"네, 확실해요."

"한 번 팠다가 덮은 건 맞는데."

옆에 서 있던 과학수사대원 하나가 오혜원과 최동호를 번갈아 보면서 말을 잇는다.

"묻었다가 다른 곳으로 옮긴 것 같습니다. 용의자를 추궁해야 될 것 같아요."

"그럼 그 새끼가 댁한테 거짓말을 한 건가?"

최동호가 묻자 오혜원은 외면하고 대답하지 않는다.

수사관 앞으로 다가선 윤서진이 다시 묻는다.

"아저씨, 얼굴만 보고 가면 안돼요? 그냥 얼굴만 볼게요."

"글쎄 안된다니까 그러네."

수사관이 쓴웃음을 짓더니 머리를 저어 보였다.

"아까 변호사가 다녀갔어. 그러니까 집으로 돌아가 기다려."

"그럼."

그러자 자리에서 일어선 수사관이 뒤쪽 문으로 나가버렸으므로 윤서진은 어깨를 늘어뜨렸다. 강남경찰서 강력반 사무실 안이다. 밖으로 나온 윤서진이 복도 의자에 앉아 있는 오미연에게 다가갔다. 머리를 든 오미연의 얼굴은 잔뜩 일그러져 있었다. 두 눈은 퀭하게 커졌고 눈동자에는 초점이 잡혀 있지가 않다.

"엄마, 집에 가요."

앞에 선 윤서진이 말하자 오미연은 머리를 젓는다.

"안 가."

"변호사가 다녀갔대요."

"성재 볼 때까진 안 가."

지금 둘은 열네 시간째 경찰서에 머물고 있다. 둘이 사건을 알게 된 것은 어젯밤이다. 뉴스를 보던 윤서진이 소리쳐 오미연을 불렀고 둘은 그 길로 오혜원의 아파트로 달려갔던 것이다. 아파트는 비어 있었다. 달려오면서 윤성재는 물론이고 오혜원의 휴대폰에 수십 번 연락을 했지만 둘 다 전원을 꺼놓은 상태였다. 그래서 둘은 경찰서로 달려왔던 것이다. 그것이 어젯밤 11시경이다. 경찰서에 와서야 둘은 윤성재가 용의자 윤모 씨라는 것을 확인했다.

"엄마, 애들 저녁 먹어야지."

다시 말한 윤서진이 이제는 오미연의 팔을 잡아끌었다. 윤서진이 아침에 집으로 가서 애들 챙겨 먹이고 돌아왔다. 그러자 오미연이 눈을 치켜뜨고 말한다. 눈동자에도 초점이 잡혀져 있다.

"난 이제 도망 안 가."

한 마디씩 또박또박 오미연이 말을 잇는다.

"내 자식하고 같이 죽겠어."

오후 5시 반. 강력계 안 회의실에서 오혜원과 윤성재의 대질심문이 열린다. 안산 교외 산기슭의 현장검증에서 돌아온 오혜원이 강력 2반장 최동호의 제의를 선뜻 받아들인 것이다. 회의실에 먼저 와 기다리고 있던 윤성재가 문이 열리는 기척에 머리를 들었다. 오혜원과 담당 수사관이 들어서고 있다. 뒤를 2반장 최동호가 따른다. 윤성재와 오혜원의 시선이 마주쳤다. 둘 다 차분한 표정이었지만 표정의 변화는 윤성재가 빨랐다. 눈 밑이 붉어지더니 곧 입술 끝이 희미하게 떨리는 꼴을 자리에 앉던 최동호가 똑똑히 보았다. 반면에 오혜원은 눈동자도 흔들리지 않았고 입도 야무지게 닫혀 있다.

"거기, 수갑 풀어줘."

최동호가 지시하자 윤성재 옆에 앉아 있던 수사관이 수갑을 푼다. 회의실에는 다섯이 앉았다. 수사관 둘에 최동호, 그리고 윤성재와 오혜원이다. 윤성재와 오혜원은 수사관과 함께 마주 보는 위치였고 최동호는 위쪽에 앉았다. 먼저 최동호가 말한다.

"시발, 시신 못 찾았어. 파서 덮은 흔적은 있는데 옮긴 것 같구만."

그리고 머리를 오혜원에게 돌리며 묻는다.

"오혜원 씨, 윤성재 씨가 시신을 그 자리에 묻었다고만 했습니까?"

"네."

또렷하게 대답한 오혜원이 윤성재를 보았다. 눈도 깜박이지 않는다. 입맛을 다신 최동호가 앞에 놓인 사진을 윤성재 앞으로 밀었다. A4용지만큼 크게 확대한 사진, 조광수의 사진이다.

"윤성재 씨, 이 사람을 죽여서 묻었다고 오혜원 씨한테 말했지요?"

윤성재가 눈앞에 펼쳐진 조광수의 사진을 물끄러미 내려다보았다. 조광수는 환하게 웃고 있다. 그러나 윤성재는 대답하지 않았다. 다시 최동호가 말했다.

"조광수는 그 직후에 실종상태고 오늘 현장검증에서도 한 번 팠다가 덮은 흙 상태가 확인되었어. 시신만 찾지 못했을 뿐이지 이건 틀림없는 살해 후 암매장 사건이야. 그리고."

최동호의 말에 열기가 더해졌다.

"술김에 와이프한테 다 털어놓기까지 했단 말야. 자, 옮겨 묻은 장소나 대라구."

그때 윤성재가 시선을 들고 오혜원을 보았다.

"난 준비를 했었어."

오혜원은 시선을 받았지만 나머지 셋은 어리둥절했다. 그러나 긴장하고 있다. 윤성재가 말을 잇는다.

"하지만 방법이 나쁜 것 같다."

그때 최동호는 오혜원의 볼 근육이 굳어진 것을 보았다. 어금니를 문 것 같다.

"그게 무슨 말야?"

눈썹을 모은 최동호가 둘을 번갈아 흘겨보더니 수사관에게 지시했다.

"시발, 처음부터 하나씩 대질시켜."

대질심문 도중에 빠져나온 최동호가 자리에 앉으면서 조광수의 사진을 책상 위로 내동댕이쳤다. 사진이 휘익 날아가더니 전화기와 컴퓨터 사이에 세워졌다.

"시발, 연놈들."

욕설을 뱉은 최동호가 의자에 털석 앉다가 흠칫했다. 지난번 이렇게 앉다가 의자가 부서지는 바람에 뒤로 발라당 넘어졌던 것이다. 그때 사내 하나가 다가와 섰다. 오후 6시가 넘었는데도 선글라스를 끼고 있는 모습을 보자 최동호의 기분이 더 나빠졌다.

"뭐요?"

처음 보는 놈이었으므로 최동호가 불쑥 묻는다. 말쑥한 차림에 얼굴에는 웃음기가 떠올라 있다. 그러고 보니 어디서 본 놈 같다. 그때 사내가 선글라스를 벗어 들었다. 둘의 시선이 마주쳤고 3초쯤 멀거니 앞에 선 사내를 바라보던 최동호가 갑자기 소스라쳤다. 그리고 시선을 내려 아직도 컴퓨터 옆에 세워진 사진을 본다. 다음 순간 최동호가 벌떡 일어서는 바람에 의자가 뒤로 넘어졌다.

안수영 변호사가 한 사건에 두 번이나, 더욱이 하루에 두 번 경찰서를 찾아온 건 처음 있는 일이었다. 안수영이 경찰서에 온 지 한 시간 만에 윤성재는 유치장을 나왔다.

"자, 이제 나 먼저 가네."

강력계 사무실 안에는 급보를 받고 달려온 서장까지 와 있었는데 윤성재에게 손을 내밀어 악수를 청하는 안수영의 분위기가 꼭 무슨 표창을 하는 윗사람 같았다. 물론 받는 사람은 윤성재였고 주위에 둘러선 서장, 과장, 계장, 반장, 수사관들은 박수를 치는 들러리가 되겠다.

윤성재와 악수를 하고 난 안수영이 이제는 서장에게 손을 내밀었다.

"수고하셨습니다."

"아니, 제가 뭘."

하면서도 손을 잡은 서장의 얼굴에 쓴웃음이 떠올랐다. 제 차례가 올 리도, 올 것을 기대하지도 않은 2반장 최동호는 말석에 서서 오만상을 찌푸리고 있다. 뒈졌다가 나타난 조광수의 증언에 의해 지금부터는 오혜원을 살인 교사 혐의로 취조해야 되는 것이다.

복도에서 윤성재는 울며 불며 매달리는 오미연을 달래 보내느라고 진땀을 쏟는다. 윤서진은 두 동생 돌보느라고 먼저 집으로 돌아갔고, 오미연은 이틀째 경찰서 안을 배회하는 중이었다. 기뻐 춤을 추는 오미연을 먼저 보낸 윤성재는 혼자 경찰서 마당으로 나왔다. 밤 10시가 되어가고 있다. 갑작스런 반전을 언론이 전혀 눈치채지 못하고 있어서 다행이다.

한산한 경찰서 마당을 걸으면서 윤성재는 심호흡을 했다. 그때 앞에 서 있는 사람의 형체가 드러났다. 몇 걸음 더 다가갔을 때 어둠속에 뜬 얼굴이 보인다. 박민화다. 두 손을 코트 주머니에 넣고 선 박민화의 표정은 차분하다. 윤성재가 두 걸음쯤 앞에서 멈춰 섰을 때 박민화가 입을 열었다.

"어쨌든 우리 넷 중에서."

그리고 박민화가 검지를 송곳처럼 만들어 윤성재를 겨눈다.

"가장 멀쩡한 게 너야." ■

(끝)